転生幼女はお詫びチートで
異世界ごーいんぐまいうぇい
Going My Way
高木コン
Kon Takagi
4

グレン
人型にもなれる
古代龍《エンシェントドラゴン》。
セナの作る料理が
大好きでよく食べる。
グレウス
クラオル
セナ
元・三十路OL。
幼女に転生して
マイペースに異世界を
満喫中だが人々の注目を
集めてしまってもいる。
登場人物
CHARACTER

エルミス＆
プルトン
セナと契約する
水と闇の精霊。
トリスタン
セナの従者となる少年。
ワケありらしく
常に無表情。
ブラン
セナを保護する
騎士団の団長。
実は高貴な出身。
フレディ
セナを保護する
騎士団の副隊長。
真面目で理知的。
パブロ
セナを保護する
騎士団の一員。
可愛い系お兄さん。

第0話《ゼロ》　これまでの話

異世界ものによくある〝神様のミス〟で異世界へと転生することになった私は、またも神様のミスにより記憶喪失に。気が付いたときには幼女姿で森の中にいた。

何がなんだかわからぬまま危険な森を彷徨《さまよ》い、とある冒険者パーティに助けられた。名を【黒《こく》煙《えん》】という。ガルドさん、ジュードさん、モルトさん、コルトさんの四人パーティで、得体の知れぬ私にも親切なとてもいい人達だった。街に連れていってくれると話していたんだけど、ここでまたも問題が発生し、離れ離れとなってしまった。

満身創痍の私が辿り着いたのは、ガルドさん達と向かうはずだった国の二つ隣の国の廃教会。気を失うように眠っていたところを騎士団の人に保護された。保護してくれたのはキアーロ国、カリダの街、第二騎士団のフレディ副隊長。私が目を覚ましたのは第二騎士団の宿舎だった。そこで出会ったのは第一から第四まである騎士団をまとめているブラン団長、保護してくれたフレディ副隊長、パブロさん。記憶を取り戻した私が何かと濁しつつも身の上話をしたところ、三人の厚意でそのまま宿舎にお世話になることになった。

宿舎での生活は基本的には快適だった。ただ一つネックなのが、ブラン団長達の心配性。宿舎内の移動は毎度抱っこ。なんとか説得して街中は自力で歩けるようになったものの、最初のうちは当たり前のように誰かしらに抱えられていた。冒険者ギルドに冒険者として登録したまではスムーズだったのに……冒険者として活動することにはあまりいい顔をされなかった。彼らの口癖は「心配だ」である。街の宿屋に移る際にも心配性と過保護を発揮され、三人を説き伏せるのに苦労したのは記憶に新しい。そのときに出された〝しばらく街で暮らすこと〟という条件を守るべく、ギルドで依頼を受けつつ、気ままに生活していた。

あ、もう一人、忘れちゃいけない人がいる。冒険者ギルドのサブマスである、ジョバンニさんだ。この人は最初から好意的で、とても安心できる、めちゃくちゃええテノールボイスの持ち主。公《おおやけ》にできないことが多い私を担当してくれている。

セナ・エスリル・ルテーナと神に名付けられてから、いろいろとあった。その最たるものは私の家族と言える存在ができたことだろう。エアリルパパとアクエスパパの他、今では火のイグニス神はイグ姐《ねえ》、土のガイア神をガイ兄《にい》と呼んでいて、気安い態度を取っても咎められることはない。なんならこちらが不安になるくらい可愛がってくれている。そして、呪淵《じゅえん》の森のときから一緒にいてくれているクラオルを筆頭に、クラオルファミリーだったグレウス、蜘蛛のポラル、青い精霊のエルミス、黒い精霊のプルトン、そして……ほんの数日前に契約した、古代龍《エンシェントドラゴン》のグレンだ。多くない？　この世界に来てからまだ二ヶ月ほどしか経っていないんだけど……

そんな私はグレンと契約したことと、ムレナバイパーサーペントという魔獣を倒したことで、この国の王様に呼び出されたのだ。約束の期間がもうすぐ終わるというタイミングだった。

第一話　王都へ出発

朝ご飯を食べた私は部屋でブラン団長達を待ち、迎えに来た彼らと一緒に、ひと月もの間お世話になっていた宿――【切り株亭】の女将であるアンナさんと、息子のサジュール君にお別れのご挨拶。

「毎日美味しいご飯もお弁当もありがとう！　いっぱいお世話になりました。サジュ君もいろいろありがとうね」

「おま……セナなら、また泊まりにきてもいいぞっ。か、歓迎してやってもいいっ」

「まったく……ホント素直じゃないんだから。正直に寂しいって言えばいいじゃないか……」

言い終わった途端、プィッと顔を背けたサジュ君にアンナさんが呆れた視線を送っている。サジュ君は顔も耳も真っ赤。歓迎してくれるんですね。相変わらず可愛いツンデレショタ君だ。

「ふふっ、ちゃんと優しいの知ってるから大丈夫。私もすごく寂しい」

「こちらこそありがとうね。毎日セナちゃんに元気をもらってたから、あたしも寂しいよ。またこの街に来たときはぜひウチに泊まりにきておくれ」

アンナさんは最後に「道中で食べな」とお弁当を渡してくれた。二人は宿の前まで出て、私達が見えなくなるまでお見送りしてくれた。サジュ君は片手で目元をゴシゴシと擦りながらもブンブンと大きく手を振っていた。本当に優しい人達。温かい宿だった。

向かうは冒険者ギルド。通りの角を曲がったあたりで、私はグレンに抱えられた。話しづらかったらしい。騎士団の三人から説明を受けながらギルドに到着すると、聞いていた通り、大きな馬車が三台並んでいた。

一つ目はブラン団長達用で、休憩や仮眠をするためのもの。二つ目は私達用。グレンがいるからか、ブラン団長達用の馬車と大きさは変わらなかった。三つ目も馬車は馬車なんだけど……御者さんが座るところが超小型馬車仕様になってはいるものの、メインは車輪付きの大型の檻。外からは格子越しに丸見えで、イスすらない。完全に犯罪者を移送する専用のものだろう。

その檻の中には、三人が収容されていた。一人は領主。もう一人は領主邸のパーティーで見た記憶がある。おそらく、情報漏洩《ろうえい》の嫌疑がかかっていた騎士団の人だ。最後の一人は知らない人。多分、ギルドで聞き耳を立てていた人だと思われる。三人して、格子に張り付いて何か騒いでいるけど、外には何も聞こえてこない。遮音の魔道具が使われているっぽい。全ての馬車には御者さんがいて、魔馬《まば》の世話など全部やってくれるんだって。

魔馬《まば》とは普通のお馬さんとは違い、スピードも持久力もある魔物の馬のこと。一般的に〝魔馬《まば》〟と一括りにされているものの、戦闘に強いタイプや、荒れた天気に強いタイプ、走ることに特化したタイプ、荷物を運ぶための力に特化したタイプ……と、さまざま。

(ブラン団長達と馬車が離れてよかった。これならコテージに行っててもバレないね)

お見送りに来てくれたジョバンニさんにもお別れの挨拶を済ませ、指定された魔馬車《まばしゃ》の魔馬《まば》とフレディ副隊長の白馬に「よろしくね」と挨拶してからグレンと馬車へ乗り込んだ。外から見たら四人乗りくらいの大きさだったけど、中は空間拡張されていた。ベンチみたいなイスがあるのに、私達が横になって寝られるほど広い。

小窓から確認したところ、ブラン団長は並走する馬に乗っていた。最初はあの馬車使わないのかね？　そんなことを思っている間に馬車が動き始めた。出発したみたい。馬車のドアは鍵付き。何か緊急の要件がない限り、私は休んでいていいと言われている。つまり、自由時間である。

「ねぇねぇ、グレン。前に言ってた、お酒の滝ってここから行くとどれくらいかかる？」

〈ふむ。そうだな……我《われ》が向かって、往復で八、九日くらいか〉

「そっかぁ。うーん……王都に着くのギリギリになっちゃうね……」

〈欲しいのか？〉

「欲しいは欲しいんだけど、王都っていうかお城にはグレンも一緒にいてほしいんだよね。何があるかわからないからさ。移動中の間に行って帰ってこられるならちょうどいいかなって思ったの」

〈なるほど。そうだな……セナのパンケーキを褒美にくれるなら、真面目に飛んでやってもいいぞ。真面目に飛べば……往復五日くらいか？〉

「パンケーキでよければ作るけど……それってグレンが無理するってことにならない？」

私の発言に目を丸くするグレン。

〈……ちょっと疲れるくらいだから問題はない〉

「本当に？」

〈ハハハッ！　セナは心配性なんだな〉

疑いの眼差しを向けたのに、笑われてしまった。

〈大丈夫だ。その代わりにセナのパンを持っていきたい。食べながら飛ぶ〉

パンを持っていくのはもちろんいいんだけど、グレンのアイテムボックスのスキルに時間停止が付いているかが問題。カピカピになっちゃったら美味しくない。聞けば大丈夫とのことだったので、寸胴鍋に山盛り出すことに。グレンは器用にパンだけアイテムボックスに入れていた。

〈次の休憩のときに出発する〉

「ありがとう！　ワガママ言ってごめんね」

〈構わん。役に立つと約束したしな〉

そう答えたグレンは私の頭の形を確かめるように撫でた。グレンってわりと律儀だよね。

まだ出発したばかりだし、コテージに入らずに様子見するつもり。影に入ってもらっていたポラルも呼んでみんなでおしゃべり。クラオルとグレウスをモフモフしつつ、暇そうなみんなにしりとりを教えてみた。意外にもグレウスが強い！　私は思い付くのが日本のものだらけで、途中から地球のもの禁止令が出たため、早々にギブアップすることになった。

続いて、紐を輪にして〝あやとり〟も教えてみた。ここで一番の器用さを見せたのはグレン。ホウキのやり方を二回ほど見せただけですぐにマスター。最後には自力で東京タワーと四段はしごを作っていた。私、それ作れないです。器用すぎぃ！

もうちょっと私が活躍できるものをってことで、次は折り紙。鶴の折り方を説明していく。あやとりが得意だったグレンだけど、細かすぎると苦手みたい。才能を発揮したのはエルミス。小さい姿のまま、私が折ったものより綺麗な鶴を折り、しまいには紙風船を作り出した。紙風船の折り方なんて覚えておりません。くそぅ。教えたのは私なのにみんな私より上手いだなんて！　手裏剣でも作れたらグレンが楽しめるかなって思ったんだけど……学生時代に授業中に手紙のやり取りをするのに覚えたハートがギリギリでした。調子乗ってごめんなさい。でもでも、クラオルがそのハートを気に入ってくれたから私は満足。そんな感じで馬車内は盛り上がっていた。

馬車が止まったな～と思ったら、ドアがノックされた。お昼ご飯だそうです。鍵を開けて外に降りると、既にパブロさんが焚き火を起こしていた。聞けば、スピードが早い分、魔馬《まば》達を休ませるためにちゃんと休憩を取るんだって。

「セナさん、朝言いそびれちゃったんだけど……スープ作りをお願いしてもいい？」

「いいよ、いいよ～。食材出す？」

「僕達がお願いしてるのに出させないよ！　ちゃんといっぱい持ってきたから！」

アワアワとパブロさんがマジックバッグから食材を出していく。

野菜は人参、玉ねぎ、じゃが芋、キャベツなど、王道なものが揃っている。お肉も討伐隊のときに狩ったボア肉、干し肉、ウィンナー、ベーコン……と大量だ。調味料の中にコンソメキューブを発見！　この材料なら、コンソメポトフにしよう。パブロさんはブラン団長達や御者さん達とお話があるそうなので、ソワソワしているグレンに廃教会の廃材を渡し、火の番を頼んだ。

串焼きはグレンが見てくれているし、あとは煮込むだけ。蓋がなかったから、アレンジした結界魔法を使ったんだけど、クラオルが『こんなことに結界魔法を使うなんて……』って呆れ声を出していた。そんなこと言われても、蓋が見当たらなかったんだもん。代用できるならよくないかい？

いざ、ご飯を食べるってとき、御者さん達は少し離れていた。

「御者さん達は一緒に食べないの？　後で食べる⁇　串焼き冷めちゃうよ？」

無限収納《インベントリ》かマジックバッグで保管しておいてもいいんだけど……特にやることもなくて見てるだけなら一緒でもよくない？

「そうですね。三人もご一緒にどうぞ」

「串焼きも多めに作ってあるし、まだまだ鍋にスープもいっぱい入ってるから、おかわりしたかったら自分で取りに行ってね」

フレディ副隊長の許可も下り、みんなでいただきます。御者さん達は私達が声を揃えたことに驚いていた。困惑させてごめんね。

おなかが減っていたのか、ブラン団長達はあっという間に二杯目のおかわりに向かった。ちゃんと噛んでるんだろうか……いっぱい作ったから焦らなくても大丈夫なのに。

檻の三人のご飯はどうなっているのか聞くと、死なない程度に黒パンと干し肉と水を与えられているそう。「ざまぁみろだよねー」とパブロさんが笑っていた。パブロさん、言葉の端々にちょっと黒い部分出ちゃってるよ。

私が食べ終わるころには大きな寸胴鍋は空《から》っぽになっていて、みんな満足そう。周りを見回したとき、何故か御者のおじさん三人に拝まれていることに気が付いた。……え、何故？

〈セナ、我《われ》は行ってくるぞ〉

「あ、うん！　お願いします」

人化《じんか》したまま羽を出したグレンは、私を一撫でして飛び立っていった。それを見送ってから御者さんの方を見ると、もう既に動き出していて、何も聞けなかった。

ブラン団長達にはこのまま王都に向かって大丈夫なことを伝え、私は馬車に乗り込む。これから夜ご飯まで自由時間。ご飯を食べて元気が出たとパブロさんがやる気満々だったから、ちょっとやそっとの魔物くらいじゃ呼ばれることもないでしょう。よっしゃ、コテージ行っちゃおう。

みんなに「時間まで自由にしていていいよ」と言うと、いつも私と行動を共にしているクラオルとグレウスも揃ってどこかに遊びに行った。私は木工部屋でみんな用の食器作り。ストローも作った。クラオル達もそうなんだけどさ、精霊二人がコップから飲むの大変そうなんだよね。ちゃんと前と同じように防水加工も施してバッチリ完成。我ながらいい仕事した。ストローに時間がかかったせいで、もういい時間だ。

念話で声をかけて戻ってきたクラオル達は揃いも揃って土まみれだった。プルトンとエルミスまで砂で汚れていて驚きである。キミ達、そんなアクティブに遊ぶタイプだったの⁇

コテージから馬車内に戻った私は精霊達には魔力水を、クラオル達にはパンを配った。精霊とポラルのことをブラン団長達は知らないからさ。契約しているから食事はしなくてもいいんだけど……禁止されているワケじゃないし、本人達も喜んでるし、何より、なんか気になるのよ。

その後は馬車が止まるまでクラオル達をモフモフして癒されていた。

ノック音で馬車を降りると、ここで野営だとブラン団長から告げられた。連続でコンソメスープは微妙かなと、夜ご飯はこの世界ではオーソドックスな塩スープに決定。

フレディ副隊長とパブロさんも手伝ってくれるそうなので、二人にお肉を切ってもらうことにした。パブロさんは切るというより、ダンッ！　と音を立て、裁断でもしているかのよう。フレディ副隊長はフレディ副隊長で解剖するかのようにスッと繊維に沿って切っている。

（ものすごく性格の違いを実感する……）

スープは塩味にしたから、串焼きにアレンジを加えることに。何故って？　私が食べたいから。毎度同じじゃ飽きるじゃん？　足りない調味料やハーブは手持ちから出します！　と、いうことで、普通の塩コショウとスパイシーの二種類を作ってみた。火の番をフレディ副隊長とパブロさんが買って出てくれたので私は魔馬《まば》達にご挨拶。お礼を伝え、【ヒール】をかけてあげ、ナデナデ。撫でやすいように寝そべってくれる子や顔を寄せてくれる子など、みんないい子達だった。

夕食時はスパイシーな串焼きが大好評。御者さんの一人が串焼きを天に掲げるようにしていて、二度見した。神に感謝でもしてたのかね？　お昼はそんなことしてなかったと思うんだけど。

食後はブラン団長達とおしゃべり。そういえば、一つ聞こうと思っていたことがあったんだった。

「ねぇねぇ、夜って見張りするつもりだった？」

「えぇ。ですがセナさんは大丈夫ですよ。私達で交代してやりますので」

「うんうん。セナさんはご飯作ってくれてるし、僕達に任せて！」

ブラン団長は頷いただけだったけど、フレディ副隊長とパブロさんが答えてくれた。

「あのね、結界張ろうと思って」

「……魔力の消費が激しいだろう。俺達はセナの負担になるようなことをさせるつもりはない」

「心配してくれてありがとう。魔力は大丈夫。元々結界を張る気だったんだけど、ブラン団長達に言っておけば、三人もゆっくり休めるかなって。街を出るまで忙しかったみたいだし……」

うっすらと目の下にクマができているブラン団長を真っ直ぐ見つめていると、フッと笑みを零《こぼ》したブラン団長は私の頭をポンポンと優しく叩いた。

「……ありがとう。御者にも俺達がうまいこと言っておく」

そっか。結界の話ってあんま言わない方がいいんだったね。まぁ、今回結界を張るのはプルトンが担当してくれるから、私じゃないんですけどね。なんなら食事のときには既に張られていた。

◇◆◇

クラオルとグレウスに起こしてもらった私はモゾモゾと動き出し、一瞬止まった。あぁ、そうか。昨日は念のためとお試しとして、コテージに入らず、馬車内に置いてあった毛布にくるまって眠ったんだった。やっぱりベッドの方が疲れが取れるね。

ストレッチをしようと馬車を降りたら、ブラン団長が起きていた。昨日結界の話をしたから、てっきり寝ているかと思ってたのに。

「……おはよう。早いな」

「おはよう。寝てないの？　結界張ってるよ？」

「……仮眠は取った。起きていたのは……アレの見張りの意味合いが強い」

ブラン団長の視線の先には檻。形だけでもってことらしい。納得した。

その後は朝食を終えたら出発。今日もお昼までノンストップらしいので、コテージタイムとします！　でもその前に、クラオル達の朝ご飯。ストローを試してもらうと、大好評だった。特に精霊の二人がべた褒めだった。喜んでもらえて私も嬉しい。クラオル達は機嫌よくまたどこかに遊びに行ったので私一人で錬金部屋へ。エプロンを付け、気合充分に作業開始だ。

まずは小さな魔石を砕いてすり潰し、粉状に。抽出した神銀《ミスリル》に魔石の粉を魔力を使って混ぜ込んでいく。ブラン団長は結界の消費魔力を心配してくれていたけれど、この作業の方が魔力の消耗が激しい。まぁ、それも普通に作業できるくらいの消費量である。やっぱ、人よりちょっと魔力が多いんだろうね。そうして混ぜた神銀《ミスリル》を十円玉サイズの円形状に。それを四つ。ニードルみたいな道具も駆使して、魔力を注ぎ、形作るのは神達のネームプレートのマーク。炎、森、竜巻、雪の結晶。

そうそう、ガイ兄《にい》のマークがいつの間にかクラオルマークじゃなくなってたんだよ。で、そのクラオルマーク、私の部屋のドアに付いていていた。羽根つきハートの右隣がクラオルで、左隣がグレウス。クラオルマークもグレウスマークもめちゃカワで見るたびにニヤニヤしちゃう。

四神の各マークが浮き彫り調になったら、次は裏面だ。裏は各神達の名前。これも浮き彫りになるように魔力を流しながら道具を使っていく。裏表ができたら、上にネックレスのチェーンを通す輪を付ける。これでペンダントトップが完成。続いてネックレスチェーン。最初の神銀《ミスリル》から適量取り、軽量化をイメージしつつ魔力でコネコネ。それを四等分にして細いチェーンを想像して伸ばしていく。しばらく無心で伸ばしていると、いつの間にやら、アズキチェーンの形になっていた。

（何故……確かに想像してたけど……ま、いいか。気にしたら何もできなくなっちゃう）

四つのコインにそれぞれチェーンを通し、忙しいパパ達が少しでも和《なご》んでくれたらいいなと願いながら、錆防止コーティングを施した。うんうん。結構可愛くできたんじゃない？

さて、次が今日のメインですよ。いや〜、パパ達のネックレスが練習みたいになっちゃったのは、プレゼントとして私が最初に作るものはパパ達のものの方がいいかなって。いろんな人にお世話になりまくってるものの、やっぱり一番はパパ達だろうからさ。

これから作るものには、防犯ブザーっていうか、警備会社の防犯システムみたいな機能を搭載させたい。私にお知らせが届き、周りに小さくても結界が張られる感じの。欲を言えば身に着けているだけで疲れが緩和したり、身体能力をサポートしたり……まぁ難しいだろうけど。そんなことを考えつつ、神銀《ミスリル》と魔石の粉を混ぜ込んでいく。機能が多い分、魔力含有量が必要そうだから、パパ達のやつより魔石を多めにしてみた。形はＲＰＧなんかでよく見る、オーソドックスな剣。一センチほどの大きさのそれを九本。柄頭の部位に小さな穴を開けておくことが重要だ。続いて、指輪を作るべく、神銀《ミスリル》を細長く伸ばす。いい感じに細くなったところで、剣の穴に通していく。三コイチってことで一人三本ね。あんまり大きいと邪魔になるかなと、ピンキーリングほどの指輪にした。ピンキーリングに剣が三本ぶら下がってる、トップの出来上がり。パパ達のと同じようにチェーンを作り、それに通せばブラン団長達用のネックレスが完成だ。

（うーん……ダサいかも。なんか想像したのと違うんだけど……剣がクロスしてるデザインとかのがよかった？　いや、それもアクセサリーとして着けるとなると微妙そう）

だって製作者が私だから。センスのなさはどうしようもないってことでこのまま。ダサくても着けてもらえることを願おう。まぁ、その前にちゃんと機能するのか確認しないとなんだけどね。

錬金部屋を出た私は作ったパパ達用のネックレスをキッチンに置いてあるご飯ロッカーに入れ、クラオル達に念話を飛ばした。

「あら。今日もみんな見事に土まみれだね」

コテージのドア前に現れたみんなは昨日と同様に土まみれ。全員に【クリーン】をかけてから、馬車に戻る。ネックレス作りで少々疲れた私は馬車内でゴロンと横になり、早めの昼食を終えたクラオル達をモフモフして癒されていた。


今日のスープはどうしようか？　と、馬車から降りて考える。気分的には春雨入りのピリ辛中華スープがいいんだけど……春雨も豆板醤《トウバンジャン》も唐辛子も鷹の爪もないんだよね。塩とコンソメ以外で今できそうなものとなると……ふむ。ビシソワーズなんていいかが？　辛くないけど。

フレディ副隊長とパブロさんは串焼きの串刺し作業と火の番を担当してくれ、私は一人でスープ作り。結界魔法と風魔法と水魔法を駆使して作ったビシソワーズを見た面々は困惑顔を浮かべていた。

なんと、ブラン団長達も冷製スープを食べたことがなかったらしい。でも、恐る恐る口に含んで目を見開いたブラン団長達は早々にスープ争奪戦に発展していた。

「あなた六杯食べたでしょう！　私に譲るべきでは？」

「美味しいのがいけない！　まだまだ食べたいの！」

フレディ副隊長とパブロさんが言い争っている間にシレッとブラン団長がおかわりをよそっている。それに気付いた二人は揃って「あぁ!?」と声を上げていた。

そんなやり取りをＢＧＭに、私は久しぶりの味をゆっくりと味わう。風魔法の攪拌《かくはん》に時間をかけたおかげで、口当たりもまろやか。私がビシソワーズをパンに付けて食べているのを見た御者さんがマネして黒パンに付けて食べ始めた。一瞬目を丸くして、破顔した様子から気に入ったことが窺える。でもね、その後私を拝むのは何故⁇　私は神様じゃないよ？


お昼ご飯を終えた後、私はコテージの木工部屋へ。クラオル達はまた遊びに行っちゃった。

昨日、おもちゃとかゲーム的なものがあればいいんじゃないかと思ったのよ。すぐに思い付いたのはすごろく調のアレ。ただ、コマに書くことがそんなに思いつかないんだよね。ということで、第二候補として思い付いたリバーシです。異世界モノの小説とかマンガによく出てくるでしょ？

木材でコマとボード版を作ってから気が付いてしまった。絵具とかペンキとか染料がないことに。

リバーシ製作は中断。着色については王都で染料を探すことにした。遊びに行っているクラオル達を呼ぶのもあれだから、もう夜ご飯までお休み。植物図鑑を片手に、サマーベッドで横になった。

◇

◆

◇

コテージのお風呂に入って、コテージのふかふかベッドで眠った私は元気いっぱい。クセになりそう。ブラン団長達には申し訳ないと思いつつ、この贅沢を止める気はない。

午前中はうどん作りに徹し、お昼休憩を挟んだ午後、ポラルを連れて木工部屋へやって来た。

紙にペンで図を描きながら説明して、ポラルに理解してもらう。木材を成形し、組み立てた木枠にポラルの糸を張る。一センチ幅ほどの幅で張っていたら、三十本ちょいだった。捻《ね》じれたりたわんだりしないようにしっかり張って、端は木に埋め込む。ちょっと木枠が大きかったかも。

「よしっ、一品目完成！　ポラルにはもう一種類お願いしたいの。今度のはこれみたいに頑丈な糸じゃなくて、ちょっとクッション性が欲しいから、柔らかめの糸をお願いできる？」

〔デキマス〕

「助かる〜！　優秀！」

スチャッと手を挙げたポラルが可愛くて撫でまわしてしまった。

先ほどよりも大きな木枠を作り、組み立て、それにポラルに頼んだ柔らかめの糸を張る。縦糸を張ったら横糸だ。上に下にと通して網目状にしていく。夜ご飯までにできたのは五つだった。

夜ご飯はミネストローネ。理由は私がトマト味が食べたくなったから。私の手持ちの食材を出すのはあんまりいい顔されないんだけど……食材に関して私は気にしないし、調理担当者の特権ってことで。それにほら、私、今、子供だし。許してほしい。

串焼きの方は慣れたみたいでフレディ副隊長とパブロさんがせっせと串に刺しては焚き火の周りに並べていた。トマト缶がないために大量のトマトで代用したからか、ちょっと酸味の強いミネストローネになっちゃった。それでもブラン団長達には大人気だったよ。

「……セナはすごいな。このスープも俺は初めて食べた。さっぱりしていて食べやすい」

「えぇ、ペロリと食べてしまいました」

「うんうん！　セナさんが作るスープ、どれも美味しい！　トゥメイトゥいっぱいごめんね」

「ううん、私が食べたかったから、食材については気にしないで。気に入ってもらえてよかった」

この世界、トマトの名称がやたら発音のいい英語風で、聞く度に笑いそうになっちゃうんだよね。

ブラン団長に私が考案したレシピなのか聞かれたから、私の故郷で食べられていた料理だって説明したのに、食材を見ただけで思い付くこと、それだけの種類のレシピを知っていることがすごいのだと返ってきた。

日本じゃレシピ本、料理動画、私もお世話になりまくった料理アプリ……いろいろあったからねぇ。基本が塩味のこの世界からしたら未知の味付けも多いだろうな……食に関してはマジで発展してほしい。まぁ、そんなことは言えないので思い付いたネタを振る。

「そうそう、聞こうと思ってたんだけど、みんなは塩とコンソメ以外のスープを食べるとしたら、お昼と夜のどっちがいい？」

返答はブラン団長が夜、パブロさんが昼、フレディ副隊長は夜……と意見が分かれた。御者さん達にも聞いてみると、自分達に話題が振られると思っていなかったのか、こちらが驚くほどビクッと反応された。

「え、えっと……夜、ですかね……？」

真ん中の一人が恐る恐る発言すると、両サイドの二人がコクコクと頷いた。

「多数決で夜でもいい？」

「うん！　セナさんが作ってくれるのならいつでも大歓迎！　初日のコンソメスープもそうだけど、セナさんが作ったやつってとびきり美味しいんだよね」

初日のコンソメスープ……ポトフかな？

「私は昨日の冷たくて白いスープが好きですね」

それはビシソワーズですね。

「……俺はこの赤いスープだな。硬い黒パンも美味く食べられる」

ミネストローネといいます。好みもみんな見事にバラバラだね。

「そういえばさ、気になってたんだけど、なんで野営のとき黒パンなの？」

「黒パンは日持ちするんですよ。今回は人数が少ないですが、騎士団は大人数で移動することが多いので、白パンよりも安価な黒パンが選ばれるのです」

私の質問に答えてくれたのはフレディ副隊長だ。ごめん。聞き方が悪かったね。

パブロさんのマジックバッグに時間停止か劣化防止みたいな機能が付いてるみたいだったから、少人数である今回は白パンでもよかったんじゃないかと指摘すると、パブロさんは嘆くように打ちひしがれてしまった。野営といえば黒パンだったため、いつも通りに黒パンにしたらしい。

「容量があるなら、白パンも黒パンも入れておいて食べるときに選ぶって手もあるよ」

「うん……そうする……」

元気を出してとドライフルーツパンを渡すと、一瞬にしてパァッと顔が華やいだ。

「ありがとう!! さすがセナさん！」

日頃隠しているウサ耳まで飛び出しているから、相当嬉しかったんだろう。話している間にスープは食べ終わっていたけど、御者さん含め全員にドライフルーツパンを配っていく。何故か御者さん達は涙目だった。ドライフルーツ嫌いだったのかな？ ごめんね。

◇◆◇

今日もコテージに入ると、クラオル達とは別行動になった。いや、いいんだけど……ちょっと寂しいよね。自由が一番って言っているのは私なんだけどさ……こう、いつも一緒だったのにスゥッと離れられると余計に寂しさを感じる。これでも日本ではお一人様が好きだったんだよ。変わったもんだ。いや、可愛いモフモフに好かれて嫌な気はしないからクラオル達が特別なんだろうな。

さて、本日はキッチンデーの予定です。グレンへのご褒美として、食べたがっていたパンケーキ作りに取りかかった。パパ達やクラオル達の分もとなると結構な量だ。同じ枚数だとご褒美にならないかなと、グレンのだけ三段にしておいた。パパ達の分はご飯ロッカーへ入れ、私は木工部屋へ移動。お皿が足りなくなったのよ。急ぎでお皿やドンブリなどを作ったら、キッチンアゲイン。昨日、スープの話をしていて思い付いたモノを料理アプリでチェックしてみたら発見したのです。

よっしゃ、やったるで！　と気合を入れ、大きな寸胴鍋に無限収納《インベントリ》で解体したオークの骨を入れる。そう、豚骨スープでっせ。鍋に入りきらなくて、イグ姐《ねぇ》から受け継いだ短剣でブツ切りすることになった。武器のハンマーだと粉砕しちゃいそうじゃない？

獣臭に曝《さら》されながらもアプリのおかげで順調に工程を進めていると、問題が発生した。長時間煮込まなきゃいけなかったのだ。

「そうだよ……頭から抜けてたわ。どうしよう……」

私は昼食で戻らないといけないんですよ。

ない頭をなんとか働かせた私はダメ元で空間魔法を頼ってみることにした。以前テレビのインタビューで見たラーメン屋さんの言葉に従って、十時間ほど煮込むイメージで魔力を注ぐ。ポワァッと光った豚骨スープはみるみるうちに白濁していき、水かさが半分以下になった。骨を取り出して中を確認したところ、空洞となっていた。成功したっぽい。本来は途中途中で水を足して煮ていくみたいなので、水を足して二回ほど繰り返す。仕上げに骨と香味野菜を取り出して濾《こ》せば完成！

（これを地道にやるなんて……アプリに載せてくれた人とラーメン屋さん、マジで尊敬するわ。私、魔法使えてよかった。パパ、空間魔法のスキル付けてくれてありがとう）

残りの時間はタルト用のアーモンドプードルを量産し、頃合いを見てクラオル達に念話で声をかけた。戻ってきた瞬間、クラオルに『くぁ⁉　クサッ！　主様臭《くさ》いわ‼』と思いっきり叫ばれ、何回も【クリーン】をかけるハメになったよ……そんなに拒否らなくても……

お昼休憩時に、嬉しい話を聞いた私は機嫌よくキッチンに入った。午後はちょっと存在を忘れかけていたゴボウのあく抜き作業だ。すぐに使えるように、ささがき、千切り、四つ割り、斜め切り、乱切り……と、思い付くままにカットしたものを水にさらしていく。アクの状態を確認しつつ、空間魔法で時間を経過させれば完了。本日の学び、空間魔法、料理にめちゃくちゃ使える。

この世界のゴボウは木。太い大根ほどの太さがあるから、慣れ親しんだ大きさにしてしまったわ。それぞれ、寸胴鍋一杯分は切ったので、しばらくは持つでしょう。

ブラン団長に早めに声をかけると言われていたので、作業を終えた私は早々にクラオル達を呼んで馬車に戻った。

『……主様どうしたの？　何かあった？』

「んーん。特に何も～。モフモフは嫌？」

『嫌なわけないでしょ。変な主様』

首を傾げたクラオルはいつもと同じようにモフモフさせてくれている。毎晩モフモフしているとはいえ、ここ連日の別行動がちょっと寂しかったなんて言えない。

ノック音で気持ちを切り替えた私はマジックバッグを装着して馬車を降りた。馬車は森に横付けされている。お昼のときに森に寄ってくれるって言ってたんだよ。道中、一回も魔物と遭遇せず、予定より距離を稼いでいるんだって。だから私が望むなら、森に寄ってもいいよって。話題を振られたときに食い付いたせいか、ものすごく微笑ましいと言わんばかりの顔を向けられた。

「……ククッ。準備万端だな」

「うん！　馬車周辺は結界張っておくから安心してね」

「……助かる。大丈夫だとは思うがあまり遠くには行かないように」

「はーい！　いってきます!!」

ブラン団長達に見送られ、私達は森に足を踏み入れた。少し馬車から離れたところで、クラオルとグレウスを肩から下ろす。

「さて、私は食材探しに向かいます。お昼にも言った通り、手伝ってくれたら嬉しいけど、強制じゃないから遊びに行っても大丈夫だよ。ただ、声をかけたら、私のところに戻ってきてね」

元気よく返事をしてくれたメンバーに手を振って、【サーチ】を展開した。

キノコとハーブをメインに採取しつつ森を進んでいくと、ミソの実とショユの実がなる木の群生地を発見した。

（ふぉぉぉぉぉぉぉ!!　いっぱいなってるぅぅぅ！）

パパ達が無限収納《インベントリ》に送ってくれて在庫は少し増えてはいたけど、呪淵《じゅえん》の森以来見てなかったから嬉しい。木に登ってもいいだり、手が届かない場所は風魔法を使ったり……ルンルンと機嫌よく無限収納《インベントリ》に入れていく。廃教会の神様像の修理で木登りが鍛えられたかもしれない。

『きゃあああぁぁぁぁ!!』

三本目の木の枝の上で腕を伸ばしていると、クラオルの悲鳴がすぐ近くで聞こえ、危うく落ちるところだった。

「ビッ、クリした……どうしたの？」

『んもう、主様ったら！「どうしたの？」じゃないわよ、危ないでしょ!!』

「収穫してるだけだよ？　落ちても大丈夫な高さだし」

『教会のときにも言ったでしょ！　言ってくれたら手伝うわよ！』

「像と違って枝もあるし大丈夫だよ？」

『いいから下りなさい！』

「はーい」

樹上からストンと下りたものの、クラオルはプリプリと怒ったまま。

『主様ったら、いつもなんでも一人でやろうとするんだから！　…………って、これ、もしかして、全部、採る気、だったの？』

既に採り尽くした二本の木に顔を向けたクラオルは、物言いたげな視線を私に送ってきた。短い単語で区切り、引いていますと言わんばかりの声色が解せない。

「うん。呪淵《じゅえん》の森以来だし、あって困るものじゃないから、採れるときに採っておこうと思って」

『なるほどね。でも一本の木にいくつかの実と、この中の何本かはそのままにしておいた方がいいと思うわ』

「そうなの？」

『全部採ったら実がならなくなるかもしれないわよ』

「そうなんだ。じゃあほどほどにしておく」

クラオルは蔓《つる》で私を木の実の近くまで持ち上げてくれつつ、別の蔓《つる》で木の実を収穫している。器用すぎません？　一人でやっていたときの何倍ものスピードで収穫されていくんですけど。

「そういえばクラオルは何か用があったんじゃないの？」

『あぁ、ちょっと珍しい匂いの木を見つけたのよ』

「珍しい匂いの木？　食材⁇　それとも檜《ひのき》とか樫とか欅《けやき》とか木らしい木かな？」

『わからないわ。主様が興味ありそうだなって思ったのよ』

「うん。気になるから、これが落ち着いたら行ってみよう！」

クラオルはさらに蔓《つる》を増やし、驚きのスピードで収穫を終えることになった。

いつものポジションである、肩に乗ったクラオルの案内で森の中を進んでいく。着いた場所には見覚えのある植物があちらこちらに生えていた。

「これ……竹？」

見た目は完全に茶色い竹。そのとき、ある香りがフワッと鼻をくすぐった。

「ん⁉　この匂いって……これ、かつお節じゃない⁉」

ズンズンと竹に近付き、鼻を寄せてクンクン。短剣で少し削ってみると、先ほどよりも強く香りが立った。味見に少量醤った私はテンションがブチ上がり、クラオルを両手で持ち上げた。

「クラオル！　すごいよ、かつお節だよ、かつお節!!」

『ちょっ、もうっ！　………ふふふっ、興奮しすぎよ』

「待ち望んでたかつお節だよ！　さすがクラオル、ありがとう!!」

あまりの嬉しさにクルクルと回っていた私はクラオルを抱きしめ、キスを送る。驚いたのは一瞬で、キスを返してくれるクラオルがたまらなく可愛い。

『カツオブシって、主様が前に言ってたダシがどうのってやつのこと？』

「そうそう、それそれ。これこそ、ギリギリまで収穫しよう！」

『ふふっ。んもぅ、お目目がキラッキラじゃないの』

《セナちゃーん……ってあら？》

私を呼ぶ声が聞こえて振り返ると、戻ってきたプルトンが首を傾げた。

《これ、節《ふし》の木？　あら、やっぱり。こっちにも生えてるのね》

「フシノキ？　こっちにもって？」

《この木の名前よ。これ、精霊の国にいっぱい生えてるの。邪魔なくらい》

あ、興奮してて鑑定するどころじゃなかった。それより！

「これ、精霊の国にいっぱい生えてるの!?」

《切っても切ってもすぐ成長するのよ。光が前に増殖が速すぎるって文句言ってたもの。あ、光っていうのは精霊帝《せいれいてい》として、精霊達をまとめている精霊のことね》

「マジ？　私が買い取るって言ったら、節《ふし》の木もらえたりする？」
《お金なんかいらないからあげるって言われると思うわよ？　これ、何かに使えるの？》
「超重要な食材だよ！　料理の要《かなめ》。これがあるのとないのだと美味しさがかなり違うんだよ」
《食材……私達は基本的に食べないから、食材になるなんて考えもしなかったわ》
節《ふし》の木に関してはプルトンが精霊帝《せいれいてい》に聞いてくれることになったんだけど、それはそれとしてしばらくの分は確保しておきたい。切っても切ってもすぐ成長すると言っていたから、全部切っちゃっても大丈夫でしょう。
クラオルに協力してもらい、節《ふし》の木を切り倒していく。十七本もの節《ふし》の木を伐採したら、適当な大きさにブツ切りに。この作業はプルトンが手伝ってくれることになった。切ってからわかったことは、中は空洞じゃないってこと。見た目は竹なのにね。
何本かまとめて風魔法を乱発させていると、斜め後ろからメキメキと音が聞こえてきた。私が振り返るのとほぼ同時にパン！　と竹が弾け飛んだことに驚きが隠せない。
「え……プルトンさん、何をしてらっしゃるの？」
《ん？　セナちゃんが適当な大きさにするって言ってたから、こう、やって……折ってたの》
プルトンは結界魔法か、空間魔法か、はたまた両方なのか……わからないけど、魔法を駆使して竹を折り曲げ、割る手段を取っていたらしい。見間違いじゃなかった。目の前で再びバキッ！　と折れた竹は大きさのバラつきが激しい。顔のすぐ横を欠片が飛んでいったよ……曲げたものの折れずにU字を描いている竹まであった。まさかプルトンがこんな豪快なことするとは予想外だ。

「(コワ……)」

肩に乗ったクラオルは私の呟きが聞こえたのか『ジ』と声を漏らした。

「そ、それだと大きさがバラバラになっちゃうから私やるね」

《あら、そう?》

特に異論はないようなので、急いで風魔法で処理して全部無限収納《インベントリ》にぶち込む。プルトンには今のやり方をやる際には私に言ってからにしてほしいことを頼んでおいた。

果実水でひと息ついた私はみんなに念話で声をかけた。みんな採取をしてくれていたそうで、それぞれが集めている場所に動き出す。そもそも、プルトンも集めた薬草やハーブを回収してほしくて私のところに来たみたい。合流しつつ、無限収納《インベントリ》に入れていく。この短時間で薬草やハーブがいっぱいだった。素晴らしく優秀で頼りになる優しい仲間である。

◇◆◇

いつもより早く起こしてもらい、日課のストレッチをコテージの空間内で終わらせる。馬車から降りると、見張りで起きていたのはフレディ副隊長だった。まだ日が昇りきる前だったから驚かれたものの、採取に行くことは止められなかった。イェイ。

採取もした。朝食も食べた。クラオル達はコテージの空間に入るとどこかに遊びに行った。昨日森でアレを見つけちゃった私は新たな道具を作らねばならない。そう、かつお節用のカンナ……というか削り器である。ついでにデタリョ商会では売ってなかったから、キッチンスライサーとピーラーも作っておきたいところ。

作るものが決まっているので最初は木工部屋。作業スピードが上がっていることに、我ながら慣れを感じるね。スムーズに部品を作り終えた私は意気揚々と錬金部屋へと移動した。だがしかし、ここで問題が発生。神銀《ミスリル》を捏《こ》ねたまではよかったのに、肝心な〝刃〟の薄さと角度にかなり手間取ることになった。木工部屋で思い付いたピザカッターが一番最初に完成するっていう……

途中、お昼休憩を挟み、午後もスライサーと格闘。何回も何回も微調整を繰り返し、試し切りしたかつお節と人参が小山を作っていく。なんとか夕食前に完成したものの、私は神経をすり減らしたせいでヘロヘロになっていた。

夕食を作る段階で、何も考えたくなかった私は「過去に食べたスープの中で何がいい？」と聞いてみた。見事にバラバラだったため、順番に作ることに決定。今日はパブロさんリクエストの野菜たっぷりポトフだ。

リクエストしただけあって、パブロさんはすごい勢いでおかわりに走っていく。一人で鍋の半分くらいは食べたんじゃなかろうか……満足そうで何よりです。

ブラン団長達と雑談に興じているとグレンの気配が近付いてきていることに気が付いた。

「……どうした？」

「グレンが帰ってきたみたい。あ！　グレーン!!」

出発時と同じように人型の姿のまま飛んでくるグレンに向かって手を振る。それに気が付いたグレンはスピードを上げ、羽を羽ばたかせて私の前に降り立った。それを見ていたブラン団長が気を利かせてくれ、私達は馬車に引っ込むことになった。

〈セナ、我《われ》はメシが食べたい〉

コテージの空間に入った瞬間にグレンから発せられたセリフである。

「あれ？　ごめん。パン、足りなかった？」

〈いや、パンはまだ残っている。メシに間に合うかと思ったが間に合わなかった〉

「そっかそっか。温かいご飯食べたいよね。何がいい？」

頑張ってくれたグレンのためなら、ちょっと面倒なものでも作るよ。

〈セナが作った腹に溜まるものならなんでもいい〉

「おなかに溜まるものか……豚丼食べる？」

見たことがないとわからないかなと、コテージのダイニングに座ったグレンの前に豚丼の鍋を出して見せると、〈肉だ！〉と目が輝いた。無限収納《インベントリ》に収納していた寸胴鍋は温かいまま。その場でご飯をよそい、豚丼を作る。クラオル達や精霊達も珍しく食べると言うので、私もちょっとだけ。夜ご飯食べたんだけどね。

〈む……もうなくなった……〉

いただきますと食べ始めてから、五分も経たずにグレンが丼を空《から》にしたことに目を疑う。ちゃんと噛んでる？　吸い込んでない？　よくお米詰まらせないね？

「えっと、おかわりあるよ？」

〈おかわり！〉

間髪容れずに要求してくるグレンに笑ってしまう。そんなにおなかが空《す》いてたのねと思うと同時に、契約したら食事は取らなくても支障はないんじゃなかったっけ？　と疑問に思う。まぁいいか。

グレンにおかわりを求められるままよそい続け、既に十杯目。

〈おかわり！〉

「あ……ごめん。お肉はあるけど、ご飯のほうが空《から》になっちゃったんだよね。お肉だけ食べる？」

〈セナが言うご飯とは肉の下にあったモチャモチャしたやつのことか？〉

「モチャモチャって……好きじゃなかった？」

〈いや、肉の汁が浸《し》み込んで美味かった！〉

うん、素晴らしい笑顔ですこと。そんなグレンはお肉だけでも食べるそうで、もう好きなだけ食べてくれと寸胴鍋を出してあげた。ちゃんとドンブリによそっているのはエライ。グレンは汁まで飲み干し、文字通りにお鍋はすっからかんになった。

〈ブタドン、気に入った！　肉はオークか？〉

「そうそう、前に狩ったピンクオーク。珍しいだけあっていいお肉だったよね」

〈ピンクオークだと!?　あいつらにも食べさせたのか!?〉

身を乗り出してくるグレンに戸惑う。剣幕がちょっと怖い。あいつらってブラン団長達のこと？

「え、ううん。ご飯っていうかお米を嫌がるかなって出してないよ。パパ達はお米大丈夫だから渡したけど……」

〈うむ、そうか……ピンクオークは我《われ》が食べるから、あいつらにはダメだ〉

「そんなに気に入った？　それなら家族だけにしようね」

〈気に入ったというか……いや、そうだな。気に入ったから、あいつらにはダメだからな！〉

念を押してくるあたり相当気に入ったことが窺えるね。

――〈((おい、セナは効能を知らないのか？))〉
――『((知らないのよ……主様ってまだ子供でしょ？　説明の仕方に困ったのか、ギルドでは教えてもらえなかったの。説明しようと思ったんだけど、食材全てに疑いを持ったり、料理そのものを止めたり……なんてことになりそうで神達ですら言えずじまいよ。お肉ならワタシ達や神達が食べたところで害はないし、誰かマズい人に食べさせようとしたときにワタシ達が止めるってことになったの。グレンが上手く説明できるなら、してくれてもいいのよ？))』
――〈((あぁ……なるほどな。神ができないことを我《われ》ができるわけがないだろう))〉
――『((やっぱりそうよね。まぁ、今回のグレンの発言のおかげで大丈夫そうだけれど))』

もしくは珍しくて高いお肉だから食べさせたくないのかもしれない、なんて考えていた私はグレンとクラオルが念話で会話をしていたなんて微塵《みじん》も思っていなかった。

「あ、今のうちにお米炊いちゃおうかな」

〈さっきも言っていたが、もしかしてオコメとはシラコメのことか？〉

「そうそう、私がいた世界の私の国では国民食って言えるくらいだったんだよ。パパ達が魔道具を作ってくれたおかげで美味しく食べられるようになったの。パパ達もお気に入りだよ」

〈そ、そうか……（神自ら魔道具を作ってやるのか。気に入られているのはセナだろう……）あ、気に入っているで思い出した。セナに土産《みやげ》があるぞ〉

お土産《みやげ》？　と思ったのも束の間、グレンに促され、移動することになった。連れていかれたのは建物前の広場。着くなり、〈出すぞ〉と声がかかって、ドン！　ドン！　と音を立てながら置かれた何かが地面に山を作っていく。慌てて生活魔法の【ライト】を飛ばし、視界を確保すると目に飛び込んできたのは魔物だった。パッと見ただけでもバカでかいそれが十四以上なことは確か。

「鳥？」

〈これはホットホークス。飛んでる最中に群れと遭遇してな、セナが料理をすると言っていたから肉が傷まないように狩ってきた。これはピリッとして美味いぞ。特に脚の辛さがイイ〉

ホークスって鷹と鷲どっちだっけ？　なんて考えつつ、グレンが言う脚を注視する。件《くだん》の脚は鳥の図体にふさわしく大根よりも太くて、その先には大きな人参サイズの赤い爪が三本伸びていた。

（ん？　んん⁇　赤い爪？　もしかして……）

ピンと閃いた私は鳥の爪に【クリーン】をかけ、短剣で少し削ったものをペロッと舐めてみた。

〈どうだ？　美味いだろ？〉

「これ、鷹の爪だ‼　鷹の爪だよ、鷹の爪！　ホークスって鷹か！　まさに鷹の爪じゃん！」

大声を上げて服をグイグイ引っ張る私にグレンは困惑顔を浮かべている。

〈気に入ったということでいいのか？〉

「うん！　すごいよ、グレン！　ちょうど欲しかったんだよ～！　鷹の爪使う料理で簡単にできるやつあるかなぁ～？」

興奮冷めやらぬ私はクラオルから『寝る時間よ！』とカミナリが落ちるまで、レシピアプリとにらめっこしていた。

◇◆◇

グレンがたくさん食べることがわかったので、朝食時はグレン用の鍋も作ることにした。その代わりに労力をってことで、串焼きの火の番を担当してもらった。フレディ副隊長とパブロさんはカットなどの準備のお手伝い。二人はグレンをチラチラと確認していて、気になるみたい。暴れたりしないから大丈夫なのに。

食後、コテージの空間に入った私達は広場に集合。グレンが樽を出していくのをワクワクしながら見守っていた。渡した四つの樽はなみなみと透明な液体で満たされていて、期待度が否が応にも高まっちゃうよね。この世界ではお酒に年齢制限がない。つまり、転生時に子供になった今の私がたらふく飲んでも怒られないのである。

「では、確認します！」

私がそんな調子だからか、グレンどころかクラオル達までシーンと静まり返っている。

「ふぁぁぁぁ！　日本酒だぁぁ!!　しかも美味しい美味しい大吟醸《だいぎんじょう》……恋しかったよ、日本酒……」

『主様……』

樽に抱き付いてスリスリと樽に頬ずりしていると、クラオルからドン引きしたような声が聞こえてきた。だってさ、グレンが気に入ってたみたいだから、テキーラとかウォッカとかジンとかの可能性もあると思ってたんだよ。それはそれで嬉しいけど、一番欲しかったのは日本酒――清酒なのだ。あとはやっぱりお酢が是が非でも欲しいところ。

〈う、うむ。そんなに喜ばれると、頑張ったかいがあるというものだ〉

「うん、本当にありがとう！　そんなグレン君にはパンケーキを用意しているぞ。食べるかね？ちなみにみんなの分も焼いてあるよ～」

芝居がかった私のセリフに食いついたのはクラオルとグレウス。ご褒美にと望んでいたグレンよりも喜んでいた。

ダイニングに移動し、クラオルとグレウスとポラルの前にパンケーキを配膳していく。

「エルミスとプルトンも食べない？」

《いい香りだ。もらおう》

《私も食べる！　美味しそうだもん》

空《あ》いているスペースに移動した二人の前にもパンケーキを置く。

「最後はグレンの特別バージョンね」

〈おぉ、我《われ》のだけ重なっているな！〉

「功労者だからね」

フルーツも甘いメレンゲも多めにトッピングしてあるのに、そこには触れられない悲しさ。まぁいいんだけどさ。

グレンは甘いものも大丈夫みたいで三段パンケーキを誰よりも早く食べきった。ポラルも精霊の二人も美味しい美味しいと食べ進めている。そんな中、クラオルとグレウスは朝ご飯も食べた影響か、半分ほどで手が止まっていた。その姿に焦《じ》れたのか、グレンがクラオルとグレウスのお皿に残っていたパンケーキに手を伸ばして食べてしまった。

『あ゛ぁー!!　ちょっと！　何勝手に食べてるのよ⁉』

『ボクのパンケーキ……』

〈いらないいんだろ？〉

『いらないなんて言ってないわ！　主様にお願いして取って置いてもらおうと思ってたのに！　あんた三枚も食べたじゃないの！』

『ボクのぱんけぇきぃ……』

クラオルは怒ってテーブルの上に置かれていたグレンの腕をゲシゲシと蹴りながら抗議しているし、グレウスは今にも泣き出しそうな表情で空《から》になったお皿を見つめている。

「あらら……クラオル、グレウスおいで〜」

呼ぶと、かたやプリプリ、かたやウルウルのまま近寄ってきてくれたところを確保。二人を膝の上に乗せ、撫でて落ち着かせる。

「グレン、人のご飯は勝手に食べちゃダメだよ。食べたいならちゃんと許可をもらわないと」

〈すまん〉

「クラオルとグレウスは許してあげられる？」

『主様が言うから許してあげてもいいわ』

『はい……』

ちょっと不満げだけど、この場は抑えてくれるみたい。

「エライ！　我慢できた二人には後でお楽しみを作ってあげるね」

『……お楽しみ？　主様が言うなら楽しみにしてるわ！』

『ボクも！』

コロッと機嫌を直した現金な二人に笑ってしまう。私の天使達が今日も可愛い。わだかまりがなくなったので、私は今日の作業に移ることにした。グレンには手伝ってもらいたいことがあるため、連れ立ってキッチンへ向かう。他のメンバー？　今日も別行動みたいです。毎度土まみれになるまで何やってるんだろうね？

「さて、グレンにはかつお節を削ってもらいます」

〈カツオブシ？〉

「そう、それがあれば昨日の豚丼がもっと美味しくなるよ」

〈やる〉

すごい食い気味に返すじゃん……

やり方を実演し、見本のかつお節を見せる。薄く削るのは難しいと零《こぼ》すグレンに豚丼をチラつかせ、私は昨日想定外に大量生産することになったスライス人参でお味噌汁作り。出汁《だし》にはこれまた試しスライスでいっぱいできたボロボロのかつお節の残骸を使う。もったいないでしょ？

「あぁ～、いい香り。和食が食べたくなるね……」

〈それはこれか？　腹が減るな〉

あなた朝一人で寸胴鍋一杯分の塩スープ飲んだじゃない。しかもついさっきクラオルとグレウスのパンケーキの残りにまで手を出してたよね？　古代龍《エンシェントドラゴン》って胃袋無限大なの？　恐ろしいほどの食欲に乾いた笑いが漏れる。

「うん。これはかつお節から取った出汁《だし》でかつお出汁《だし》っていうの。豚丼が好きでこの匂いでおなかが減るならグレンも和食好きそうだよね」

〈ワショク？〉

「私の国の代表的な料理だよ。日本っていう国名だから日本食ともいうんだけどね。グレンの故郷にはそういう代表的な料理はないの？」

〈ないな。そもそもわざわざ調理をすることのほうが少ない。そのままか丸焼きが多かった。調理されたものが食べたいやつは人里まで食べに行くと聞いた〉

「そ、そうなんだ。そのまま……ワイルドだね」

まだドラゴン姿なら丸呑みっていうのも納得できるけど、人型だったら怖すぎる。解体した肉だよね？　頭とか骨とかはさすがに食べないよね？　藪蛇《やぶへび》になったら困るので深くは聞かない。話題を変えるために削ったかつお節をチェック。見事な厚削りだったので薄削りになるように頼んだ。

グレンが削ったかつお節で出汁《だし》を取りまくっているだけで午前は過ぎていった。出汁《だし》を取ったあとのかつお節はおかかとして使うつもりである。

お昼休憩を挟み、私とグレンはキッチンに戻ってきた。グレンには再びかつお節を量産してもらい、私はまたも出汁《だし》取り。気が済むまで出汁《だし》を取ってから、約束したお楽しみ作りに取りかかる。魔女おばあちゃんに格安で売ってもらった耐熱グラスを使ってプリンでございます。その後はグレンが気に入った豚丼だ。出汁《だし》があるため、日本にいたときに作っていたやり方。お肉は身内用なのでピンクオークを使う。工程が進むにつれ、グレンが目に見えてソワソワし始めた。

「もうすぐ夜ご飯だし、今日のご飯はグレンが食べたことのないやつだよ」

〈む……なら我慢する……〉

そんな未練タラタラに鍋を見つめてもこれは渡しません。

夕食のビシソワーズも気に入ったみたいで、グレンは〈パンが進むな〉なんて、私が作ったパンも食べまくっていた。黒パンのブラン団長達の前で遠慮なく食べるもんだから、ごめんねと全員にパンを配ることになった。

食後、早々に馬車に引っ込んだ私達は、それぞれお風呂を済ませて、リビングへ。全員が集まったところで、お楽しみのプリンタイムだ。ご褒美なのでクラオルとグレウスは二つずつで他のメンバーは一つずつである。このお楽しみのためにクラオルとグレウスは夕飯を少ししか食べなかったんだよ。

『んん～！　美味しい！』

『はわぁ……甘いですぅ』

二人の機嫌は完全に直ったっぽい。幸せそうに頬張っている姿が大変可愛らしい。みんな気に入ったみたいで一安心。中でもプルトンが特に《口の中でとろけるわ！》《なんて柔らかさなのかしら！》《この茶色い部分と一緒に食べるとまた違った味になるのね！》と、グルメリポーターばりに食レポを披露していらっしゃる。彼女の中で何があったんだろうか……

◇◆◇

朝食時、ブラン団長に真面目な雰囲気で話しかけられた。この調子ならあと二日ほどで王都に到着しそうなんだって。

ここまで魔物に遭遇しないのは珍しくて、仮にこの先魔物と戦うことになっても大幅なズレは生じないってことだった。

コテージに入ってから、みんなにグレンとポラルにコテージ内の案内をするよう頼んだ。ポラルに関しては今さら感が否めないけど、あのときは気が回らなかったんです。ごめんなさい。

グレンの右肩にクラオル、左肩にグレウス、頭にはポラル、ポワポワと両サイドに浮かぶエルミスとプルトン。グレンのヤンチャな雰囲気も相まって、小動物に好かれるヤンキーみたいな構図でコテージ見学ツアーに向かっていった。みんなを見送った私は鍛冶部屋と書庫に寄り、錬金部屋に入る。一日縮まるとのことだったので、やれることはやっておきたい。

鍛冶部屋から持ってきた石英石や石灰石など数種類の鉱石を使って、本のレシピ通りにポーションの入れ物を作る。イメージは中の液体が劣化しない試験管だ。イメージがしっかりしているとそれだけキレイに成形されていくのがとてもありがたい。試験管を量産したところで、蓋がないことに気が付いた。試験管の蓋といえばコルクだろう。コルク……この世界では見たことがない。存在しているかどうか植物図鑑で確認しようとメニュー画面を開くと、無限収納《インベントリ》の項目が光っていることに気が付いた。

(ん？　なんだろ？　何か送ってくれた感じ？)

タップして開いた無限収納《インベントリ》の画面をスクロールして確認する。何回もスクロールさせて違和感を覚えた。魚、サカナ、さかな……と写真のような画像に加えて多種類の魚の名前が並び、魚ゾーンが終わったと思ったら、今度は木、キ、き……とこれまた画像と共にさまざまな木の名前が並んでいた。さらにその下にはこの世界の世界地図と世界のダンジョンマップがあった。

(ワオ……魚はアクエスパパで木はガイ兄《にい》かな？　パパ達ありがとうー！)

ありがたくいただこう。お魚は食べたかったし、木は呪淵《じゅえん》の森の木しかまともな木を持っていなかったからとても嬉しい。たった今欲していたコルクがあったら最高です。使うとき用に魚はまとめて食材フォルダ、木もマルッと木工フォルダへと移しておく。世界地図とダンジョンマップは一度取り出して確認してみることにした。

（今私がいるキアーロ国がここで……ガルドさん達が言っていたのはアプリークム国だったよね。うわぁ……かなり遠いじゃん）

呪淵《じゅえん》の森が地球の一番大きな国くらいはあるって言っていたことを考えるとかなりの距離だ。……見なきゃよかったかもしれない。ダンジョンマップの方は発見済のものと未発見のもの、両方載っていた。刷り込み情報では新たにダンジョンが発生することもあるそうなので、現在の最新情報ってところかな？

二枚の地図は無限収納《インベントリ》に戻し、メニュー画面からマップを開いて更新しておく。地図はアップデートされたものの、やはり詳細は一度現地に行かないとわからないみたい。

先ほど木工フォルダに移した木々をチェックしていく。魚は夜にでも。こちらの世界は地球と名称が異なるものが多い。写真があってもどんな木なのかがわからなくて、画面を見ながら鑑定する作業を繰り返す。そして発見！　欲しいものをタイムリーに送ってくれるなんて頼りになる。

地球だとコルクは樹皮だったけど、この世界のコルクモドキは幹が全てコルクだった。ちなみに名称はブッション木《ぼく》。なんで、どうやって成長するの？　なんて疑問はナンセンス。だって異世界だから。コルクモドキの木を薄くスライスし、試験管の内径に合わせて風魔法でくり抜く。ちゃんと円錐台にしたからワインのコルクみたいに埋まって抜けない、なんてことにはならないぜ。試験管と蓋に防水加工を施したら、容器の完成！　我ながら上手く作れたんじゃなかろうか？

さぁ、転生が決まったあの瞬間から作りたかったＲＰＧお馴染みのポーション作製ですわよ。部屋に置いてある備品が活躍すること間違いなしだ。

一口コンロよりも小さいコンロに、これまた小さなテーブル型の網をセット。その上にはビーカーを載せる。昔学校でやった理科の実験みたい。本に従い、初級ポーションの材料である薬草三種を出す。サヴァ草《そう》、クロバ草《そう》、ポポ草《そう》だ。風魔法で粉々にしたものをビーカーに入れ、水魔法の水で煮出していく。魔力を注ぎながらマドラーでかき混ぜていると、エフェクトがかかったようにキラキラし始めた。何故光っているのかはわからないけど、こういうものなのかもしれない。そのまま続けていると、一瞬ポワァと光ったと思ったらキラキラが消えた。

これで完成なのかと、ビーカーの中身を濾《こ》し、鑑定をかけてみる。


【上等初級ポーション】
・キレイな魔力が注がれた上等初級ポーション
・一般的な初級ポーションよりも回復力が高い
・気力、体力共に回復する
・製作者：セナ・エスリル・ルテーナ

え……マジか。初めて作ったのに上等なんてものができてしまった。しかも製作者の名前まで表示されるの？　これ、非表示にできないんかな？

チャレンジあるのみ。同じやり方で、混ぜるときに「名前出るな」と念じる。ポワァッと光ってから濾《こ》して鑑定。効能は同じで、最後だけ〝製作者：匿名希望〟と変わっていた。希望なんだね。ちょっと笑っちゃったよ。次は「治れ、名前出るな」と魔力を注ぎ、完成したものに鑑定をかける。

【高等初級ポーション】
・キレイで上質な魔力が注がれた高等初級ポーション
・一般的な初級ポーションよりも回復力が大幅に高い
・気力、体力共に回復する
・回復量は初等中級ポーションに匹敵
・製作者：匿名希望

（おぉ、念じるだけでこんなに変わるのね。中級ポーション並みってすごくない？　面白いわ～）
今度は魔力水を回復魔法である【ヒール】を混ぜたものに変更。もちろん、匿名希望がいいので「治れ、名前出るな」と念じることも忘れずに。

【最上等初級ポーション】
・キレイで上質な魔力がたっぷりと注がれた最上等初級ポーション
・一般的な初級ポーションよりもかなり大幅に回復力が高い
・気力、体力共に大幅に回復する

・回復量は高等中級ポーションに匹敵
・製作者：匿名希望

ん？　一つ前のポーションと結構変わってない？　初等中級から高等中級に一気に上がったんだけど……間の中等中級どこいったん？　回復量については明確じゃなくて目分量って感じなのね。

これ、中級ポーションの材料で作ったら、上級ポーションばりの回復薬になるかな？　書庫にあったのは初級編と上級編で、中級ポーションの材料はわかんないんだよね……

なんてことを考えつつ、ひとまず作った四つのポーションを試験管に移して無限収納《インベントリ》へ。やり方がわかったので、最上等の初級ポーションを量産することにした。

念話が届くまで集中していた私はクラオルに怒られた。『またご飯のこと忘れてたでしょ！』って。ノックしたのにすぐに私が降りなかったせいでブラン団長達には「体調が悪いのか」と心配されてしまった。それはごめんなさい。ポーション製作が楽しかっただけでございます。余談だけど、グレンまで土まみれで【クリーン】をかける前に三度見くらいしてしまった。

クラオルには『集中しすぎないでよね！』と言われているものの、午後も私は錬金部屋に引きこもりの予定。午前中はポーション作りに費《つい》やしたので、マジックポーションとか解毒ポーションとか麻痺解除ポーションとかを作りたいんだよね。なので時間を忘れる可能性が高い。

まずはポーションと同じように教本の指示通りにマジックポーション作り。こちらも等級の異なるものを作り、解毒ポーションと麻痺解除ポーションと順番に完成させる。だんだん面白くなってきた私は解毒ポーションとマジックポーションの材料を混ぜてみたり、ポーションとマジックポーションを混ぜてみたり、材料の中には入っていない薬草を混ぜてみたり、パパ達が無限収納《インベントリ》に送ってくれていた薬草を投入したり……と完全に実験に移行していた。

回復系は体力と魔力の両方を回復するポーションや、解毒と体力を回復するポーションなどなど概《おおむ》ね成功を収め、それ以外にも毒薬、麻痺薬、睡眠薬、混乱薬、腹下し……と世の中に放ったらダメなやつまでできてしまった。

（いや〜、こんなにゲームみたいにできるなんて。私、才能あるんじゃ……あ、スキルのおかげか。パパ達に感謝しなくちゃ。それにしても錬金って楽しい！）

毒薬で思い出したことがある。ポイズンスライムの核の存在だ。核を砕くことも考えたけど、まずはポーションと同じように魔力水で煮てみることにした。ただ火にかけているだけで魔力水がトロトロに変化。薄紫色なことも相まって、マドラーで混ぜた感じはゆるいブドウ味のゼリー飲料みたい。鑑定結果は〝毒魔水〟。毒の成分が溶けた魔力水ってことだった。

（トロトロしているのはスライムの核だから？　他のスライムも試してみたいな）

先ほどの毒薬を作ったレシピにこの毒水を使ってみると、糜爛《びらん》毒や腐敗毒、壊死《えし》毒に失明薬……なんてさらにヤバいものができてしまった。思わず噴き出しちゃったのは腐臭薬と肥溜め臭薬。飲むと、それぞれ腐った臭《にお》いと肥溜めの臭《にお》いを体から発するらしいよ。ヤバくない？

クラオルは私が夢中になると予想したようで、全員を連れて夕食の一時間以上も前に錬金部屋に突撃してきた。前科があるだけに何も言えなかったけど、信用がなさすぎて悲しい。

◇　◆　◇

今日は作ってから放置していたブラン団長達用の防犯ブザーネックレスの実験だ。クラオル、グレン、エルミスの三人には空間内に散らばってもらい、順番にネックレスに魔力を流してもらう。私は誰から魔力を流すのかは知らない。感じた魔力を頼りに転移を繰り返す。魔力を流した時点で、誰が流したのかはわかる仕様だった。集合したリビングで三人からネックレスを受け取る。

「結界もちゃんと発動してたし、大丈夫そうだね」

『主様……またすごいものを作ったわね……これ、三つってことは騎士団の三人に渡すの？』

「そうそう、そのつもりだよ。なんかヤバいピンチになったときに使ってねって。廃教会を直したから大丈夫だとは思うけど、魔物大量発生《スタンピード》とかが起こったり、三人が誰かに襲われたりとかしたときに使えるでしょ？　さんざんお世話になったし、三人のピンチなら駆け付けたいじゃん？」

『なるほどね』

「あの三人なら使いどころを間違えることもないだろうから、きっとこれが使われるときは本当に緊急時だと思うんだよね」

『そうね。その点はワタシも信用してるわ』

クラオルが信用しているってことは神達からのお墨付きがあったも同然だ。拾われたのがフレディ副隊長でよかった。

「念話みたいに通信できる魔道具的なものも考えたんだけど……魔道具作りに自信がなかったのと、過保護だから毎日のように連絡がきそうだなって思って」

『あぁ……そうね。想像できるわ』

「最近は少し遠慮されてる気がするから、湖で大きな魔法連発したせいで引かれちゃったのかも」

『それは違うわ。グレンが威嚇《いかく》してるからよ』

「は!? 威嚇《いかく》??」

〈威嚇《いかく》ではない。威圧だ。セナに近付くなら強くなければな〉

シレッと発言するグレンにちょっと腹が立つ。

「何その理屈。ケガを負った私を保護してくれた人達だよ。得体の知れない私の話を信用して騎士団の宿舎に泊めてくれてたし、さんざんお世話になってるのは私の方。前に宿で説明したでしょ？心配性だけど優しい三人に威圧なんてするんじゃありません！」

〈むぅ……わかった〉

睨むような目で怒ったからか、渋々でも納得してくれたご様子。それを見ていたクラオルは『だから言ったじゃないの……』と呆れた声で呟いていた。

ネックレスの件は大丈夫だったので、クラオル達とはお昼ご飯までお別れ。彼らはコテージの建物から出ていったので、また砂まみれになると思われる。

キッチンに着いた私は昨夜忘れていたアクエスパパから送られていたお魚のチェック。無限収納《インベントリ》を開き、魚に鑑定をかけていく。鰆《さわら》、鰤《ぶり》、鰹《かつお》……カツオあるじゃん。かつお節が手に入ったから、ブシにすることはないけども。鮭、カンパチ、のどぐろ、クエ、鯛、平目……などなど。いろいろ入っていた中でも驚いたのは、海老や蟹などの甲殻類からアサリやシジミなどの貝類が魚の形をしていたこと。どうなってんの？　鮪《まぐろ》もあったんだけど、名称が〝クロマグ〟。黒マグロってこと？　鮪《まぐろ》を発見したのでレシピアプリで使い勝手のいいアレがあるか調べる。なんとあったよ、ツナ！

(見知らぬ主婦さんありがとう!!)

鑑定結果では総じて〝鮮度抜群・寿司、刺身もＯＫ〟って書かれていたから、トロや大トロは是非ともお寿司かお刺身で食べたい。無限収納《インベントリ》内で解体をすると、部位毎《ごと》にサク状態。中落ちなんてのもあった。無限収納《インベントリ》、ホント最高だわ。

ツナはオリーブオイル、塩、臭みを取るハーブの三つだけでできるらしい。案外簡単なことを知った。たっぷりとツナを作っていたら暑くなったのでシャーベットも作った。桃のシャーベット美味しい。これもクラオル達が気に入ってくれそうだ。他のフルーツでも作っておこう。

お昼休憩を挟んだ後も私はキッチンにいた。グレンがピンクオークを気に入っていたから、トンカツも好きそうだなって。

「あー……無限収納《インベントリ》にもここにも天ぷら鍋がないじゃん……」

今度作ろうと、今日は代用で違う鍋。この鍋を天ぷら用にしちゃってもいいかもしれない。カツを揚げている最中に思い付いたので、ついでに野菜かき揚げも大量に作った。

そうこうしているうちに夕飯の時間が迫っていた。仕上げはカツ丼だ。パパ達用のやつね。作ったものを入れようとご飯ロッカーを開けると、四神全員のロッカーの中からはネックレスがなくなっていた。受け取ってもらえたみたい。気に入ってくれたらいいな。


夜ご飯は魚のアサリが気になったのでクラムチャウダー。解体したら、やっぱりサクだったよ。

「これはミルクスープですか？」

フレディ副隊長が喜色を浮かべている。ビシソワーズもそうだけど、ミルク入り好きだもんね。

「ううん。クラムチャウダーってやつ。モウミルクは使うけど、味が違うの」

「そうですか。楽しみです。こちらは……？」

「お魚だよ。パパがくれた荷物の中にあったから」

「これが魚……」

「あ、これはもう解体してあるやつ」

こっちでのアサリの名称が思い出せなくて誤魔化したんだけど、それより形状の方の説明に納得したらしい。聞くと、キアーロ国は内陸の国で、カリダの街や王都の周りには川もなく、あんまり魚に馴染みがないんだって。そのせいでキアーロ国ではわりと高級品に分類されているとのこと。そういえばカリダの街でウロウロしていた範囲では見かけなかったわ。

食べ始めるときには全員がソワソワしていた。魚を使っているから、味が気になるみたい。味は……アサリの出汁《だし》がしっかり出ていて、ちゃんとクラムチャウダーだった。トロトロで体が温まる。味も遜色ないし、食感もアサリのような弾力があって、見た目を気にしなければ魚だったとは思わないんじゃなかろうか。みんな気に入ったみたいでよかった。ただ一つ問題があるとすれば、御者さんが涙を流していたこと。毎日拝まれているとは思っていたけど、ついに限界か？　大丈夫？　何も言われていないし、ブラン団長達も触れないから大丈夫だと思いたい。

◇
◆
◇

本日中に王都に着く予定である。今日もクラオル達とは別行動だ。昨日おかずを作ったので今日はおやつ。ポラルと一緒に作ったアレが活躍する予定でございます。

カリダの街を出る直前に買ったさつまいもを氷魔法と空間魔法を使って時間経過させ、熟成。コンロをフル活用して蒸《ふ》かす。その間にラスクやポテトチップスを作っていく。大量に作っていると時間はあっという間に過ぎていた。蒸《ふ》かしの次は蒸《む》らし。蒸《む》らしたさつまいもの皮を熱々のまま剥き、ここでポラルと作った干し芋スライサーである、裁断器が登場！　このスライサーでカットしたものをネット状に糸を張った木枠に並べていく。これを生活魔法の【ヒート】と氷魔法で寒暖差を表現しながら、空間魔法で時間経過させれば、私の大好物である干し芋の完成!!

「うまっ！　しっとり感がたまらん。やっぱ王道の平干しがいいね。異論は認める」

味見のはずだったのに三枚も食べてしまった。

さて、最後の昼食です。クラオルからのリクエストで醤油と味噌を使ったものが食べたいとのことだったので、具沢山お味噌汁と豚肉の照り焼きに決定。フレディ副隊長とパブロさんの手伝いは遠慮したけど、グレンには串焼きを頼んだ。二人が手伝わないことへのグレンの不満はクラオルが黙らせた。クラオルさんつおい……

照り焼きを焼き始めたあたりで、匂いに釣られたのか完全に注目を集めていた。いつもなら声をかけるまでそれぞれ好きなことをしているのに、今日は今か今かと完成を待っていらっしゃった。

そんな昼食は……戦争でございました。鍋、もう一つ追加した方がよかったかも、と思うくらいには。いつも二杯程度だった御者さん達も三杯以上食べていた。しかもね、フーフー、ハフハフっていう擬音語か、「あぁ……」っていう感嘆詞しか聞こえてこなかったの。本気度が窺えるよね。

「あの魅惑の味付けはなんですか？」

「スープはおみそし……ミソスープでミソの実、お肉がぶ……オークの照り焼きでショユの実だよ」

「「「「「！」」」」」

「あれが⁉　あれ、本当にミソの実とショユの実なの⁉」

「う、うん。他にも調味料が入ってるから、それだけじゃないけど……」

パブロさんの勢いに若干恐怖を感じる。ガルドさん達も「しょっぱくて食べられたもんじゃない」って言ってたもんなぁ。照り焼きにみりん使っちゃったから味の再現をするとなると、砂糖かハチミツと……なんだろ？　日本だと日本酒なんだよな……

「んと、ミソスープの方なら再現できるんじゃないかな？　千切った干し肉と一緒にミソの実を入れれば似た感じになると思う」

「ホント!?」

「うん。ショユの実の方は炒め物かな？　ちょっとずつ入れて好きな濃さにすればいいと思う」

「……なるほど。それなら野営でも宿舎でもできそうだ」

「あ、木に実ってるやつは全部収穫しちゃうと次ができにくくなるかもらしいから、そこだけ気を付けてね」

「……承知した。それも含めて隊員達に伝えておこう」

ブラン団長達も飽きてないワケじゃなかったんだね。今回の道中で食べたスープ、マネしてもいいんだよ？　昨日のクラムチャウダー以外ならカリダの街で手に入る材料だよ。

昼食後、私は鍛冶部屋でケーキ型、タルト型、マドレーヌ型を作製した。急いでいたせいもあるとは思うものの、全部魔力頼みの方法だからか、大きなものを作るときには魔力をめちゃくちゃ消費することを学んだ。

第二話　キアーロ国王都　ベトヴァウム到着

門を通過してからしばらくすると、再びノック音がした。もう降りるらしい。降りたのはいいものの、王城の門からほど近い場所だった。着いた際の報告は私抜きで行ってくれるって話になって

たじゃん。お城で寝泊まりも嫌だから宿を取ってくれるって言ってたよね⁇

「……俺達は報告に向かう。宿はパブロが案内する。また後で合流しよう」

「わかった！」

私の頭を撫でたブラン団長とフレディ副隊長はお城へと向かっていった。それを見送った私は約束を守ってもらえることにホッと胸を撫で下ろした。

パブロさんにはちょっと待っていてもらい、ここまで頑張ってくれた六頭の魔馬《まば》達に【ヒール】をかけ、お礼を伝える。顔を擦り寄せてくるのが可愛い。御者さんにはお礼のポーションを渡したんだけど……今まで耐えていたものが決壊したかのように泣かれてしまった。しかも拝みながら。

御者さんいわく、普通御者は〝いない者〟として扱われるそう。護衛依頼などで自分が雇い主となればそのようなことはないけれど、今回のような〝雇われ御者〟なんかだと野営中もスープなど配られないし、食事は自前が当たり前。冒険者と一緒に戦わなければいけないこともあるんだって。

「ブラン様方はお優しいので過去も戦いに参加することはなかったのですが……温かく、珍しく、しかも美味しいスープやパンをいただき、夜も絶対的な安全を保障された眠りにつけるなど、この仕事を始めてから初めてのことですぅぅぅ……」

語る御者さんの後ろで、様子を窺っていた二人の御者さんまで首がもげるんじゃないかと心配になるほどブンブンと頷いている。三人共すごい顔で涙を流していることに引いたのか、グレンに手を引かれ、彼らから一歩離された。

「そうなんだね……私はお馬さんの気持ちがわかるってとても素敵なお仕事だと思うよ。この先も大変なことが多いと思うけど、お馬さんと仲よく乗り切ってほしいな」

待遇が気になるところだけど、無責任ながら頑張ってとしか言えない。あとでブラン団長達に言っておこう。騎士団だけでも意識改革ができたらいいな。

「はいっ！　我ら一同感謝しております。一生忘れません！」

「いや、忘れてもいいから体大事にして。ケガしたらさっきのポーションを使ってね」

「ありがとうございます……ありがとうございます……」

私のセリフで御者さん達は余計に泣き出してしまい、私はグレンに抱えられた。

〈せいぜい励め。そろそろ行くぞ〉

「あ、元気でね～」

歩き出したグレンの腕の中から手を振る。御者さん達はグレンの偉そうな態度も気にならないみたいで、滂沱《ぼうだ》の涙を腕でゴシゴシと拭いながらも私に手を振り返してくれた。


パブロさんによると、街の中心から少し北寄りに王城が建っていて、その王城を囲むように貴族エリアが広がっている。東西南北に出入口の門があるものの、北門の使用にはお偉いさんの許可が必要で、西門を使用しているのは主に貴族。今回は王様からのお呼び出しっていう名目があるから、西門から入ったそう。一般人や冒険者が普段使用しているのは東門と南門で、冒険者ギルドもその二つの門の近くに一つずつ。貴族エリアには平民や冒険者エリアでは取り扱っていないものや、高級品を扱う商店がある。ぼったくりもあるけど、基本的には質がいいものが多い。大通りはスリが多いけど、人目がある分、誘拐なんかの可能性は下がるから、街中の移動は大きな通りを使った方がいい。街の南東と南西には貧民街とスラムが存在しているんだって。買い物はちゃんと見て、スラムには近付かないように……ってよくよく言い聞かせられてしまった。

今、私達が歩いているのはお城から真っ直ぐ南に伸びる道。王都一番の大通りだそう。貴族エリアだからか歩いている人は少ない。カリダの街でも貴族エリアに近付いたのはカメーディさんのところで草刈りをしたときくらい。あまりこの辺には近寄りたくない。カリダの街も広いと思っていたけど、ここはもっと広そうだ。さすが王都ってところ？

貴族エリアと平民エリアを分けている大きな交差点を一度東に曲がり、少し進んだところにある立派な建物にパブロさんが入っていく。入口で手招きされ、後ろに続いて入ることになった。カッチリとスーツを着こなした真面目そうなおじさんにパブロさんが何かを見せている間に、私はグレンの腕の中からキョロキョロ。

（ここ宿？　めっちゃ高そうなんだけど……）

入口正面にはカウンターがあり、壁沿いにはソファが並べられている。右側の低い壁の向こうはカフェスペースらしく、テーブルセットが見えた。外観もそうだけど、壁にかけられた絵画も置いてある壺も何もかもが高級そうで気後れしてしまう。

「セナさーん」

入口近くで止まっていた私達をパブロさんが呼ぶ。

「この子がセナさんで、セナさんを抱えているのは彼女の従魔ね」

「かしこまりました。セナ様、初めまして。私《わたくし》はベーネ。当宿、【渡り鳥】の責任者をしております。どうぞよろしくお願いいたします」

「えっと……おねがい、します？」

自己紹介をした後キレイな所作で頭を下げられ、困惑したまま返したら疑問形になってしまった。

「セナさん、ここ、セナさん達が泊まる宿だよ」

「……えぇ!?　いやいや、もっと普通のとこで充分だよ！」

パブロさんの説明を一拍遅れて理解した私は、衝撃を受けて勢いよく答えた。

「ダメだよー。普通のとこなんかに行ったら冒険者がいっぱいいるんだから！　ここなら泊まる冒険者も変なやつはいないから安心だよ」

（いやいや、お財布が安心できないよ！）

「わ、私も冒険者だよ……？」

「他だと、貴族が多い宿になっちゃうよ？　セナさん貴族嫌いでしょ？　それとも城に泊まる？」

「えぇ……実質選択肢ないじゃん……どうしても普通の宿に泊まるのはダメなの？」

「うーん、国王に呼ばれているから、本来なら賓客として城に泊まるのが恒例なんだ。賓客を冒険者だらけのところに泊まらせるのも問題だし、カリダの街とは違うから、僕達的にも信用できるところに泊まってほしいんだよねー。やっぱり城にする？」

「ココガイイデス……」

選択肢がなさすぎるよ。カタコトで返した私にニッコリと笑顔を向けてきたパブロさんは、さらにとんでもないことを口にした。

「うんうん、よかった。セナさんのご飯が世界一だけど、ここの食事も美味しいよ。欲しいものがあったら、この人に頼んでね。手配してくれるから。宿泊費はもちろん、そうやって頼んだものは城が払うから一切お金は払わなくて大丈夫だし、いっぱい頼んでも問題ないよ」

待遇がよすぎて後が怖いです。普通の暮らしがいい。身の丈に合った生活が一番だよ。そう言うと、何故かパブロさんは感動した様子でグレンごと抱きしめてきた。グレンが暑苦しいって拒否ってすぐ終わったけれど。ドコらへんが琴線に触れたのか謎だ。

私が納得したところで、ベーネさんに言われてサインを書いた。本当なら泊まる人全員が名前を記入するらしい。でも私の場合、グレン達は従魔だから必要ないんだって。案内してくれるというベーネさんに続いて私を抱えたままのグレンが階段を上る。

「セナ様の安全を考え、四階のこちら、四〇五の部屋となります」

部屋に入った瞬間、【切り株亭】のときと同じく、パブロさんが安全を確認し始めた。

《(セナちゃん、この部屋以外にベッドルームが二つ、あとはシャワールームとトイレだったわ。特に何か仕掛けられてることもなさそうよ)》

プルトンから念話が飛んできた。いつの間にか部屋を見て回っていたみたい。プルトンの報告を受けてから十分以上経ってパブロさんが戻ってきた。

「大丈夫だったよ」

「それは私《わたくし》めも安心いたしました。セナ様のお食事は朝食と夕食でよろしいでしょうか?」

「うん、お願いします」

「かしこまりました。食事は部屋にお持ちいたします。この後はお出かけになられますか？」

わからないのでパブロさんを見る。

「うん、先に宿を確保してって言われたから来たんだ。今日は夕食も済ませてくるつもり」

いつの間にか今日の予定が決まっていた。いや、いいんだけどさ。


宿を出た私達はパブロさんの案内のもと、王都見学に繰り出した。向かうは平民・冒険者エリアである。そこでは、雑貨やポーションなどの道具類エリア、野菜や果物などの食材エリア、服飾製品のエリア、木工製品のエリア、武器防具のエリア、鍛冶工房などの工房があるエリア、屋台や出店がいっぱいのエリア……ちらほらと系統の違うお店もあるけど、大体は同じ系統のお店が集まっていた。王都には大きな商会も四つほどあり、それぞれ王族御用達、貴族御用達、貴族と平民の中間層、平民向けとなっているらしい。

いろいろと見て回っているうちに陽が陰ってきたので、ブラン団長達との集合場所に向かうことになった。連れていかれたのは、高級そうなカフェ。ウェイターの男性は私達を二階の個室に案内すると、すぐにいなくなった。なんか視線が冷たかった？

「……どうした？」

「あ、ううん。なんでもない」

ウェイターが去っていった方を見ていたせいで、ブラン団長に心配されてしまった。フレディ副隊長に促され、席に着く。

ブラン団長が私達用に頼んでくれたのは〝ギーウィ〟の果実水。見た目も味も完全にキウイだった。甘いながらもサッパリとしていて美味しい。これは最近この国に入ってくるようになった果物なんだって。取扱店が少ないため、欲しいなら宿で探してもらってくれとのこと。王家のお金で買ったからといって不利になったりすることはないそうなので甘えることにした。

ブラン団長によると、謁見の日は三日後。服装は今着ているような普段着で大丈夫。ただ荷物はお城の入口で預けることになるそう。そして謁見の間には主要な貴族が揃う予定なんだって。「すまないが頼む」って頭を下げられてしまったよ。

食事を終えた私達は早々にカフェを後にして、ベーネさんの宿まで戻った。今はリビングのソファに座って、食後の紅茶でひと息ついたところである。

本題に入る前に、と護衛依頼の報酬を受け取ると、フレディ副隊長にカフェで話を合わせたことのお礼を言われた。盗聴されてたのよ。

「……さっきは言えなかったことだが、今、王が不在らしく、王代理との謁見となる。そしてその場でカリダの街の領主の罪状が読み上げられる予定だ」

「ん？　私って王様に呼ばれたんじゃないの？」

「……元々俺達と同じくらいに戻ってくる予定だったそうだが、何かトラブルが起きたらしく、戻るのが遅れているとのことだった。主要な貴族を呼んだ手前、日時はズラせない。おそらく、王の不在のせいでセナが嫌な気持ちになることもあるだろう」

「なるほど。それってさっき盗聴されてたことと関係あり？」

「関係あるかないかで言えばある、と言えるでしょう。王都は貴族が幅を利かせていて、情報収集のためにああいったことが多いのです。なので、今回は逆に利用させていただいた感じですね」

質問に答えたのはフレディ副隊長。謁見でも私は特に取り繕わなくていいそう。それでも内容からして面倒な臭《にお》いがプンプンするんだよなぁ……

「セナさんは明日、明後日と何をされるつもりですか？」

「買い物かな？　今日いろいろ見て回ったけど、お店の中には入ってないから」

「でしたら、ぜひゴンドラ商会に行ってみてください」

フレディ副隊長によると、平民と貴族の中間層向けの商会だそうで、輸入品やダンジョン産の品も販売しているんだって。私が気に入るものがあるんじゃないかってことだった。

「あ！　そうだ、忘れるところだった。三人にプレゼントがあるんだ」

「「「プレゼント？」」」

「そうそう。魔道具的なものを作ってみたの。はい、これだよ」

「ありがとうございます」

「わぁ、ネックレスだ！」

「……ありがとう。これが魔道具なのか？」

全員ダサさは気にならないらしい。パブロさんに至っては飛び出したウサ耳が揺れている。

「防犯ブザーっていうか、お守りみたいな？　何か緊急事態が発生したとき、それに魔力を流してね。一応普段使いできるようにしたんだけど……好みじゃなかったらごめん」

三人ともその場で装着。本当に嬉しそうに大切にすると言ってくれた。気に入ってもらえて一安心。

「……ずいぶん軽いが、これはセナが作ったのか？」

「うん。神銀《ミスリル》で軽くて頑丈になるように作ったから、壊れにくいと思うよ」

「「「神銀《ミスリル》!?」」」

「うん。神銀《ミスリル》は魔力浸透力が高いって本に書いてあったから」

「……いつの間に作ったんだ？」

「ん？　普通に王都に来る馬車の中で作ってたよ？」

「……炉がないだろう」

「炉、使ったことないんだよね。いつも捏《こ》ねちゃう」

「……捏《こ》ねる？」

理解できていないようなので、神銀《ミスリル》を出し、いつもやっているように捏《こ》ねる。手の中でグネグネと形を変えるそれを見たグレンが笑った。

〈ククク……それはセナにしかできないぞ。神銀《ミスリル》は取り扱いが難しい。大抵の奴はそこまで魔力が持たないし、制御もできない。すぐに魔力枯渇で倒れる〉

え、マジで？　魔力はまだしも捏《こ》ねるのに制御なんて必要なの？　イメージでわりとなんでも作れてるよ？　返答に困った私はハハハと誤魔化すことになった。

ブラン団長達も帰っていき、ポラル達の遅い夕食も終わってしばらく……プルトンが戻ってきた。

プルトン情報だと、あのカフェの盗聴器は店員が仕掛けたもので、元々仕掛けられていた盗聴器と交換されたみたい。元々あったものの方は探したけど見つからなかったそう。

みんなで話し合った結果……話していた内容は大したことじゃないから、様子見ってことに。クラオルが『一応ガイア様に報告しておくわ』と締めくくった。盗聴しただけで神様に要注意人物かのように報告されるのか……まぁ、私は謁見のときに気を付ければいいってことだね。

ベッドに入ってから気が付いたよ。ブラン団長達、あのカフェにいる間、グレンの名前は呼んでたのに、私の名前は呼んでなかったなって。

第三話　ゴンドラ商会

昨日は朝一番にベーネさんにキーウィのお取り寄せを頼み、その後は一日お買いものに費《つい》やした。

肉屋、八百屋、果物屋、ハーブ専門店、薬草を扱うお店などなど……個人店を中心に回って、カリダの街では売っていなかった食材も含め、それはもう大量に買い足した。いくら年齢制限がなくても子供が買うのはどうかなと、お酒の買い物はグレンに頼んだ。おかげで白ワイン、赤ワイン、エールも在庫がたくさん。昨日のことを思い出してニヤけちゃう。

「ふへへへへ」

『主様……怪しすぎるわ』

「だって昨日、食材いっぱい買えたじゃん」

『いくら嬉しくても道の真ん中でニヤニヤしてたら怪しいわよ。このあとは教えてもらった商会に行くんでしょ？』

「うん。あ、グレン、次の角右で」

〈わかった〉

平民・冒険者エリアは人が多いため、今日もグレンに運んでもらっている。グレンの足の長さが羨ましい。子供にしてほしいと頼んだのは私だけれど、身体強化を使ってセカセカ歩くことになるし、人が多いと埋もれてそれもできない。

到着した商会は細やかな装飾が目を引く、高級感たっぷりの立派なレンガ造りの建物だった。カリダの街の領主の邸《やしき》より広そうだ。

「わぁ……」

外観に圧倒されている私を気にも留めず、グレンはズンズン進んでいく。中はカリダの街のデタリヨ商会と似たような雰囲気で、入口正面のカウンターには受付嬢がいた。

従業員のお兄さんにダンジョン産の品を扱っている場所に案内してもらう。魔道具、魔物の素材、花……特に惹かれるものはなさそうだな～なんて思いつつ、グレンに降ろしてもらった私は自分の足で順番に見ていくことにした。

「これは……ネックレス？」

何年放置したのか疑いたくなるほど錆びついていることに引く。これ、商品なの？

「そちらは幻惑耐性効果のあるネックレスですね。少々錆びておりますので、金貨五枚のお値打ち価格となっております。冒険者の方がときどき買われていかれる商品です（……僕、個人的にはオススメしませんが）」

「なるほど……」

鑑定をかける前に商会のお兄さんからの説明が入り、ちょっと笑いそうになってしまった。お兄さん、最後の小声のセリフが正直すぎるよ。錆びつき具合は少々どころじゃないと思うし、五万って高くない？　魔道具的なものだとどんなに肌荒れしそうなほど傷んでいたとしても売れるのね。

「うーん……あ！」

棚の端に置いてあるビン。それは透き通った黄金色《こがねいろ》の液体で満たされていた。期待を込めて鑑定をかけると、なんと〝ごま油〟！　これは買うしかないし、このダンジョンに行きたい。

「お兄さん、お兄さん、これはどこのダンジョンの!?」

「こ、こちらは隣国シュグタイルハンのペリアペティというダンジョンの街のものです」

いきなりテンションの上がった私に驚きつつもお兄さんはちゃんと答えてくれた。残念。ここの近くにあるダンジョン産ではなかった。

「これ、あるだけください！」

「えぇっと、こちら変……いえ、少々変わった香りのものですがよろしいですか？」

ごま油のいい香りを変な匂いだなんて！　なんてことを思いながらも、許可をもらって嗅いでみた。ん～、懐かしいごま油の香り。中華が食べたくなるね。

『確かに変わった香りね』

『はい、不思議な匂いです』

肩の上でクラオルとグレウスが首を捻《ひね》っている。可愛い。

「あるだけ全部買います。全部ください、全部」

「……っ！　か、かしこまりました。ありがとうございます」

一瞬呆けたお兄さんは取り繕うようにお辞儀した。ごま油があったってことは他にもいいものがあるかもしれないと、お兄さんには待っていてもらい、先ほどより前のめりに鑑定をかけまくる。

「あ！　お兄さん、これとこれもあるだけ欲しい。ちなみにこの二つはどこのダンジョン？」

「か、かしこまりました。こちらもペリアペティの街のダンジョンです。ペリアペティの街にはいくつかダンジョンがあるそうなので、全てが同じダンジョンかどうかまではわかりません」

「なるほど。教えてくれてありがとうございます。次は他国からの輸入品が見たいな」

「――っ！　か、かしこまりました」

一瞬、まだ買うの？　って顔してたな……もちろんいいものがあれば買うよ！

案内された部屋は広く、野菜や果物、服や布、木工製品に陶芸品……とさまざまなものが陳列されていた。気になったものを鑑定して、紅茶数種類とリンゴサイズのさくらんぼの購入を決めた。

「こちら大量ですので、応接室にてご商談とさせていただいてもよろしいでしょうか？」

「はーい」

応接室のソファに降ろされた私の前に紅茶が運ばれてきた。鑑定で毒の有無を確認したら、なんと高級茶葉の紅茶だった。

「今回ご購入の品々はどちらにお運びいたしますか？」

「あ、持って帰るから大丈夫」

腰に付けているマジックバッグをパンパンと叩いてみせると、お兄さんは合点《がてん》がいったみたい。

「かしこまりました。ただいま会計準備をしておりますので、こちらで少々お待ちください」

お兄さんに言われた通り紅茶を片手にクラオル達をモフモフしていると、お兄さんは三十分ほどで戻ってきた。その手には大きなリュックサック。中に買った商品が入っているらしい。

「お待たせいたしました。これよりあちらのテーブルにお出しします。それを確認して納得いただけましたら、お会計、商品の譲渡へと移りたいと思います」

なんでこの部屋にバカデカいテーブルがあるのかと思ってたけど、そういうことね。詐欺予防ってところ？　フレディ副隊長のオススメだけあってちゃんとした商会なんだね。

ごま油、真っ黒な唐辛子、緑色のこんにゃく、紅茶葉、さくらんぼ……と順番に出されたものを確認。うん、かなり大量。目立って傷んだものもなくてよかった。お会計は総額で大金貨一枚と金貨三枚だった。細かいのはまけてくれたらしい。本当かどうかは知らんけど。最後にお兄さんに服飾のことを教えてくれそうな優しい個人店を教えてもらって商会を後にした。

お昼ご飯は途中で見つけた、公園みたいな広場でおにぎり。鮭やおかかのおにぎりもあったからか、精霊達もモグモグ食べていた。おかかが節《ふし》の木ってことに衝撃を受けていたよ。

午後は先ほど商会のお兄さんに聞いた服飾のお店へ。優しそうなおばあちゃんが「いらっしゃい」と迎えてくれた。

「こんにちは！」

「はい、こんにちは。可愛らしいお嬢さんだねぇ。お使いかい？」

「ううん。お洋服のことが聞きたくて……聞いてもいいですか？」

「私が答えられる範囲なら構わないさぁ。何が聞きたいんだい？」

おばあちゃんはニコニコと笑っている。買わないかもしれないのに、見た目通り優しいおばあちゃんだ。

「あのね、服を染めるときってどうするんですか？」

「それはねぇ、染色に適した魔物の素材を煮出した汁に漬けた後に色落ち防止をかける方法と、染料を魔力で染み込ませる方法と二通りあるんだよ。染料に興味があるのかい？」

「白色と黒色に染めたいものがあって……染めるのに使う魔物の材料って教えてもらえますか？」

「構わないさぁ。ただねぇ……色を作るのに、いろんな魔物の素材や薬草を集めなきゃいけないから、最初から集めると大変さね。……ふむ。ちょっとこっちにおいで。見せてあげるよ」

手招きされ、隣の部屋へ。おばあちゃんは私達に座って待っているように告げると、さらに奥のドアから出ていってしまった。チラッと大きな桶が見えたから、工房に続くドアだったのかも。

戻ってきたおばあちゃんの手には紙と一リットルほどのビンが二本。ビンの中身は白色と黒色だから言っていた染料だろう。

「これなんだけれど……私達のやり方は古いやり方で、他の店では違う方法で染めているらしいから、参考にならないかもしれないねぇ。一から集めるともなると、時間がかかっちゃうのさ」

渡された紙には各色に必要な魔物の名前と部位、分量がビッシリと書かれている。一色につき、最低でも五種類の魔物が必要。薬草は……色を煮出すときに必要なもの、染める際に必要なもの、とそれも数種類必要らしい。確かに全色を作ろうと思ったら大変だ。

「これも何かの縁さね。よければそれはあげるよ」

「えぇ!?　大事な商売道具でしょ⁇　もらっちゃっていいの⁇」

おばあちゃんは〝大事な商売道具〟のところで一瞬寂しそうな顔をしたものの、次の瞬間にはニコニコに戻った。

「気にしなくて大丈夫さ。私達のやり方は古いけれど魔物の素材を扱っている分、付与がしやすいっていう利点があるんだよ。真剣に見ていたから、こっちのやり方に興味があるんだろう？　興味を持ってくれたことが嬉しいのさ。まぁ、無理にとは言わないけれどねぇ」

私の頭を撫でるおばあちゃんは私が三点を受け取ると、過去に思いを馳せるかのように目を細めた。新しいやり方とやらにお仕事を減らされているのかもしれない。

「ありがとうございます！　大事に使わせてもらいます。……おばあちゃん、この材料の中で手に入りにくいのってどれですか？」

「んー、そうさねぇ……この中だとブラックマンティスかねぇ？　このへんだと呪淵《じゅえん》の森にしか生息していないんだよ」

（おぉ、ビンゴ！）

何匹か私が呪淵《じゅえん》の森を彷徨《さまよ》っていたときに倒した魔物が載っていたから、それだといいなと思ったんだよ。

「ブラックマンティス、持ってはいるんですけど、倒したときにコマ切れになっちゃって……それでもいいですか？」

「ブラックマンティスを倒した⁇　お嬢さんが⁇」

頭に〝？〟を浮かべているおばあちゃんに見せた方が早いと、無限収納《インベントリ》から取り出す。ずっと無限収納《インベントリ》の肥やし状態だったから、役立ててもらえるなら嬉しい。

おばあちゃんは「んなーーーーー⁉」と倒れそうなくらい驚いていた。

「これと、この三つと交換にしてくれませんか？」

「は⁉　え、ちょ、え、これ本物⁉　受け取れないよ！　あのね、お嬢さん。これは普通に売ったらお金になるんだよ。それを……」

「倒したはいいものの、荷物に入れていただけなのでちゃんと役立ててくれそうなおばあちゃんに渡したいなって。この黒色にも使われてますよね？　なので交換してくれると嬉しいです」

「ほ、本当にもらっちゃっていいのかい……？」

「はい！　染料と染色の紙、本当にありがとうございます」

「こちらこそだよ。ありがとうねぇ……」

涙声でお礼を言い続けるおばあちゃんに店前まで見送られ、私達はお買いものを再開した。ちょっといいことした気分。今日はよく眠れそうだ。

第四話　謁見

ついに謁見の日がきてしまった。憂鬱だけど乗り切らないと。何事もないといいな……

ブラン団長達のお迎えで宿を出ると、宿の正面には豪華な馬車が待機していた。これで王城に向かうそう。王城に着いたら着いたで荷物検査と身体検査。といっても、検査するのはブラン団長達。気を利かせてくれた部分もあったんだろうけど、パブロさんが「他人なんかにセナさんは触れさせないから安心してね」って耳元で教えてくれたから、彼らの希望でもありそう。そういえば、ポラルのこと話してない！　って思ったものの……ブラン団長達、気が付いていないっぽい。まぁ、ポラルが絶妙なタイミングで場所を移動していたせいもあるかもしれない。マジで隠密系っぽいんだよね。昨日銀貨一枚で買ったショボいカバンはちゃんとパブロさんに渡した。

ブラン団長の先導でお城の中を進む。私は既にグレンの腕の中だ。お城は派手すぎず、落ち着いた雰囲気だった。ただ、お城の中にあるというだけで壺や装飾品、壁に飾られている絵画など全てが高級品に見えてくる。たとえ簡単に作れそうな土器だとしても、プレミアとか歴史的な価値とかがあるのかもしれない。

控室での落ち着かない時間を経《へ》て、再びグレンに抱えられた私は謁見の間の前まで来た。重厚な扉が開かれる瞬間、私の頭の中では有名ＲＰＧのオープニング曲が流れた。

ブラン団長に続き、謁見の間に足を踏み入れる。そのまま半分ほど進んだところで止まった。ブラン団長達が私達を挟むように移動したため、正面の玉座がよく見えるようになった。

二段高い玉座には代理人だろうメタボな三十代くらいの男性。申し訳ないが、知的な感じはしない。玉座の隣にはゴテゴテに着飾った五十代くらいのおばさん。化粧がめちゃくちゃ濃い。二人共、こちらを見る目は明らかに侮蔑を含んでいた。両側の壁沿いには貴族が並び、そちらからの視線がものすごく痛い。

(似てないな……勘違いだった？　ん!?　これ、また鑑定されてる？　嫌な感じだな)

ジャースチ商会のスパイだったあの人に鑑定されたときのようなモヤモヤと纏わりつく魔力を感じ、鑑定を跳ね返すイメージで結界を張った刹那、鑑定をかけてきていた人達と思われるステータスがピコピコと表示された。反射をイメージしたからか……。気配とステータスから七人もの諜報員を発見。多くない？　貴族自らかけているやつもいた。玉座の方はわからないけど、魔法禁止とか無効化とかの魔道具はこちら側には設置されていないらしい。

「よく来たな。そのような姿で……さすがは冒険者、だな」

代理人が馬鹿にした声で言うと、両サイドの貴族から笑い声が漏れる。偉そうな代理人に早速ため息をつきたくなった。面倒なことになりそうだな……

「此度は何やら活躍したそうだな。楽にせよ」

楽にせよって言われても私はグレンに抱えられていて頭を下げてもいないし、膝を突いてもいない。グレンと顔を見合わせた私は、とりあえず降ろしてもらった。想像していた謁見とだいぶ違う。頭を下げて、名前を呼ばれて面《おもて》を上げよ？　みたいなこと言われるんじゃないの？　グレンがイライラしてきてるから、もう余計なこと言わないでほしいんだけど……

「そいつがドラゴンだな。褒美は……金と爵位でいいだろう。平民からすれば喉から手が出るほど欲しいだろうからな」

（いらねぇ……）

「……話が違います、兄上！」

怒り出さないようにグレンの服を握った瞬間、ブラン団長が焦ったように叫んだ。

（あ、やっぱり王族だったんだ。勘違いじゃなかった）

「貴様に兄上などと呼ばれたくない！　卑賤の血が流れる貴様を王族とは認めない！」

ブラン団長は言い返さず、悔しそうに拳を握りしめている。場違いな感想だと思いながらも、私は異母兄弟らしきことに安心した。これがマジなお兄さんだったらショックすぎる。

「ワタクシはそのヴァインタミアを気に入りました。ワタクシに献上しなさい」

（あ゛ぁん？　クラオル達寄越せって？　ふざけんなよ……！）

私の癒しで大切な家族であるクラオル達に手を出そうとするなら話は別だ。しかし腹は立つものの、今すぐケンカを売るのは得策じゃない。

「この子達は私の大切な家族ですので渡す気はさらさらありません。それに爵位もいりません」

「ふ、不敬だぞ！」

ニッコリと張り付けた笑みで断言したら、聴衆の貴族から聞こえてきた。さらに周りの貴族が「そうだ！　そうだ！」と便乗して騒ぎ始めた。国会のヤジかよ……何をもって不敬というのか。それを言うなら頭も下げていない最初からだよ。

「まぁぁ！　許可を得る前に喋り出すなんて……平民は礼儀というものを知りませんのね！」

おばさんは声高々に派手な扇をパタパタさせている。

(礼儀を知らないのはアンタだと思いま～す)

「爵位は準男爵で充分だろう」

(話続けるんかーい！　準男爵って男爵の下で一番下の爵位じゃなかったっけ？)

構わず話を進める二人に私は心中でツッコんでいた。怒りを通り越して呆れてくるわ。

「(ねぇ。これなんの茶番？)」

『(こいつら本当に王族なのかしら？　頭が悪いどころじゃないわ)』

《(ここまでひどいなんてこの国すぐに終わるわね)》

《(このままだと、精霊も国から逃げるだろうな……)》

念話を飛ばしてクラオル達と喋っていると、グレンから明るい声が飛んできた。

〈(クククッ。あいつを鑑定してみろ。面白いぞ)〉

グレンに言われて鑑定してみると、確かに面白いことが書いてあった。特におばさん。相当お好きな人らしい。この内容は周知の事実なのかな？　じゃなかったらおかしいよね？　あれ？　でも、そうするとさっきのあの人のセリフが矛盾してることになっちゃうぞ。

「カリダの領主達は無罪とする！」

「……なりません！　無罪にしてしまえば外交問題になります！」

やばい。全然聞いてなかった。でも、外交問題はダメでしょ。私でもわかるわ。

――〈グルルルルル！　黙れ人間共〉――

念話で頼んだ通り、グレンが人型のまま、ドラゴンのときのように空気を震わせた。何人も貴族がぶっ倒れたけど、グレンには威圧で黙らせておいてもらう。

「まず、この古代龍《エンシェントドラゴン》もヴァインタミアも私の家族です。渡せと言われて自分の家族を渡すワケないでしょう。私と家族を無理やり引き離そうとするのならば敵とみなします。それと爵位ですがそんな余計なものはいらないんですよ。あなたは代理とはいえ代表者に向いていないですね。外交問題についても、あなたは戦争でも起こしたいんですか？」

ギルドは世界共通だ。多少忖度《そんたく》はあるだろうが、貴族はもちろん、王族も贔屓《ひいき》しないというか……公平を謳《うた》っていて、政治的介入や私的介入はご法度。じゃないと冒険者が使いつぶされてしまう。そのギルドで問題を起こしたのはこの国の貴族。不可侵とされているギルドへと手を出したのだ。他国から糾弾されてもおかしくない。誠意を見せるために、むしろ厳しい罰を与えるべきである。

「なっ、なんだと！　ボクちんに逆らうのか⁉」

（ボクちん⁉）

「貴様不敬にもほどがある！　ボクちんは父上直々に代理を頼まれたんだぞ！　ボクちんの意見が

正しいに決まっているんだ！」

大汗をかきながら反論してきたものの、内容はひどいし、何より一人称が衝撃的すぎる。

（ボクちん!!　ヤバい、笑いたい。めっちゃ笑いたい！　耐えろ、耐えるんだ。いくら王族でも三十代半ばくらいなのにボクちんはヤバいでしょ……ボクちんって……）

口元はピクピクして、体はプルプル。笑わないように深呼吸を繰り返し、なんとか落ち着いた。思い出したらまた笑いたくなっちゃう。お願いだから今は喋らないでね。今度は絶対噴き出しちゃう。

「ふぅ……さて、もういい加減入ってきたらどうですか？　いるでしょう？　扉前に四人」

私の言葉で注目を集めた扉がゆっくりと開いていく。入ってきたのは、口髭が生えたイケおじ、オールバックに髪の毛を撫でつけている神経質そうな男性、顔の雰囲気がイケおじに似ている男性、そして騎士だった。四人共グレンの威圧に中《あ》てられたのか、顔色が悪い。

「申し訳ありませんが、殺気を止めていただけませんか？」

神経質そうな人が言うのでグレンの服をクイクイ引っ張る。威圧が止まると同時に、ほとんどの貴族は膝から崩れ落ち、床に座り込んだ。既におばさんは威圧した瞬間に倒れていて、ボクちんがギリギリ気を失わず体裁を保っていた感じだ。汗は滝のように流れているけど。

「ち、父上!?　いつ帰ってこられたのですか？」

「昨夜だな。代わってもらおうか」

口髭おじが玉座を指差すと、ボクちんがそそくさと玉座からどき、おばさんは控えていた騎士達に運ばれていった。口髭おじは玉座へ座り、私から見て右側にオールバックの人、左側に若い男性、その隣にボクちん、一歩引いて騎士が立った。ポジション的に口髭おじが王様、オールバックが宰相、若い男性が王太子、騎士が近衛兵か騎士団長ってところかな。王太子は二十代後半っぽいから、ブラン団長のお兄さんだろう。

「先ほどまでの無礼、大変失礼した」

王様が頭を下げたのに倣《なら》い、一緒に入ってきた三人も頭を下げた。それを見ていた周りの貴族はざわざわとさざめき始めた。ボクちんは王様が平民に謝罪したことが信じられないようで驚愕の表情を浮かべている。頭を下げられたところで許そうとは思えないんだよね。

「なかなか入るタイミングがなくてな……セナ殿、此度の呼び出しに応じてくれたこと、礼を言う。カリダの街を救ってくれたことに褒賞を与えたいと思う。報奨金は出すつもりだが、他に何か希望はあるか？」

「爵位以外で。自由が好きですし、そちらの代理人がいる国に仕えたいとは思えませんので」

「なっ⁉」

「そうか……そうだな。本当に申し訳ない。ならばこの国で自由に過ごせるように王家が後見人となろう。それくらいはさせてくれるだろう？」

ボクちんは文句を言いたげだったものの、王様が話し始めたせいで何も言えず。私をすごい顔で睨んでいる。国王の言葉を遮らないという分別はあるらしい。

「いいえ、お断りします」

「ほう……理由は？」

「後見人だからと恩着せがましく言われたくないので。国の移動も自由がいいですし――」

「先ほどから聞いていれば不敬だぞ！」

行動を何一つ制限されたくない、と続けようとしたら、またも右側の貴族からクレームが入り、周りの貴族とボクちんも「そうだ！　そうだ！」と騒ぎ始めた。またかよ……

「静まれ！」

「ですが！　この平民の小娘の態度は目に余ります！　何故そのような褒賞など……！」

王様の一喝で騒がしかった貴族達は黙ったものの、その中の一人が叫ぶように訴えた。

「セナ殿がスライムの核を発見した。世界中で初めての発見である！　それだけではなく、一人でマザーデススパイダーと天災級のムレナバイパーサーペントを退治してくれたのだ！　これ以上の説明が必要か？」

「「「「！」」」」

ハッと息を呑む音が揃い、静寂が支配したのも束の間……再びざわざわと喧騒が戻ってきた。ボクちんは何がなんだかわからないのか、一人首を傾げている。

「まさか……このような小娘がそのような偉業を成し遂げたなど、到底信じられません！」

「そうだな……見せてもらえないか？　見せれば納得するだろう」

「……陛下！」

ブラン団長が咎めるように呼んでも、王様は目に楽しさを滲《にじ》ませている。普段使っているマジックバッグは無限収納《インベントリ》だ。見せかけだけのバッグはパブロさんを経由して警備兵に渡っているハズ。それなのに出せってことは、今、ここで、スキルを使えと？

真意を確かめようと黙って王様を見つめていると、パブロさんに呼ばれた。

「セナさん、セナさん。はい、これ！　こんなこともあろうかと、持ってきておいたよ」

ウィンクをキメたパブロさんの手にあるのは、先ほど預けた見せかけバッグ。さすがパブロさん！　機転が素晴らしい。これでマジックバッグを使っているように見せなってことね。

「ありがとう！　出すのは構いませんが、ここの何かが壊れても、誰かがケガをしても、私達の責任にはならないことを断言してもらえますか？」

「わかった。何かあってもセナ殿達の責任にはしない」

はい、言質いただきました。内心ニンマリと笑った私はブラン団長達の服を引っ張って扉から廊下に出る。王様が私を呼んでいる声が聞こえるけど、見たいと言ったのは自分なんだから責任持ってもらいましょう。

「出しますよー！」

廊下から声を張り上げ、わかりやすいようにバッグに手を突っ込んだ私は、無限収納《インベントリ》からウツボの頭を謁見の間に出現させた。

「ひぃぃぃぃぃぃ！」

「うわぁぁぁぁぁ！」

謁見の間に響く、貴族達の叫び声に内心ほくそ笑む。四百三十二メートルのウツボだよ？　そ

の頭が小さいワケないじゃん。実際、扉ギリギリ……いや、何かしら潰してそう。出したときにガシャンって音が聞こえたもんね。ウツボには結界を張ったから、ウツボ自体がそれで傷むことはないでしょう。

「なるほど。出て正解ですね。ありがとうございます」

「あはっ。すごい声」

フレディ副隊長には撫でられ、パブロさんはクスクス笑っている。そんな中、王様の「セナ殿……！　しまってくれ！」という声が小さく聞こえた。頭を再び無限収納《インベントリ》にしまい、ブラン団長と手を繋いで謁見の間の中に戻る。貴族達は倒れている人がほとんどで、壁にへばり付いている人なんかもいた。王様は顔色が悪いままでも平常を装っていたけど、ボクちんは腰を抜かし、口をパクパク。しかもズボンの一部分の色が濃くなっている。まさか、ね……

「ゴホンッ。これで全員信じられただろう。褒賞の続きといこう。セナ殿は我が国を守ってくれた恩人である。爵位はいらないとのことならば、王家からメダルを贈る。これを持っていれば王家から身元の保証がされていることになり、貴族専門の店はもちろん、王族専用の店も利用可能だ。爵位はなくともこの国では王家に次ぐ身分だと思っていい。恩人であるセナ殿には我が国で快適に暮らせるように取り計らう。王家と対等な友人だと解釈してくれて構わない」

「対等で友人ですか……」

（それはそれで何かしらの裏がありそうなんだよなぁ……）

復活した貴族達がざわつき始めた声をＢＧＭに、素早く頭を働かせる。ここが正念場だろう。

「私達、及び私の大切な存在を利用しようとしたら怒ってもいいということですかね？　仮に王族からのお願いであっても、ギルドを通した依頼としてキチンと報酬があり、なおかつ拒否したい場合は拒否しても構わないということですか？　まさか友人としてタダ働きしろ、なんて国の代表である王様ともあろう御方がイチ平民の冒険者の小娘に言いませんよね？　私はこの王都に住んでいるワケでも、思い入れがあるワケでもないですし」

「ふむ…………そうだな……」

「それは私の言葉に対しての了承と捉えていいんですか？」

「…………わかった。そうしよう。恩人であるからな……」

長～い長考をしていた王様は私の追撃に白旗を上げたみたい。一応念のために復唱し、有事の際に戻ってこられないことも承知させた。

「皆の者、そのように心せよ。そしてカリダの街の領主は公費虚偽申告の罪と、冒険者ギルドへの領主としての立場を利用した私的介入の罪に問われている。これは外交問題になりかねない由々しき事態である。よって、カリダの街の冒険者ギルドのギルドマスターのピニグヤー・グリーディ、元第一騎士団隊長のスヴィスニ、領主アヴァール・グリーディ辺境侯爵の一族と関係者全てを身分剥奪及び犯罪奴隷とする！　セナ殿には報酬の件について細かいことを話したい。この後応接室に来てくれ。では、これにて終了とする」

あの知らないオーク似の人はやっぱりギルマスだったのか。ジョバンニさん大変だったんだろうな……最後に貴族がザワザワとしてたのが気になるけど……何かあったら王様に責任取ってもらおう。快適に過ごせるように取り計らうってたもんね。

謁見の間を後にした私達はブラン団長に連れられ、王様が言っていた応接室に入った。

「……セナもグレン殿も嫌な思いをさせてすまなかった。大丈夫か？」

「結構疲れてはいるけど大丈夫」

「……陛下が来る前に事の顛末《てんまつ》を説明しよう」

そう言うブラン団長を中心に三人の話をまとめると……

まず、私がS判定の薬草を大量に納品した時点で「すごい冒険者がいる」と噂になった。その人物は幼い女の子で、珍しい魔物を従魔にしているらしいと。そして私が稀少なピンクオークを狩ったこと、納品するものが全てS判定か特S判定だったことで、私の持ち物全てがSか特Sなんじゃないかとさらに噂が広まり、余計に狙われることになってしまった。ブラン団長達は怪しい動きをしている貴族や裏稼業の者、商人など関係した人達を徹底的に捕らえていたが、領主は実の弟のギルドマスターと結託して巧妙に隠していた。領主が関係していることはわかっていたものの、決定的な証拠がない。しかし、私を討伐隊に無理やり参加させたことでこれ以上は危険すぎると判断。王命という形で捕らえた。あの討伐隊の強制依頼が領主扱いとなっていたのはギルマスの仕業で、ストーカーは領主の差し金。ちなみに第一騎士団は私の情報を領主に流していたそう。

さっきの謁見では話に出なかったけど、第一騎士団と一緒にいたモヤモヤパーティは、街の人や冒険者を騙し誘拐して奴隷商人に売ったり、他の冒険者を追い剥ぎしたり……と罪を犯してしていたため、犯罪奴隷として過酷な労働に従事することに。第一騎士団は基本的に貴族で、討伐隊時のリーダー以外は秘匿情報漏洩で実家から勘当されて平民落ち。平民落ちとは言うものの、今回の一件は街の全員に通達されたため、街の住民からは白い目で見られることがわかりきっている。冒険者にならない限り生活は厳しいだろう……ってことみたい。

みんなどんだけ高級肉が好きなんだよ……確かに美味しいけど、そんなに？　グレンが気に入ってるから売るつもりはさらさらないんだけどさ。っていうか、カリダの街のギルマスって領主の弟だったのね。さっき名前言ってたけど、特に気にして聞いてなかったんだよね。

「なるほど。そういうことだったんだね」

「……早く捕まえられなくてすまない」

「ううん！　私のせいですごく大変だったんだね。調べてくれてありがとう。いっぱい迷惑かけてごめんなさい」

頭を下げて謝る私に三人は笑顔を向けてくれる。

「気になさらないでください。セナさんが無事で何よりです。今まで他の犯罪で逃げていた者も捕らえましたので、カリダの街は住みやすくなると思います」

「むしろ囮みたいなことになっちゃってごめんね。セナさん、監視されているの気付いてたでしょ？」

「うん。でも何もしてこなかったから放置してた。街の中でしか付いてこなかったから」

「あぁー……それはね、僕達が討伐隊で出てる間に部下に調べさせたんだけど、セナさんのスピードに付いていけなかったみたい」

「そうだったんだ」

そんなにスピード出してたっけ？　身体強化して走っただけだよ？

「……元々あのパーティーで捕らえるつもりだったんだが、まさかあんなことを言い出すとは思っていなかった」

「あぁ、あれね……あれは私もビックリした」

「妾《めかけ》にするなんて言ってたよね。本当にジワジワと……ジワジワと殺してやりたかった！」

パブロさんが瞳のハイライトを消し、黒い発言。

（二回もジワジワって言った！　ダークパブロ出ちゃってるよ！）

ブラン団長もフレディ副隊長も腹に据えかねていたらしい。ブラン団長まで「斬り倒したかった」なんて物騒な発言をしたことに驚きです。話は討伐隊のときの一件にまで戻り、謝られてしまった。デカ蜘蛛とウツボを私が倒したから、任せてしまったと気にしていたみたい。あれは私が出しゃばっちゃったようなもんなんだよね……あのときは倒さなきゃ、なんとかしなきゃ、ってそればっかりだったんだよ。

「いやいや、むしろごめんね。あの後ブラン団長達が気まずそうだったから、引かれたのかと……」

「そんなことはありません！」

珍しくフレディ副隊長が声を張り、ビックリ。

「……そうじゃない。セナを護るつもりでいたのに、肝心なときには足手まとい。却《かえ》ってセナの負担になっていただろう。全てセナ頼みになったことの不甲斐なさと申し訳なさ……それに古代龍《エンシェントドラゴン》と軽く契約してたしな……」

「僕達がセナさんを嫌うなんてことはないんだから！」

「そっかぁ……嫌われてなくてよかった」

えへへと締まりのない笑みを浮かべた私に「可愛い！」とパブロさんが抱き付いてきた。スキンシップ復活かな？　撫でてあげるとピョコーンと飛び出てくるウサ耳が可愛いよね。

「パブロ。セナさんにくっつきすぎです」

「えぇ!?　せっかく癒されてたのに！」

「充分癒されたでしょう？」

パブロさんがフレディ副隊長に引き剥がされ、二人が言い合いを始めてしまった。喧嘩というよりはジャレてる感じだ。前よりも仲よくなったみたい。微笑ましい二人を横目に、大人しく隣に座っているグレンに念話で話しかける。

「((今日は威圧しないんだね？))」

〈((人間の割に頑張っていたようだからな))〉

「((ふふっ。そっか))」

〈((だがセナを利用する気なら話は別だがな))〉

「((三人共優しいからそんなことはしないよ。あの王様はどうかわからないけどね))」

ブラン団長達やカリダの街の人達、昨日の服屋のおばあちゃんのことは好きでも、さっきの一連の流れで王様を、この国の貴族を信用しようとは思えない。どうなることやら。

しばらくして、ようやく王様達が応接室に現れた。騎士は部屋のドア前で待機するらしく、入ってきたのはそれ以外の三人だ。

「先ほどは失礼した。私はこのキアーロ国の王をしているマルフト・キアーロ。よろしく頼む。こっちが宰相のバイロン・ドヴォルガス、そして王太子のドヴァレー・キアーロだ」

「バイロン・ドヴォルガスです。よろしくお願いいたします」

「ドヴァレー・キアーロです。お会いできて光栄です。よろしくお願いします」

国王様は金髪にオレンジ色の瞳で口髭が生えてるイケおじ。宰相さんは茶髪に青い瞳で髪の毛をオールバックに撫で付けている神経質そうな人。王太子は金髪に赤い瞳で温厚そうな人。

「セナです」

よろしくしたくないので名前を言ってペコリと頭を下げておく。

「いろいろと聞きたいこともあるが、先に報酬の話をしよう。バイロン頼む」

呼ばれた宰相は一枚の紙を見て話し出した。

「ムレナバイパーサーペント、及びマザーデススパイダーをセナ様一人で討伐。本当にすごいですね……ゴホンッ。今回の討伐に対する報奨金ですが、マザーデススパイダーが白金貨五十枚、ムレナバイパーサーペントは白金貨三百枚となっております」

(ん!? 白金貨って一枚で一千万だよね？ 蜘蛛が五億でウツボが三十億!? めっちゃ高くない!?)

「多くないですか？」

「そのようなことはありません。マザーデススパイダーはブラン様方、騎士団の精鋭三人と熟練の冒険者四人で戦っても全く歯が立たず、セナ様に守っていただいたと報告が来ています。それを考えると、討伐隊に参加していた全員で戦っても勝てたかどうか……間違いなく死亡者やケガ人が出ていたでしょう。それを踏まえた金額となっております。ムレナバイパーサーペントはさらに桁違いの強さです。水の中故《ゆえ》攻撃は難しく、国全体……いえ。隣国など、周辺国を巻き込んでの討伐となるところでした。実際、攻撃を避けることに精一杯で手も足も出なかったと報告を受けています。こちらは間違いなく死人が出ていたことでしょう。ですので、この金額となっております」

「はぁ……そうですか……ありがとうございます」

金額が大きすぎて実感がわかない。討伐だけでこんな大金になるなんて……これ、素材売ったらどうなるの？

「そしてスライムの核のことですが、世界で初めての発見です。我が国の魔法省が一丸となり、日々研究しております。大変貴重な発見をしていただきありがとうございました。こちら……白金貨百枚の報酬となります」

「前にジョバンニさんに白銀貨一枚もらいましたよ」

「はい、報告を受けています。世界で初めての発見ですので、もっと高くてもいいところなのですが……スライムということでこの金額となりました。申し訳ございません」

いや。安いなんて思ってないよ……

「いえ。ありがとうございます」

「そして討伐隊の報酬になりますが、こちらは捕らえた元領主とその弟のギルドマスターの独断により討伐隊に編成されたとのことですので、ご迷惑料も合算いたしまして大金貨五枚となります」

（これまた五十万なんて大金じゃん……）

「こちら、全てお持ちください」

宰相さんに渡されたお金の袋を無限収納《インベントリ》に入れる。袋の数が多いから流れ作業みたいだ。もう働かなくても一生食べていける金額だよ。遊んで暮らせるよ。ガルドさん達と会えたらコテージでグータラ生活しようかな……

「さて、報酬の話は終わったが、先ほど話していたメダルについてだ。これは必要になったときに職人が作っているため時間がかかる。王族以外に渡す際には魔力を登録してもらう必要もあるため、少し王都に滞在してもらいたい」

（ん？　また延長？）

「そして滞在中にパーティーを開くのだが、セナ殿にはぜひ参加してもらいたいと思っている」

「私は客寄せパンダですか……」

思わず、低い声が出た。めっちゃイライラしてきたんだけど。

「ぱんだ？」

「見世物ってことです。さっきも結構初めの方から扉のところにいましたよね？　ムレナバイパーサーペントの頭を出したときもそうです。普通は荷物全て預けるんですよね？　マジックバッグにも武器が入っているかもしれないから預けますよね？」

「セナ殿はアイテムボックスのスキル持ちなんだろう？」

「だから？　えぇ、持ってますね。アイテムボックス、珍しいんですよね？　そんなのを貴族の前で披露したらどうなります？　わかります？　わかってます？　レアスキルを持った者と結ばれると、それを引き継いだ子供が生まれる……なんて、根拠もなく言われてるんですよね？　パブロさんがバッグを渡してくれたからよかったものの、狙われたらどうしてくれるんですか？　ムレナバイパーサーペントもアイテムボックスのスキルも見てみたい、なんて安易な考え方をする人のパーティーなんかには参加したくないですね。見世物なんかになりたくないんで」

イライラを一気に捲《まく》し立てる。性格が悪い？　元からです。

「ハッハッハ！　国王に意見するとは面白い。先ほどの交渉術もすごかったがな」

（面白いだと？　こいつ楽しんでやがったな）

こちらのことはどうでもいいってことかよ。

「信じらんない。メダルなんかいらないんで帰らせてもらいます」

〈殺すか？〉

グレンは威圧をかけつつ、私に確認を取る。それに慌てて謝罪をするのは王様達ではなく、ブラン団長だ。子供に謝らせる親ってどうなの？　もう、敵とみなしていいかな？　他国の王族に紹介して自国に縛り付けようって魂胆が見え見えなんだよ。

「あなたは国王ですよね？　マザーデススパイダーとムレナバイパーサーペントを倒した私がカリ

ダの街で嫌な目に遭ったから謝罪すると呼び出した立場ですよね？　それについて謝られた記憶なんかないですけど。私を呼び出し、自分のために全て利用するつもりだったんですね？」

〈我《われ》の配下を呼んで街を壊してもいいんだぞ？〉

「「「！」」」

国王達は息を呑み、慌てて謝罪してきた。本当にグレンの仲間を呼んだら、昨日の優しいおばあちゃんも危険になるから、そんなことはさせないけど。グレンに撫でられ、クラオル達のスリスリもあって私は少し落ち着きを取り戻した。

「ふぅ……諜報員も何人も謁見の間にいたし……大体、養子だかなんだか知らないけど、あの人を代理にしたことから間違ってるわ。国を滅ぼしたいとしか思えない」

「……セナ。あれは一応俺の兄だ。養子じゃない」

「え？　ブラン団長ってあの人とお母さんが一緒なの？　あの人のお母さんって隣に立ってた、化粧がやたら濃いおばさんじゃないの？」

「……あぁ、母親が違う。兄上の母親は隣に立っていた女性で合っている」

「養子じゃないなら繋がってないじゃん。あの人の父親、旅の一座の人だし。あぁ、でもあのおばさんが王様の奥さんなら、一応義理の兄弟にはなるか。それにしてもブラン団長をバカにした意味がわからないんだよね。いくら母親が王様の奥さんでも、あの人、王様の血、流れてないのにね」

「「「「「は？」」」」」

「あれ？　これ秘密だった感じ？」

鑑定で普通に見られたからてっきり暗黙の了解みたいな感じかと思ってたんだけど……そういえば称号って見られる人少ないんだったわ。墓穴掘ったな……

「どういうことか説明していただけますか？」

宰相さんがいつの間にか身を乗り出していて、顔が近くて驚いた。グレンが睨むと元の位置に戻ったけど。

「グレンが鑑定すると面白いって言うから鑑定したら、あのボクちんには〝王家の名を語る者〟と〝傲岸不遜〟と〝旅の一座の血を引く者〟ってあって、隣のおばさんは〝国民を欺《あざむ》く者〟と〝旅の一座の者を脅して子を身ごもった者〟と〝好色・多淫・淫奔〟って書いてあったんだよね」

「「「「「！」」」」」

私の発言を聞いた全員が唖然としている。

「あと〝寵愛されし者を殺めし者〟とも書いてあったよ」

「なんだと⁉　それは真か⁉　やはりあやつのせいだったのだな！　ようやっと仇が討てる！」

「……母上……」

鼻息を荒げて興奮する王様と寂しそうに呟くブラン団長の温度差が激しい。もしかして〝寵愛されし者〟ってブラン団長のお母さんだったのかな？　あいつらを断罪するのは大歓迎。私の大事なクラオルとグレウスに手を出そうとしてきたからね。完全に私の地雷なんだよ。

(今までの悪行を後悔するような厳しい罰がいいな)

「すまない。この一件、礼を言う。解決できるかもしれん。だがパーティーには出てほしい。隣国を招いているんだ」

「あ?」

「嫌です。さっきの話聞いてました? 見世物になりたくないし、目立ちたくないんですよ。ここにすら来たくなかったのに、誰しもが有名になりたいなんて思わないでください」

(あ。素が出ちゃった)

〈やはり殺《や》るか?〉

「顔を出すだけでも構わん。シュグタイルハンの王族が来るんだ。頼む」

王様が頭を下げた。ん? シュグタイルハンってごま油のダンジョンのある国だよね?

〈……セナ。シュグタイルハンのダンジョンは王の許可がなければ入れないところもあるぞ〉

グレンは私を試すかのような挑戦的な笑みを浮かべた。なんですと⁉

「そうだ! 紹介して許可を出してもらうように進言しよう!」

グレンのセリフに助かったと言わんばかりにテンションが上がった王様にイラッとする。

「ハァ……わかりました。ただし、進言じゃなくて必ず許可を得てください。それなら出ます」

「善処しよう!」

腹は立つものの、ダンジョンのためだ。我慢、我慢。

「先に言っておきますけど、鑑定ができるからといって私を巻き込まないでくださいね。自分達の問題も解決できないワケないですよね? 国王様ですもんね? それと今回のような呼び出しも二度としないでください。私は貴族が好きではないので関わりたくありません。この国で貴族が私達や私の大切な人に何かしてきたら責任取ってくださいね。それがたとえあなた達の身内や国にとって重要人物であろうとも。さっきの謁見でご自身で言ったことくらい守れますよね？　大体、仇討てるって言ってましたけど、そんなに好いた相手なら最初からちゃんと調べるべきだったんじゃないですか？　あと、カリダの街の領主はキチンと領民のことを考えられる人にしてください」

フンッと鼻を鳴らして嫌味ったらしく締めくくる。スキル、貴族達の前で披露させようとしたこと忘れないからね。

「うぐ……わかった。驕《おご》っていたことを謝罪する。気を引き締めよう」

国王が顔を引き攣らせたことにちょっとだけ溜飲が下がった。

「セナ殿。報告では魔法で倒したとあるのですが、具体的な話を聞いてもよろしいでしょうか？」

話が落ち着くのを待っていたのか、名乗った以降黙っていた王太子から質問が飛んできた。

「それはダメですよ。冒険者は多くは語りません。英雄として扱われたい人物なら話すかもしれませんが、世の中知らない方がいいこともあるんですよ」

パブロさんの言い方はいつになく丁寧だった。

（ものすごくトゲがある気がするし、笑顔が黒い！　そして王太子にそんなこと言っていいの⁉）

「そうですか……騎士団に何かアドバイスをと思ったのですが、残念です」

〈貴様らには無理だな〉

肩を落としてみせた王太子にグレンがバッサリと言い放つ。

「ちょっとグレン、一応相手は王族だよ」

「「「一応……」」」

「「「クッ……」」」

国王達は呆然と呟き、ブラン団長達は笑いを堪えている。

〈事実だろう？　セナを利用したがっているくせに自分達が上だと思っているのが間違いだ。こやつらなんぞに理解できるとは思えん〉

「いやいや。そうじゃなくて、言葉遣いだよ。一応この人達王族なんだから丁寧に話してよ」

「「「一応……」」」

「「「プッ」」」

〈こやつ自ら対等な友人だと言っただろう。咎められる謂《いわ》れはない〉

「あぁ、そういえば言ってたね。じゃあいいのか」

〈だから事実を言っている。それともセナは自分の魔法やスキルを話すのか？〉

「え？　なんで話さなきゃいけないの？　こんな信用できない人達に」

「……ククッ。ハハハハハ！」

いきなり声を上げてブラン団長が笑い出したことに驚いた。ブラン団長以外は目を丸くしている。

(爆笑!?　初めて見た！)

「……ククッ。父上、兄上。セナはとても頭がいい。俺はちゃんと伝えましたよね？」

「あ、あぁ」

笑いが収まらないままブラン団長が話し、呆然と国王が答えた。

「……セナを侮《あなど》っていた父上達の完敗です。俺もあの兄上は心配でしたが、まさか父上達がセナを利用しようとしているとは思いませんでした。セナを利用するつもりでしたら、俺達カリダの街と戦うことになるでしょう」

「なんだと？」

ピクリと眉を動かした国王がブラン団長に聞き返す。

「……俺はセナが貴族を嫌っていると報告していました。それがあの元領主により、さらにいい印象はなくなった。その上この国の王である父上に利用されそうになった。従魔であるグレン殿が怒るのも無理はない。父上達は古代龍《エンシェントドラゴン》に喧嘩を売っているようなものです。カリダの街でセナは誰にでも分け隔てなく接しています。関わっていない貴族以外の街を支えている人間はセナを好いています。セナが嫌がることは許さないでしょう。俺達騎士団もそうです。俺達のいる第二騎士団だけではなく、第三・第四騎士団や他の冒険者達にも好かれています」

ブラン団長の言葉にフレディ副隊長とパブロさんはうんうんと頷き、国王は何も言い返せないみたいで無言のまま。第三・第四騎士団は関わってないのになんでだろ？

「……セナは俺達が好きか？　言っていなかったが、俺は二十歳で継承権を放棄する予定とはいえ、まだ一応王族としての名がある。それにフレディは貴族だ」

「え!?」

驚いた国王を一瞥することもなく、ブラン団長は私を見つめたまま。

「え？　大好きだよ？　初めて会った日に名前聞いたとき、ファミリーネームが国の名前と一緒だったからそうだろうなって思ってた。ブラン団長もフレディ副隊長も貴族だからって偉そうにしたりしないし優しいもん。もちろんパブロさんもカリダの街の人達もみんな優しくて大好きだよ！」

ニッコリとブラン団長に言うと頭を撫でられた。フレディ副隊長とパブロさんも嬉しそう。

「……俺もいろいろ吹っ切れました。国一番の兵力のあるカリダの街を敵にしたくなければ、セナを利用しようなどとは考えないことです」

ブラン団長は幾分かスッキリした顔で国王に言い終えた。

（あそこ一番兵力があるんだ……あの訓練のやり方で……）

「わかった……セナ殿、度重なる無礼、申し訳ない」

「「申し訳ありません」」

王様達三人が神妙な顔で頭を下げた。

カリダの街が敵になるって言ったら謝るのか……そんなに強いの？

〈フンッ。今さらか〉

「セナさん不思議そうですね」

グレンが鼻を鳴らしたのをスルーしたフレディ副隊長から声をかけられた。

「うん。他にもいっぱい街があるのにどうしてカリダの街一つの兵力で手の平返すの？」

「「手の平返す……」」

「ふふっ。セナさん、うちの第二騎士団に戦闘狂がいたでしょ？」

パブロさんがニコニコと聞いてくる。

「戦闘狂ってリカルド隊長？」

「そうそう。リカルド隊長は元々あの街の出身で他の街に行くのを嫌がるんだよ。故郷を守りたいって。あの人だけで軽く他の街の二つ三つくらいは制圧できるよ」

「えぇ!?　そんなに強いの!?」

「そうです。だから書類仕事ができなくても隊長なんです。ただそうなると誰にも止められなくなるのですが……」

　フレディ副隊長が疲れたように補足した。

「なるほど……」

（それをサポートしなきゃいけないフレディ副隊長達は大変なんだね……）

「……いくら父上と兄上でもセナを利用するのは許せません」

「そうか……ブランにとって大切な存在なんだな」

　国王が呟く。

「……えぇ。引き取ってもいいと思いますし、護りたい存在です」

（えぇ!?　過保護だとは思ってたけど、そんなこと初耳だよ！）

「……フッ。驚いているな。だがセナは自由が好きだろ？」

「うん」

「……だから言わなかった。セナが嫌がることはしたくない。いろいろ巻き込んで結局自由にしてやれてないが……」

「ブラン団長、ありがとう」

ブラン団長の優しさに泣きそうになった私は抱き付いた。

「そうか……本当にすまなかった。これから信用を得られるように努力していこう」

「そうですね。こちらの事情に巻き込んでしまい、申し訳ありませんでした」

「申し訳ありませんでした」

王様、宰相、王太子の順で頭を下げられた。

(なんだかなぁ……)

「……セナ、疲れただろう？　そろそろ宿に行くか？」

「いいの⁉」

「……父上、兄上、構わないですよね？」

「あぁ。今日は来てくれて感謝する。嫌な思いをさせてすまなかった。セナ殿、パーティーはお願いしたい」

「ダンジョンのためですから」

「わかっている。しっかりと伝えよう」

「長々と申し訳ございません。本日は大変失礼いたしました。ありがとうございます」

宰相が最後にまとめると、王太子も再び頭を下げた。

そうそう、忘れないうちにと思って、部屋を出るときに振り返って「私と私の家族を引き離そうとしたら誰であろうと敵とみなしますので」ってちゃんと宣言しておいた。

第五話　謁見終了後

　乗ってきた馬車で宿まで送ってもらう。目立つ馬車だからあんまり乗りたくないんだけど、形式上必要だそうで、今回だけってことで乗った。馬車が動き出して早々にブラン団長に改めて謝られた。ブラン団長達のせいじゃないのに。

「……あと、母上のこともありがとう」

「ん？」

「……俺の母は元々庶民だった。父上に見初められて爵位のある家に養子として入り、王家に嫁いだんだ。父上の寵愛を受けていたせいで、他の妃達にはいい顔をされなかった。母上の早世の謎は気になっていたから、解決できるのは嬉しい。それと、言いたいことを言ってくれてありがとう。セナのおかげでいろいろ吹っ切れた」

「そっかぁ。ブラン団長が言いたいことを代弁できたならよかった。早く解決できるといいね」

（ブラン団長も苦労したんだろうなぁ）

「……あぁ。これから証拠集めだ」

「私は政略結婚とかよくわからないけど、貴族は大変だよね。好きじゃない人と一生一緒にいなきゃいけないなんて」

「セナさんの出身地では違うのですか？」

フレディ副隊長が聞いてくる。

「んー。政略結婚の人もいるにはいると思うけど、基本は恋愛結婚だよ。身分は特に関係なくて、お互い好きになってずっと一緒にいたいって思ったら結婚する感じ。結婚しない人もいるし、個人の自由だね」

「それは素敵ですね」

大企業の子供とかは政略結婚ありそうだし、お見合いとかもあるけど説明しなくてもいいよね？

まぁ、好きでもない人の子供を産まなきゃいけない奥さん達もいい迷惑だよね。ブラン団長の言い方からすると、あの国王、少なくとも奥さん三人以上でしょ？　一夫多妻制なんて無理だわ。

「……そうだ、セナ。明日はギルドに行けるか？　今回、報酬を受けとった旨をギルドに報告しなければいけない」

「大丈夫だよ」

朝、迎えに来てくれるって。私達を宿に送り届けたブラン団長達はお城に戻っていった。

お迎えしてくれたベーネさんに連れられ、案内されたのは敷地内の倉庫。頼んでいたキーウィが届けられたんだって。倉庫のドアを開けると、木箱が倉庫を埋め尽くしていた。

「こちら、全てキーウィとなっております」

「え、こんなに⁉」

「はい。ほとんど買い占めさせていただきました。お好きなだけお持ちください。もちろん全てでも構いません」

「これ全部もらったら王都からなくなっちゃわない？」

「今回買い占めたことでそんなに美味しいのかと話題になっているらしく、輸入も消費も増えそうですので、なくなるのは一時的だと思われます」

「あぁ、なるほど。需要と供給が両方増えるんだね。もらっても大丈夫ならもらっちゃおうかな？」

「はい。ぜひ」

ベーネさんに許可をもらったので、マルッと全部いただくことにした。請求先はお城って言ってたし、迷惑料ってことで。こんなにあるならいっぱいスイーツ作れるじゃん。楽しみ。

「ありがとうございます。とっても嬉しいです！」

「この量が入るアイテムバッグとは素晴らしいですね。セナ様のお役に立てたようでこちらも嬉しい限りでございます。今日はもうお部屋に戻られますか？」

「うん。謁見で疲れたからゆっくりしようかな？」

「かしこまりました。ごゆっくりとお過ごしください」

礼を取るベーネさんに見送られ、グレンに抱えられた私は部屋に戻った。

「あぁ……疲れたねぇ……」

ソファにだらんと座って誰にともなく呟き、クラオルとグレウスをモフモフ。

『そうね。ありえないくらいのおバカさんだったわね』

「とりあえず、あの領主は奴隷にされるらしいし、この後あのボクちん達調べられるだろうし、なんとかなったかな？　王様達を好きになれそうにはないけど、今後何か仕掛けてくることはなさそうだよね。ただ、ダンジョンのためにパーティー出なきゃいけないのが面倒なんだよなぁ……隣のシュグタイルハンの王様っていい人かなぁ？」

〈この国の今の王は、一応賢王と呼ばれていたと思うけどな……そんな知性は感じなかったが。シュグタイルハンはダンジョンが多く、力や強さに重きを置いている国だったはずだ。ここの国とは全体的に雰囲気が違う〉

「あれで賢王？　どっちかっていうと王太子がそんな感じじゃない？　やたら観察してきてたもん。うーん、そっかぁ……五歳児じゃダンジョンに入る許可はもらえないかもしれないね。ダンジョンに入れないならパーティー出る意味ないんだけどなー」

〈セナの強さを見せたらすぐ許可すると思うぞ〉

「見せるってまた目立つじゃん。目立ちたくないよ。ひっそりと生きていきたいのよ」

《もう既に目立っているではないか》

　エルミスが至極もっともなことを言う。

「うぅ……それ言わないでぇ……目立ちたくて目立ったわけじゃないんだよ。蜘蛛もウツボも私が戦わなかったら誰かケガしてたじゃん。あのときは必死だったの」

〈まぁ、セナがいなければ何人かは死んでいただろうな〉

「これからは地道にひっそりと生きていきたい……」

『主様。お昼ご飯の時間、とうに過ぎてるわよ。何か食べなくちゃ』

私の呟きはクラオルによって即話題を変えられた。そんなあからさまにスルーしなくても……

「むぅ……みんなは何食べたい？」

〈ガッツリ肉が食いたい〉

「グレンは肉ばっかだね……でも今日は賛成！　カツ丼にしよう。食べて嫌なことは忘れよう。コテージ行くよ！」

ソファから勢いよく立ち上がった私はコテージへのドアを出した。やっぱこの空間好きだわ。リゾートの雰囲気がささくれだった心を癒してくれる。ちょっと気分が上昇した私を先頭に、みんなでコテージ内のキッチンへ向かった。

エルミスとプルトンも食べるとのことだったのでピンクオークのお肉で全員分のカツ丼を作る。この前揚げまくったトンカツを使うから、そんなに時間はかからない。これまた作っておいた丼に載せ、お供は人参のお味噌汁。グレンはよく食べるので一人だけ大盛にしておいた。

声を揃えていただきますをしてすぐ、クラオルから幸せそうな声が聞こえてきた。

『んー！　これ美味しいわ！』

グレウスも両手でほっぺを押さえていて、大変かわゆい。グレンはがっついていて、何を言っているかわからない。たぶん褒めてくれているんだろうけど。そしてプルトンが《タレの香りがいいわ！》《卵がトロトロでご飯に絡んでる！》《お肉も柔らかくて肉汁が閉じ込められてるわ！》と、グルメリポーターばりに美味しさについて語っている。

（なぜグルメリポーターに目覚めたのか……）

「うん、やっぱり出汁《だし》があると美味しいね！」

『この美味しさは、あの節《ふし》の木のおかげなのね！』

「そうそう。グレンが削ってくれたからね」

《これにあの節《ふし》の木が使われてるの⁉　あのいらない木がこんなに美味しくなるなんて……やっぱり精霊帝《せいれいてい》に言っていっぱいもらいましょう！》

プルトンが興奮しながらまくし立てていた。出汁《だし》をものすごく気に入ったらしい。

「かつお節の出汁《だし》はいろんな料理に使えるから、グレンにまた削ってもらわないと」

〈美味いメシのためならやってやる〉

（ご飯をエサに頼めば、割となんでもやってくれそうだな……）

満足の昼食を済ませた私達は再びキッチンにいた。可愛いクラオルからのリクエストで、さっき受け取ったキーウィを使ったデザートを作るためである。モジモジとおねだりしてくる姿は悶えるほど可愛かった。そんな天使はグレウスと一緒にワクワクした様子だ。

私の隣では早速グレンがかつお節を削ってくれている。慣れたのか、コツを掴んだのか、職人のようにシュッシュッと軽快に削る姿は古代龍《エンシェントドラゴン》には見えない。

今回のデザートはタルト。アーモンドプードルのタルト台にカスタードクリームとフルーツを載せた簡単なもの。仕上げのジャムは杏ジャムがないから、オレンジマーマレードで代用。ついでにスムージーも作ってみた。

ダイニングの席に着いたみんなのお皿にカットしたタルトを載せ、コップにはスムージー。これも大好評だった。三つ作ったタルトは主にグレンがおかわりして早々に食べ尽くされました。

夜ご飯、ゆっくりしていたとはいえ、そんなに時間が経っていないから私は半分も食べられなかったんだけど……グレンが私が残したものもペロリと平らげた。食欲がすごい。グレンいわく、食べないなら食べないでも大丈夫とのこと。クラオルが『主様が大変になるでしょ！』と怒ったおかげで、普段はそこそこの量にしてくれるとか。王都までの間はグレン用に鍋を作ってたけど、今回みたいな丼ものだと何回も作らなきゃだからね。ありがとう、クラオル。

閑話　王族side

セナ達が退出した後の執務室は静寂に包まれていた。

「父上。放心する前にあの愚兄共を捕らえなくていいのですか？」

「はっ、そうだ！　近衛騎士を呼べ！」

ドアの前に控えていた近衛兵が魔道具を使い招集をかける。集まった近衛兵達に宰相が説明をして、国王が命令を下す。

「あの二人を隔離塔へ連れていけ！　逃げられないようにしろ！」

「「「「ハッ！」」」」

近衛兵達は敬礼した後、走り去っていった。

「ハァ……セナ殿は痛いところを突いてくるな」

「もっともな意見だったと思いますよ？」

ソファに座った国王がため息をつき、宰相がその国王のために紅茶を準備しつつ答える。それを横目に、王太子はセナが座っていた方のソファに座り直した。

「しかし惜しい人材ですね。あの鑑定が本当であればとても有利に事が進められますし、ムレナバイパーサーペントを倒す力があれば国の安全が保証できる」

「そうですね。それにあの交渉力は素晴らしいですし、我が国に欲しい人材です」

宰相が王太子に返答しながら、それぞれの紅茶をテーブルの上に置いた。

「確かにブランから聞いてはいたが、あの歳であれだけ頭の回転が速いとは……こちらの行動が全て裏目に出てしまった。カリダの街の民を敵に回すわけにはいかない。あの戦神もいるしな」

「ふふっ。それだけじゃないでしょう？　父上はブランがお好きだ」

王太子の発言は国王をからかうようだった。

「そうだな、あいつの忘れ形見だ。いろいろと苦労させてしまったが、まさか継承権を放棄したいと思っているとは……」

「そこはある程度予想していましたけどね。ブランが騎士団に入って王都から出ていき、距離を取ろうとした辺りから。今回あんなに嫌がっていた王家の力を使ったことの方が予想外です」

「うむ。権力もそうだが、ブランがあんな風に笑うところを見たのは、あいつが生きていた幼い頃以来だ。物心付いたときには既に表情に乏しい子供だった。微笑み、声を上げて笑うなどもう見られないかと思っていた。セナ殿のおかげなんだろうな……」

紅茶を飲み、気安い態度の王太子に語る国王は寂しそうな表情を湛えている。

「そうですね。久しぶりに見ました。前はもっと人間に興味がなさそうでしたもんね。まぁそれは父上が原因ですが。ブランと一緒にいた第二騎士団の副隊長と暗部の者も雰囲気が変わりましたね。ブランはセナ殿を妻にしたいと思っているんですか？」

「いえ。配偶者ではなく自分の子供として安全に暮らさせたいのではないでしょうか？　臣籍降下をしてもブラン様は公爵となります。セナ様はあの可憐さがありますので貴族には目を付けられやすいでしょうが、守りやすい身分です。ご両親を既に亡くし、料理など様々なことをこなせるほど苦労されてきたようですし」

王太子の視線を受けた宰相は自身が受けた報告に予想を交ぜて返した。

「そうか……あの歳で調理もできるのか。今まで狙われていたのなら貴族嫌いも納得だな……」

「そうですね。セナ殿が妙齢であれば妻にしたいくらい可愛らしい子でしたね」

「ハァ……古代龍《エンシェントドラゴン》にも嫌われたようだし、完全に失敗だったな……」

「セナ様の強さを読み間違えましたね」

項垂れる国王に対し、宰相は冷静だった。

国王の計画では選民意識の強い代理人に困らされているところに割って入り、自分は味方だとアピールする予定だった。またブランが見たというアイテムボックスのスキルを自分も見てみたかった。ブランに見せるくらいだから噂のことなど知らないと思っていたのだ。そして契約する際、古代龍《エンシェントドラゴン》は頭を下げていたと報告されていたから、常識的な、温厚な性格だと思っていた。………しかし、蓋を開けてみればやることなすこと全てが失敗だったと言えるだろう。まさか後見人になることを断られ、挙句にメダルすらもいらないなどと言われるとは……平民であれば諸手を上げて喜ぶ褒賞である。そもそも、少女が国王に意見する度胸があることが予想外だったのだ。五歳の子供がこちらの失態を突きつけ、自分の要望を通そうとするなど、いったい誰が予想できたというのか。唯一成功したと言えるのはムレナバイパーサーペントの報奨金だ。あの金額で納得してもらえたのは喜ばしい。他国を巻き込み、自国の兵や冒険者を投入すれば、とてもじゃないが白金貨三百枚程度では済まないからだ。

「今思えば最初から計画は破綻していたな。あの愚息……あぁ、息子じゃないのか。あの馬鹿があそこまで考えなしだとは……何故指示通りにすらできないんだ……」

「そうですね。アレに会わせたことがまず失敗でしたね。ひどすぎて入るタイミングまでセナ殿の世話になりましたもんね。最後の捨てゼリフは、あの妃の〝従魔を献上しろ〟という発言があったからでしょうね」

「うっ……もうこれ以上の失態は許されない。古代龍《エンシェントドラゴン》にかかれば我が国はすぐに終わる」

「父上がふざけるたびにあの少女がいつ爆発するかとヒヤヒヤしていましたよ。マザーデススパイダーとムレナバイパーサーペントを倒し、古代龍《エンシェントドラゴン》を従魔にしたという事実をもっと重く受け止めるべきでしたね。セナ殿の頭がいいおかげで助かったようなものでしょう。父上は死に急いでいるようにしか思えませんでした。世界中の人に言ってやりたいですね。賢王なんかではないと」

「うぅ……お前は相変わらず容赦がないな……」

「まぁセナ殿は賢王などとは思っていないと思いますのでご安心を」

「安心できるか！」

「とりあえずセナ殿の信用を取り戻……取り戻すも何も最初からありませんでしたね。信用を得られるようにした方がいいと思いますよ？」

「くっ……わかっている。とりあえずダンジョンの許可はもらわなくては……」

「あの力が全てという隣国にどうやって許可をもらうのですか？」

「それは……」

「まさかセナ殿に力を見せろなんて言いませんよね？」

「ダメか？」

「ハァ……こういうときは本当に使えなくなりますね。いいですか？　パーティーで強さを見せたら目立つでしょう？　セナ殿は目立ちたくないと言っていました。ちゃんと覚えていますか？　目立ちたくないと言っているのに目立つことをやりたがるわけないでしょう。勝手に約束したんですから、父上の交渉で許可を得るんですよ。貴族相手なら無駄に回るその頭と口を使って」

「お前実の父に向かって辛辣すぎないか？　そこまで耄碌《もうろく》していないぞ」

「事実しか言っていませんよ。セナ殿にも何回も言われていたじゃないですか。『話聞いてます？』って。約束を守れなければ国が滅ぶ覚悟でいるべきでしょう」

「う……」

「あとはご自身でお考えください。こちらはブランの調査の手伝いに向かいます。あぁ、可愛い弟が微笑んでくれるかもしれないなぁー」

「くっ……！」

「ご自身で言ったことなんですから、それくらい守れますよね？　国王様？」

王太子はセナが言った言葉をマネして部屋から出ていった。胸中では……（今回は失敗したが、やはり国に欲しい人物だな。扱いづらいが味方にできれば心強い。あのブランの様子では今回の一件でこちらを見限ったようなもの。今まで以上にこちらと関わりを持とうとはしないだろう。引き込むにはブランの存在が鍵だ。さて、どうするか……）と、ふざけた態度とはガラリと違うことを考えていた。

そんなことは知らぬ宰相は、王太子を見送り、国王の方を振り返って追い打ちをかけた。

「まぁ、事実ですね」

「お前まで……」

「仕方ありません。一緒に考えて差し上げますから。早く寵姫の件も調べたいでしょうし」

「おぉ、助かる！」

それから国王と宰相による、隣国の王にダンジョンの許可をもらうための作戦会議が始まった。

第六話　王都、冒険者ギルドと商業ギルド

迎えに来てくれたブラン団長達と一緒に冒険者ギルドに向かう。馬車じゃなくて歩きだよ。私は人が多いっていう理由でグレンに抱えられていますけれども。足元をチョロチョロしてると蹴っ飛ばしそうで嫌なんだって。あと声が聞き取りにくいらしい。

ブラン団長達によると、彼らもパーティーに出席するそう。こっちにいる間はあのおばさん達について調べるとのこと。ギルドにも付き合わせてるし、お仕事増やして申し訳ないっス。

ギルドに到着した私達は受付けをスルーして、二階の一番奥の部屋までやって来た。その部屋のドアをブラン団長がノック。返事と共にドアが開き、顔を見せた人物にはとても既視感があった。

「ん？　んん？　……ジョバンニ、さん？」

「ふふふっ。久しぶりに言われました」

ん!?　ジョバンニさんと違ってバリトンボイスだ！

「とりあえず中へどうぞ」

促された先は執務室だった。私はグレンとソファに座り、ブラン団長達はソファの後ろに立つ。

「初めまして。ジョバンニの兄のジョルガスと申します。王都のギルドマスターをしています」

兄！　まさかのお兄さん。なんか雰囲気は違うけど、顔はそっくりだよ！

「お兄さん……間違えてごめんなさい。初めまして、セナです。順番に、クラオル、グレウス、グレンです。よろしくお願いします」

私が手を向けて紹介すると、クラオル達は『キッ』と鳴き、グレンは自分で名乗った。

「いえいえ。昔はよく間違えられましたが、最近は言われなくなりましたので……若作りしている甲斐があります。ご紹介もありがとうございます。みなさん、よろしくお願いいたします」

(若作り……ジョバンニさんよりお茶目な感じ？　っていうか何歳？)

「本日は報酬の受け取りの件でしょうか？」

「そうです。昨日受け取りました」

「……あと、護衛依頼完了の報告もだな」

「かしこまりました。ギルドカードに記載いたしますので、お借りしてもよろしいでしょうか？」

「はーい」

ジョバンニさんと同じく、ジョルガスさんはワープロに水晶玉がくっ付いている機械をいじり、私から受け取ったカードを差し込んで操作し始めた。

「はい。これで完了となります。セナ様はGランクだったのですね……ランクを上げた方がいいかもしれません」

「ランク上がると目立つでしょう？」

「……セナ、既にムレナバイパーサーペントを倒しているから、目立たないことは無理だと思うぞ」

ブラン団長に懸念していたことをツッコまれた。

「うへぇ……」

「セナ様は目立ちたくないのですか？」

「目立ちたくない。絡まれたくない。平和に生きていきたい」

「なるほど。しかし、セナ様の場合はむしろ低ランクの方が目立ちそうな気がいたします。低ランクのくせに……などと絡まれたりしますので。セナ様の実力ですと、Sでもおかしくありません。しかし年齢もお若いですし、一気に上げると不平不満を言う冒険者も出てくると思いますので、時期を見ながら一つずつ上げていくのはどうでしょう？」

「……そうだな。その方が俺もいいと思う」

「うーん……わかったぁ……」

「では、早速一つランクを上げましょう。そしてセナ様には沢山の指名依頼が届いておりますが、確認いたしますか？」

ランクアップが確定してしまった。カチカチと機械をいじっていたジョルガスさんからの追加の知らせにゲンナリする。

「うわぁ……マジか。全部拒否でお願いします」

「かしこまりました。ランクアップ作業が終わりました。今日からセナ様はFランクになります。カードをお返しいたしますね」

「はーい」

カードを受け取った途端、ジョルガスさんが目を輝かせてズイッと身を乗り出してきた。

「ところでセナ様！　カリダの街ではマザーデススパイダーとムレナバイパーサーペントを売っていないとか⁉　ぜひ当ギルドに売ってもらえませんか？」

（うおっ⁉　ビックリした。いきなり大興奮だな……切り替えが早すぎだよ。蜘蛛は売ってもいいけど、ウツボはいろいろ使えそうなんだよねぇ……）

「うーん、マザーデススパイダーは全然いいんだけど、ムレナバイパーサーペントは美味しいらしいからなぁ……」

「全てでなくても構いません！　貴族や商業ギルドなどいろいろなところから問い合わせが来ておりまして……」

「あぁ、なるほど。昨日の王様のせいか」

「……すまない」

私の呟きにブラン団長が申し訳なさそうに謝ってきたことに焦る。

「あぁ！　ブラン団長に謝らせたかったわけじゃないの。気にさせちゃってごめんなさい」

「……いや、昨日の父上のせいなのは確かだろう。セナのことも考えずに出させたからな」

ブラン団長が肩を落としたのと同時に、グレンまで肩を落とした。

〈売るのか？　美味いのに……〉

「グレンは本当にお肉が好きだね。大きいから、自分達に必要な分は取っておけばいいじゃん。そうだな……ムレナバイパーサーペントだけは解体してからでもいいですか？」

「それはこちらとしては有難いですが……セナ様のご負担では？」

「大丈夫です。えっと……美味しいご飯のためにグレンが頑張ってくれますので」

無限収納《インベントリ》で解体できるけど、言っちゃまずそうだからグレンの名前を使わせてもらっちゃった。

実際ご飯のためにかつお節削ってくれてるし、グレンが解体するとは言ってないから嘘はついていない！　ごめんよ、グレン。

〈……わかった。セナのメシのためならやってやる〉

グレンも合わせてくれたため、誰も疑問には思っていないみたい。

「解体する場所のアテはございますか？　よろしければ場所を確保いたしますが」

〈我《われ》は監視されるのは好かん〉

「鍵を閉めて誰も入れないようにすれば大丈夫です」

「それならお願いします」

「かしこまりました。では明日から数日、倉庫を貸し切りといたします」

デカ蜘蛛の方はそのまま渡したいことを伝えると、ソワソワしたジョルガスさんがすぐに倉庫に案内してくれることになった。

「こちらの倉庫です。中は空間が拡張されていますのでご安心ください」

倉庫に入ると確かに広かった。学校の体育館の二倍はありそうだ。でもこれだとウツボは入り切らない。私の考えていることがわかったのか、「明日の倉庫はさらに広い、とびっきりの倉庫を確保いたしますのでご安心ください」と、ジョルガスさんに鼻息荒く力説された。

「解体の職員を呼びました。順々にこちらに来ると思いますので、出していただいて大丈夫です」

目立ちたくないって言ったからか、揃うのを待たなくてもいいっていう気遣いが嬉しい。大丈夫ならと、無限収納《インベントリ》からデカ蜘蛛、子分蜘蛛を出していく。後ろから「きゃあ！」とか「わっ！」とか「ギャッ！」とか聞こえて振り向くと、呼ばれた職員さん達が倉庫に入った瞬間に蜘蛛に驚いて上げた声だったらしい。そんな職員達にジョルガスさんが解体するように指示を出していた。

蜘蛛の解体には少なくとも数日かかる、とのことだったので、冒険者ギルドをお暇《いとま》した私達はブラン団長達に連れられて、お昼ご飯を食べに行くことになった。

時刻はランチタイム真っ只中。店内は混み合っていたものの、タイミングよく座ることができた。

私は今回も注文はブラン団長にお任せ。グレンはやっぱりお肉を頼んでいた。ブレないよね。

「グレンはドラゴンだから肉食なの？」

〈ん？　考えたことなかったな。野菜を食べるドラゴンもいるが、大体のやつは肉が好きだ。我《われ》はセナの料理なら野菜も好きだぞ。昨日のキーウィも美味かったしな！〉

「あれは野菜じゃなくてフルーツだよ」

「セナさん、もう何か作ったの!?」

グレンと話していたらパブロさんが反応した。

「うん。部屋でフルーツタルトとスムージー作ったよ」

「「「すむーじー？」」」

ブラン団長達三人が首を傾げている。そっか、見たことないとわからないか。

「飲み物だよ」

「……フルーツタルトもタルトがわからないが……そういえばデタリョ商会で魔道コンロをもらってたな」

「そうそう。便利だよね」

本当は違うし、一回も使ってないけど相槌を打つ。使ったとは言ってないからいいよね？

「僕もその〝ずむーじー〟と〝フルーツたると〟食べてみたい！」

「作るのは全然大丈夫なんだけど、どこで食べる？」

「……宿のキッチンを借りればいい」

ブラン団長もフレディ副隊長も食べてみたいそうなので、食後は宿に戻ることになった。ご飯は普通においしゅうございました。


ベーネさんが快《こころよ》くキッチンを貸してくれたのはいいんだけど……何故かこの宿の料理人さん達に見守られながら作ることになってしまった。そんな見られたら緊張しちゃうじゃん。

大量のアーモンドを攪拌《かくはん》し、粉末状にしたアーモンドプードルから作り始める。昨日と違うのは、昨日はいろんなフルーツを入れたところを、今日はキウイをメインにしたところ。グレンもそのことを指摘するつもりはないみたい。二ホールを作ったら、タルトをカットし、その場で試食。

「んん！　美味しいっ！」

またピョッコーンと耳を飛び出させたパブロさんの目が輝いている。

「……美味いな」

「見た目が芸術的で華やかで美しいですね。酸味と甘みが絶妙でとても美味しいです」

ブラン団長とフレディ副隊長もお気に召したらしい。三人はおかわりをし、六等分した一ホールはすぐになくなった。グレンも自分の分を食べられて嬉しそう。

「こ、こちらは……セナ様のアイディアでございますか？」

静かに見守っていたベーネさんからおずおずと質問がきた。

「違う、違う。私は知っているレシピをマネしてるだけで、考えた人は別だよ」

「このような調理方法は初めてです。私《わたくし》共にも作っていただくことは可能でしょうか？」

「大丈夫だよ。ちょっと待ってね」

同じものを再び作り、ベーネさん達に出す。一人一人の配分が少ないのは許してくれ。

「こっ、これは……なんて素晴らしいお味でしょう！　ぜひ我が宿で出したいのですが、よろしいでしょうか？」

カスタードクリームとジャムも教えなきゃいけないな……ドーグルさん達でもジャム作りは難しいって言ってたけど、この人達は作れるんだろうか？

「……セナの料理は手間がかかっているからすぐには無理だと思う。最後にタルトの方にかけていたのはジャムだろ？　以前パン屋でセナが教えていたが、約一ヶ月経っても、まだセナのようにできないと販売されていない」

（マジか！　あれから行ってなくて知らなかったけど、そんなに苦戦してるの？）

「それほど難しいのですね……」

ブラン団長の言葉にベーネさんが肩を落とした。

「タルトは中のクリームも作らなきゃだけど、スムージーなら簡単だから、風魔法が使えるならすぐにできるんじゃないかな？」

「本当ですか⁉　ぜひ教えていただけませんか⁉」

初対面時の落ち着きはどこへやら。ベーネさんは大興奮だ。

「いいよ～」

「セナ様。ぜひ商業ギルドへの登録をお願いいたします」

軽く返した私に、ベーネさんが真面目な表情を浮かべた。

「商業ギルド？　なんで？」

「セナ様のこのレシピは大変貴重にございます。悪用されないためにも登録をした方がよろしいかと。こちらのスムージーを我が宿にてメニューに加えさせていただきましたら、売り上げの一部をセナ様にお支払いいたします」

「えぇ……そんなの気にしなくていいのに」

「セナ様。このようなレシピは本当に貴重なのでございます。従業員一同レシピを口外することはありません。ぜひ商業ギルドへの登録をお願いいたします」

ベーネさんが頭を下げると、それに倣《なら》うかのように後ろにいた料理人さん達も頭を下げた。

「そんな大げさな……第一、ドーグルさんに教えたときもそんな話にならなかったのに」

「……これからのことを考えたら登録しておいた方がいいだろう。セナの料理は全部美味いからマネするところも出てきそうだ。許可した店を登録しておけば問題も起きにくい」

「登録しないとドーグルさん達が危ないってこと?」

「……極端に言えばそうだな」

「わかった、登録する。ドーグルさん達が危険な目に遭うのは嫌だもん」

「ありがとうございます!」

商業ギルドへの登録を決めたことが嬉しいのか、ベーネさんだけでなく、宿の料理人さん達にまでお礼を言われた。登録には明日行くことになり、今日はこのままレシピを教える。ウツボの解体のこともあるから、明日以降、時間がなかなか取れないかもしれないからね。

(そもそも私のアイディアじゃないんだよなぁ……レシピ考案した人ごめんなさい)

◇◆◇

朝食を済ませた私達はブラン団長達のお迎えを待って、商業ギルドへ出発。今回はベーネさんも一緒です。

商業ギルドは冒険者ギルドと違って、王都にも一つしかないんだって。その商業ギルドの建物は、日本の地方にある木造の小学校みたいな外観だった。私が通っていた学校は木造ではなかったけど、なんか親近感がわくよね。フレディ副隊長いわく、敷地は広く、中も空間拡張されているらしい。

中に入った私達はすぐに応接室に案内された。ブラン団長達が一緒だから？

ソファでブラン団長とグレンに挟まれ、クラオル達をモフモフして待っていると、気の強そうなおばあちゃんと壮年の男性が部屋に入ってきた。対面のソファに座った気の強そうなおばあちゃんが値踏みをするかのように私をジロジロと見てくる。

「待たせたね。あんたが噂の子供かい？」

「噂？」

なんの話かわからない私は首を傾げるばかりだ。

「少女がムレナバイパーサーペントを倒したって噂さ。ブラン様が一緒ならあんただろう？」

「だったら？」

鑑定をかけられているのを感じ、跳ね返すイメージで結界を張って答える。

「ふーん。人は見かけによらないとはよく言ったもんだね。あたしの鑑定で何も見えないとはね」

「登録をしに来ただけなのに嫌味を言われるんですか？」

勝手に鑑定をかけたことに詫びもない。ニッコリと笑みを張り付けて牽制した私に、おばあちゃんは目を丸くし、破顔した。

「ハッハッハ！　不躾で悪かったよ。すまないね。冒険者ギルドに登録している子が商業ギルドに登録しに来たって聞いて大丈夫なのかと思ったのさ」

「へぇー……」

「悪かったからそこの人、殺気を飛ばすのを止めとくれ」

よく見るとおばあちゃんはじっとりと汗をかき、その隣に座っている壮年の男性は顔面蒼白。

〈フンッ。我《われ》は殺気など飛ばしていない。ほんの少し威圧しただけだ〉

グレンは不愉快と言わんばかりに鼻を鳴らした。いつの間にか威圧していたらしい。しかもブラン団長達は平気そうだから、正面にいる二人だけに。

「悪かったよ。あんた達なら大丈夫そうだ。王家から褒賞としてメダルももらうんだろう？　下手な貴族や商人が手を出してきたとしても返り討ちにしそうで安心したよ」

私が子供だから心配してくれていたらしい。試したってところだろうか？

「さて、自己紹介が遅れたね。あたしがここ王都の商業ギルドの代表のサルースだよ。で、こいつがサブギルドマスターのゲハイトさ」

「ゲハイトです。よろしくお願い申し上げます」

おばあちゃん改め、サルースさんは平気そうだけど、壮年の男性は顔色が戻らないまま頭を下げた。それに対し、私達も自己紹介。ブラン団長を知っていたから、てっきり面識があるのかと思ったのに、そうでもなかったらしい。

「それで、なんでまた商業ギルドに登録しに来たんだい？」

「それは私《わたくし》めが説明いたします」

サルースさんに答えたのはベーネさんだ。この説明のために来てくれたのよ。ありがたいよね。

ベーネさんは貴重なレシピ、概念が変わる、素晴らしい……などなど、称賛を怒涛の勢いで言い募った。そんなベーネさんの様子を気にするでもなく、サルースさんは冷静に頷いた。

「なるほどね。そりゃあ確かに登録した方がいいだろうね。許可を得ているかどうかで本物かどうかがわかるってもんだ。じゃあ早速登録しようかね。ゲハイト」

「はい。こちらの紙に記入をお願いいたします」

ゲハイトさんが出した紙に記入していく。

名前：セナ・エスリル・ルテーナ
年齢：五歳
種族：人間
形態：

途中まで順調に書いていた私は、ある一ヶ所で手を止めた。形態？　事業形態ってこと？

「形態って？」

「あぁ、説明してなかったね。個人、行商人、屋台、店舗、小型商会、中型商会、大型商会と分かれているんだよ。この形態によってかかる税金が変わってくるんだ。冒険者ギルドは納品のときに諸費用として冒険者から回収しているけど、商業ギルドは回収できないからね。年に一度税を納めてもらうのさ」

わかりやすくまとめると……

・個人↓知識を教えて報酬を得る人。
・行商人↓行商をする人。
・屋台↓屋台販売をする人。
・店舗↓個人の店舗を持つ人。
・小型商会↓個人の商会。
・中型商会↓いくつか支店のある商会。
・大型商会↓いくつも支店を持つ大規模な商会。

……ってことみたい。この登録は起業者向けで、労働者とは別らしい。

「あんたは冒険者だろ？　店舗を持たないっていうなら、個人か行商人だろうね。個人は知識のみ売るから、アイテムや雑貨なんかは売れないんだ」

なるほど。作ったポーションとかを売るなら行商人になるのか。さっきの紙に〝行商人〟と書いてサルースさんに渡す。

「へぇー。行商人かい。何か他にも売るのかい？」

「旅をするからポーションとか食材とか売るかもしれない。見ず知らずの人に無償で何かものをあげるつもりはないし、街によっても物価が違うから、後で面倒な問題になるよりは先にそうしておこうと思って」

「なるほどねぇ。〝安く仕入れて高く売る〟。商人の基本を理解していて、なおかつ先のことを考えることもできると……気に入った！」

パシッと膝を叩いたサルースさんはニコニコと笑顔だ。何故か気に入られたらしい。

「そうだね。ちゃんと許可された店舗は商業ギルドが記録しておこう。宿の【渡り鳥】でキーウィのスムージーだね。他にもあるのかい？」

「……カリダの街のパン屋【パネパネ】でドライフルーツパンとナッツパンとジャムパンだな」

サルースさんの質問に答えたのはブラン団長だ。

「えぇー!? ドライフルーツパンとナッツパンまで？ あれ、すぐマネできるよ？」

「……そうだな。既にマネする店が出てきている。登録されれば処罰対象となるため、こちらも注意しやすい」

（マジか……）

「甘いねぇ。なんでも一番ってのがミソなのさ。一番に披露したところは人気も落ちにくいんだよ。お店の名前と商品名を記録しておけば問題になったときに、王家からメダルをもらったあんたの名前が出てくる。大抵の貴族や商人は諦めるだろうね」

「なるほど。元祖と抑制力か……」

「冒険者ギルドのカードを渡してもらえるかい？ 商業ギルドカードとしても使えるようにしよう。【渡り鳥】からのレシピ使用料はそのままカードに振り込まれるよ。税金は、払いに来るのと引き落としとどっちがいいんだい？」

「忘れる自信があるから引き落としで！」

サルースさんにカードを渡しつつ、私は食い気味に断言した。

「ハッハッハ。既にこれだけ入ってたら残高不足にはならなさそうだね」

ゲハイトさんが冒険者ギルドの機械と似た機械をいじっているのを覗き込んだサルースさんが笑う。書き換え？　が終わった私のギルドカードはゲハイトさんから返ってきた。

「これでそのカードは冒険者ギルドと商業ギルド兼用のカードになったよ。ところで、ムレナバイパーサーペントはもう冒険者ギルドに売ったのかい？」

「まだですね。でも売る約束はしました」

「そうかい。……冒険者ギルドが買い取りできなかった分をウチにも売ってくれないか？」

（あぁ、なるほど。心配して～とか言ってたけど、これが本当の目的か）

「元々全部売るつもりはないので、売る分のうちで冒険者ギルドが買い取れなかった分のみでよければいいですよ」

「それでいいさ。今日商業ギルドに来てくれなかったら買い取りさえできなかったんだからね」

〈フンッ。白々しい。最初からこの話が狙いだったくせに〉

グレンはサルースさんが気に入らないみたい。

「そりゃあ商人だからね。来てもらえて助かったよ。まぁ安心おし。商業ギルドは世界共通だ。この国の商業ギルドは全面的に協力することを約束するよ」

ホントかな？　この国のって付けたところが気になるポイントなんですが。

次に来るときはウツボを持ってくることを約束し、私達は解体のために商業ギルドを後にした。

第七話　解体という名の引きこもり

宿のお仕事に戻るベーネさんとは途中で別れたものの、ブラン団長達は冒険者ギルドまで送ってくれた。ギルドに着くなりジョルガスさんと二言三言話し、彼らは調査に戻るとお城に帰っていった。わざわざ付いてきてくれるところが優しいよね。お礼を言い、ブラン団長達を見送った私達は、ジョルガスさんに倉庫への案内を頼んだ。

着いた先はパッと見は昨日の倉庫と大差なかったのに、中はさらに三倍くらいあるんじゃないかというほど広かった。プルトンとエルミスに倉庫内に異常がないかを確認してもらい、鍵をかけ、結界を張ったら準備完了だ。

〈解体始めるか？〉

なんとグレンは本当に解体するつもりだったらしい。

「あっ、あのね、解体は簡単にできるんだけど、怪しまれるのが嫌で言わなかったの。てっきりグレンも話を合わせてくれてるのかと思ってた。グレンの名前出しちゃってごめんね」

〈そうか。だから我《われ》がやると断言しなかったんだな〉

「そうなの。あんまりスキルのこととか言わない方がいいって聞いたのと、目立ちそうだから内緒にしたくて」

〈ふむ、なるほど。ならどうするんだ？〉

「解体という名の引きこもりだよ！　コテージでゆっくりしよ？」

〈おぉ、それはいいな！　セナのあの空間魔法の部屋のベッドは寝心地がいい〉

適当な場所にコテージへのドアを出し、空間に入る。

「とりあえずお昼ご飯にしよっか？　あ、早速ウツボ食べてみる？」

〈いいな！　賛成だ!!〉

グレンはウツボが食べられるとテンションが高い。他のメンバーも賛成とのことだったので、お昼ご飯は決定。グレンにはかつお節を削ってもらうことにした。キッチンのわかりやすい位置にパパ達用の器が重ねて置いてあった。ロッカーを確認すると空《から》っぽ。食べてくれたみたい。

ウツボを無限収納《インベントリ》の中で解体。優秀な無限収納《インベントリ》は各部位毎《ごと》にまとめてくれている。さて、どれだけギルドに卸《おろ》そうか……四分の一くらいあれば満足してくれるかな？　ということで、ギルド分を別フォルダに移した。どういう仕組みなのかはわからないけど、全部無限収納《インベントリ》内でできるのが素晴らしい。自分達用の分も肉の塊《かたまり》から一人前サイズに解体。これで下準備はＯＫ。

一人前にカットされたウツボをオーブンで焼き、鰻のタレを作る。グレンがいっぱい食べるだろうし、作り置きしておきたいから、料理アプリに載っていた三倍量よ。

〈美味そうな匂いだな！〉

グレンはクンクンとタレの匂いを嗅ぎながらシュッシュッとかつお節を削ってくれている。

「多分美味しいよ。でもオーブンじゃなくて、炭火で焼いたらもっと美味しくなるかも？　この世

界って木炭あるの？　パパ達の刷り込み情報にはないんだけど」

〈モクタンってなんだ？〉

「えぇっと……木とかが燃えて炭化《たんか》したやつだね。蒸し焼きにするとできるんだよ」

〈タンカ？〉

「んー……簡単に言うと、木とかが燃えて木の形を保ったまま、まっ黒焦げになったやつかな？」

〈黒焦げになったやつはあるが、店などでは売ってはいないな。あれはモクタンというのか〉

「そういえば鍛冶でも使わないな。食器作るときなんかに釉薬《ゆうやく》とかで使ったりとかしなかったっけ？　染め物も灰を使うものがあったと思ったけど、全部魔物の素材だったし……専門的な知識は刷り込みにないから、書庫の本で調べないと詳しくはわかんないな……」

ブツブツと呟きながらも、焼いた鰻にタレを付け、ご飯を盛った丼の上に載せていく。パパ達も食べるかなって、パパ達の分はロッカーに入れておいた。

「とりあえず完成〜。みんなで食べよう！」

〈やっとか！〉

ずっと見てたもんね。作るの遅くてごめんよ。グレンに〈早く〉とせっつかれながら、ダイニングに全員をお呼び出し。揃ったらみんなでいただきます。

「うまっ！　ちゃんと鰻だ〜！　あんな化け物ウツボみたいなナリしてたのに」

『ん〜♪　これも美味しいわ！』

感想をくれたのはクラオルだけ。いや、それだと語弊があるね。グレウスは頬がパンパンになるほど詰め込んでクラオルのセリフに頷いているし、プルトンは多分グルメリポーターみたいになっているんだろうけど、早口すぎて何を言っているのかさっぱり理解できなかった。グレンは笑顔でガツガツとかき込んでいる。まぁ、みんな気に入ってくれた様子でよかったよ。

「ふぅ……満腹満足！　でもやっぱり炭火で焼いた方が美味しいんだろうな～」

今、アクエスパパが用意してくれる緑茶が飲みたい。紅茶も果実水も好きだけど、やっぱ緑茶飲みたくなるんだよなぁ……今度パパにおねだりしてみようかな……

〈セナ。これは美味いな、普通に焼いただけでも美味いがこの甘いタレがまた美味い！　ブタドンを超えたぞ!!〉

「そんなに気に入ったのね。ウツボ肉はたくさんあるからまた今度作るよ」

グレンは相当気に入ったようで満面の笑みを浮かべている。

〈よろしく頼む！〉

『主様。今日この後どうするの？』

「うーん。どうしよっか？　決めてないんだよね。とりあえず二、三日は引きこもろうかなって思ってるよ。暇だから鶏がらスープでも作ろうかな？　クラオル達は自由にしてて大丈夫だよ」

『わかったわ！』

グレンにも午後は自由にしていいと伝えて、私はキッチンへ。お土産《みやげ》としてグレンが狩ってきたホットホークスを無限収納《インベントリ》で解体。部位と化したそれらを鑑定してみると、全体的にピリ辛らしいことがわかった。この鳥で作る鶏がらスープもピリ辛になりそうだ。料理アプリで検索をかけ、気合を入れたのも束の間、初っ端《しょぱな》から私は心が折れそうになっていた。

「うぅ……背骨を洗わないといけないなんて……グレン呼んでやってもらえばよかった……」

鶏ガラの気持ち悪さに震えつつ、流水で流し、最後に【クリーン】をかける。一度ボウルで熱湯をかけるのがいいらしい。このコツがなければ【クリーン】だけで済ませたのに……アプリを見ながら進めて、あとは足し水をしながら煮込む。

煮込んでいる間に夜ご飯作りだ。夜ご飯はうどんにすることにした。何故って？　お昼が鰻だったからサッパリ系がいいなって。この前うどんいっぱい作ったし。グレンはかき揚げうどん。私はたっぷりかつお節の花かつおうどんだ。他のメンバーはどっちか好きな方を選んでもらうつもり。

うどんもみんな気に入って、うどん出汁《だし》まで飲み干していた。私だけ箸で食べていたことが気になったようだったので、作ってあげた。上手く扱えないことが悔しいのか、やいのやいのと練習が盛り上がっていた。

◇◆◇

いつもクラオル達が起こしてくれているのに今日は起こしてもらえなかった。時間は……もうお昼近い。クラオル達の気配を探すとみんなリビングにいるみたい。着替えてからリビングに向かう。

『あ！　主様起きたのね。おはよう』

リビングに着くとクラオルを筆頭にみんなが挨拶してくれた。

「おはよう」

『ゆっくり寝られた？　最近疲れてるみたいだったから起こさなかったのよ』

「気にしてくれたんだね。ありがとう！　はわぁ……気持ちいい」

クラオルを持ち上げてスリスリ。今日も素晴らしいモフモフである。

『ふふっ。主様とお風呂に入った後は毛並みがいいもの』

「今日はどうしよっかなぁ……こう寝坊すると動き出しが鈍くなるよねぇ。一日ゴロゴロとグータラしたくなる」

『それでもいいと思うけど、とりあえずご飯食べてほしいわ』

「ふふっ。わかった。ブランチにしよう。簡単な洋風モーニングセットにするね」

キッチンに向かい、サラダ・スクランブルエッグ・焼きベーコン・簡単コンソメスープ・トーストを精霊二人以外の全員分作ってダイニングに持っていく。エルミスとプルトンの精霊二人は魔力水がいいんだって。

《昨日いっぱい食べたから、セナちゃんの珍しくて美味しいご飯以外はしばらくいらないわ》

おなかをさすりながら言うプルトンにエルミスも頷いていた。胃もたれかな？

ゆっくりご飯を食べてこの後どうしようかとソファに座って考える。みんなはまたどっか行ってしまった。私が起きるまで家で待っていてくれたらしい。優しい子達！

私は結局作り置きのために動くことにした。欲しかったトマト缶とトマトピューレ作りだ。トマトはいっぱい買ったから心配はない。料理アプリで検索をかける。知ってた？　金属製の鍋を使うと化学反応でトマトが黒くなっちゃうんだって。この世界でもそうなるのかはわからないけど、ただでさえこの世界の野菜の色はファンキーカラーだったりする。もう既にトマト、黒いんよ。でもね、トマトスープは赤かったんよ。謎じゃない？　とりあえず、化学反応で美味しくなくなったら嫌だから、結界魔法を応用することにした。魔法って万能ね。

超大量のトマトを消費して、ホールトマトとトマトピューレが完成したら次はおかず！　寸胴鍋に豚肉と牛肉を入れ、結界を張ってこぼれないようにしたら風魔法で刻み、ひき肉を作る。刻んだ玉ねぎやハーブ、パン粉、卵を投入して捏《こ》ねて……大量のハンバーグを形作った。グレンが驚くかなってチーズ入りも作ってみた。カリダの街で作ってもらったビーフシチューを半量使って煮込みハンバーグ、今しがた作ったホールトマトでトマトソースの煮込みハンバーグの二種類だ。

作っているうちに夜ご飯の時間が迫っていた。ご飯を盛ろうとして、全員分にはちょっと足りないことに気がつく。

「んあああああ！　カレー作ったのにご飯炊くの忘れてたパターンじゃん……どうしようかな。お米ないならパンかうどんか……うどんは昨日食べたからパンにするか」

これからお米を炊く時間はないので、ノーマルなビーフシチューならパンでもいいだろうと今日の夜ご飯はビーフシチューに決まり。みんなはそこそこ気に入ったらしい。グレンは違う街で食べたことがあるみたいで、懐かしがっていた。

（美味しいんだけど、煮込みハンバーグをご飯で食べたかった……）

ゆっくりご飯を食べ、デザートはプリン。ビーフシチューは食べなかったのに、プリンは食べる精霊二人。

《主《あるじ》が作ったやつは美味いからな》

なんてエルミスは言うけど、ビーフシチューも美味しいよ？

◇◆◇

今日は起こしてもらえた。いつも通り日課をこなして朝ご飯。まだまだカリダの街で作ってもらっていたお弁当が残っているので、作らずにお弁当の残りで済ませた。みんなと別行動で今日もキッチンへ。昨日のお米ショックのことがあったので先に炊かねば。お釜に残っていたご飯はおかかのおにぎりに。精霊達も気に入ってたからね。海苔が欲しいところだけど、まだ発見していないんだよなぁ……お米を水にひたしている間に作り置きしていたプリン液でプリンも作った。

さてさて。今日はいろいろ作るための準備でございやす。豆板醤《トウバンジャン》は米麹《こめこうじ》がないので作れない。米《こめ》麹《こうじ》は種麹《たねこうじ》がないから作れない。そもそも麹菌《こうじきん》があるのかどうか……刷り込み情報にはないんだよね。菌＝《イコール》病気、なんてことになってそうな気がしなくもない。味噌も木の実だし、パンも発酵ナシだったし……豆板醤《トウバンジャン》は諦めてコチュジャンにします。唐辛子とごま油が手に入っててよかったよ。豆板醤《トウバンジャン》がないから甘めなコチュジャンになっちゃうけど、ピリ辛の料理が食べられなかったことを考えたら大きな進歩である。

まずは唐辛子を【ドライ】で乾燥させ、一味唐辛子作りだ。鍋に結界魔法で蓋をして、風魔法で切り刻む。これで出来上がり。結界を解除した瞬間、キッチンに唐辛子の匂いが広がった。

「クェェ……すごい匂い……」

唐辛子ってこんなに匂ったっけ？　ってくらい辛い匂いが充満している。急いで換気のために窓を開けまくるハメになった。

普通に使う用の一味唐辛子はよけ、残りをボウルに移して材料を投入していく。人生で一度にこんなにニンニクを使ったことはない。全ての材料を丁寧に混ぜれば完成だ。ゴマがないけど、まぁいいでしょう。

このコチュジャンを水切りした白菜と大根ときゅうりに混ぜ、なんちゃってキムチ。空間魔法で熟成すればすぐに仕上がった。

「味見、味見～♪　……うまーい！　甘辛～い!!　くっ……これはお酒が飲みたくなる。飲んだらきっと止まらなくなるから我慢だ……」

かなり後ろ髪を引かれるけれども無限収納《インベントリ》にしまった。

お昼ご飯はカツサンドとお味噌汁。カツのソースを味噌ダレにしたから、お味噌汁でも合うでしょ？　グレンがお肉ばっかり求めてくるから、これでもかと千切りキャベツを挟んでやったぜ。それでもカツサンドは気に入ったみたい。作らないとおかわりがないことを知ったグレンから〈次は倍食べたい〉とリクエストされた。

そろそろ午後の自由時間というところで、私はプルトンに話しかけた。

「ねぇ、プルトン。今日廃教会の倉庫に保存魔法の魔道具を付けに行きたいんだよね。プルトン得意でしょ？　手伝ってほしいんだけどお願いできる？」
《いいわよ。頼ってもらえて嬉しいっ！》
プルトンが私の周りをピュンピュン飛び回る。
「まだ魔道具も作ってないんだけど、倉庫に付けるときってどう作ればいいの？」
《んー……セナちゃんなら魔石さえあれば大丈夫じゃないかしら？　魔石に空間魔法を込めればいいと思うわ》
「魔石か……いっぱい魔道具部屋にあったけど、選ぶの手伝ってくれる？」
《もちろんよ！》
《主《あるじ》よ、あの教会に行くのなら、ついでに聖泉から精霊の国に行かないか？》
「精霊の国？」
《精霊の世界だ。招かれなければ入れぬ故《ゆえ》精霊以外は滅多にいないが、儂《わし》らがいれば主《あるじ》は入れる》
《それいいわね！　ついでに精霊帝《せいれいてい》に挨拶しましょ？　それでセナちゃんのご飯に必要な節《ふし》の木いっぱいもらえばいいのよ》
「行くのは全然いいんだけど、そんな簡単に精霊帝《せいれいてい》に会えるもんなの？」
《それは大丈夫だ。儂《わし》らがいるからな。主《あるじ》と契約するときも主《あるじ》に会いたがっていたが、仕事で国から離れられなかったのだ》
「お偉いさんでしょ？」

《一番偉いけど、セナちゃんは気にしなくて大丈夫よ。精霊帝《せいれいてい》でもどうにもできなかったエルミスを浄化して目覚めさせたんだもん。むしろ歓迎されるわ！》
「普通の状態で会ってもいいなら行ってみようかな？」
《そうしましょ！》
「何かお土産《みやげ》持ってった方がいいよね？　何がいいかな？　大量に作れるパンでも大丈夫かな？」
《まぁっ！　エルミス聞いた⁉　セナちゃん優しいわ！》
《さすが主《あるじ》だな。主《あるじ》が作ったパンならば皆《みな》喜んで食べるであろう》
「精霊ってどれくらいいるの？　あんまり多いとみんなに行き届かないかも……」
《そうねぇ……精霊は食べる概念がそもそもないから、みんなそこまで量は食べないわ。セナちゃんが一日作った分もあれば、国の小さな精霊まで行き届くんじゃないかしら？　残ったものは国に買い取ってもらいましょ！》
「じゃあ、今日この後と明日一日作ったら大丈夫そうだね。みんなでちぎって食べるならジャムパンより生地全体に練り込むドライフルーツパンみたいな方がよさそうかな？」
《さすがセナちゃん、私達のこと考えてくれてるのね！》
プルトンが大げさに感動している。
(喧嘩にならないようにってだけなんだけど、言い出せる雰囲気じゃないな……)
「じゃあ早速作ろうか。生地から作らないとだから、みんな手伝ってもらってもいい？」
みんな一緒にキッチンに入るのは久しぶりな気がする。一度オレンジピールの作り方を見せ、エ程を覚えてもらった。グレンがオレンジのカットを担当し、プルトンが空間魔法で苦み取りの時間を短縮、煮詰める際のかき混ぜはポラルの糸だ。エルミスの水魔法で乾燥させ、仕上げの砂糖を振りかける作業はグレウス。みんなとても働き者である。私は私でクラオルの協力のもと、パン生地の大量生産。途中、プルトンがオレンジピールをつまみ食いしてエルミスが怒ったり、ポラルの糸にグレンが絡まったり……なんてこともありつつ、みんなでワイワイと盛り上がった。まるで学生時代の調理実習みたい。結局、ナッツパンとドライフルーツパンだけではなく、ジャムパンやクリームパン、メロンパンも作ってしまった。

「手伝ってくれてありがとう。お疲れ様」

クラオルとグレウスを撫でて労《ねぎら》っていると、何故か他のメンバーも近付いてきた。グレンまで〈我《われ》も……〉なんてしゃがみ込むんだもん。微笑ましく思いながら全員の頭を撫でることになった。

《セナちゃんに撫でられるのって気持ちいいのねー》

《ふむ。少々気恥ずかしいがいいものだな》

〈よくクラオルやグレウスにやっているのを見ていると思っていたが、懐かしい気持ちになるな……〉

ポラルも気に入ったみたいでテレテレともじもじしている。可愛い。

「クラオルとグレウスを撫でるのは私の精神安定のためかな。モフモフで疲れが取れるんだよ。なんて言ったって二人共可愛いしね」

『ふふふっ』

『えへへ』

私の手に嬉しそうに擦り寄ってくる二人がたまらん。今日も私の天使達が最高である。

〈我《われ》は人化《じんか》はできるが、獣にはなれないからな……〉

『ちょっと！　獣って言わないでくれる？』

〈獣だろ？〉

『あんただって人化《じんか》しなかったら鱗まみれじゃないの！』

「はいはい、ケンカしないの。みんなそれぞれいいところだらけなんだから。夜ご飯作るよ～」

プリプリと怒るクラオルを撫でて宥《なだ》め、話題を変える。

夜ご飯は新しいものをってことで、親子丼にした。ホットホークスは、鑑定で知った通りにピリ辛だった。ポラルがお尻をフリフリしてノリノリで食べていたことをここに報告しておきます。

第八話　精霊の国

一昨日《おととい》の午後と昨日の丸一日をパン作りに費《つい》やし、在庫は山盛り。ちゃんと魔石に〝鮮度抜群・劣化ナシ〟と念じて空間魔法の魔力を込めた、元廃教会の倉庫用の魔石も準備した。

朝早く、一度コテージの空間から解体用の倉庫に出て、廃教会にみんなを連れて転移を展開する。

「ん？　ここどこ？」

マップを確認してみるとカリダの街の近くだった。

「そっか。距離のせいか。王都まで魔馬《まば》で十日だから普通の馬車だともっと時間がかかるくらい遠いんだもんね。納得。まだ長距離移動はできないんだね……」

〈おそらく我《われ》らを連れているせいもあると思うぞ。人数が多ければそれだけ魔力を使う〉

「なるほど。魔力は余裕だから帰りはちゃんと考えて転移するね」

気を取り直してもう一度転移を実行。今度はしっかり廃教会に着いた。

〈ここはすごいな……聖なる気が満ちている〉

「そうなの？　多分パパ達の結界石のおかげじゃないかな？」

『教会を直したのは主様よ。神達の像は本物そっくりなんだから！』

中に入った私は真っ直ぐキッチンに向かった。キッチンの食材倉庫のドアを開け、作った魔石をどこに設置するかプルトンと相談する。その結果、倉庫の天井に埋め込むことになった。私の身長じゃ届かないので、クラオルの蔓《つる》で持ち上げてもらう。天井スレスレまで上げてもらった私は真ん中辺りに魔力を注ぎ、魔石を埋め込んだ。顔を出しているから、埋め込むってよりもハメ込むの方が正しいかもしれない。いや〜、像の修理で錬金スキルに慣れててよかったね。倉庫内では時間が経たず、鮮度抜群のまま保存できますようにと、倉庫全体に魔力を流したら完了だ。

〈セナの魔力は規格外だな……神銀《ミスリル》を魔力で捏《こ》ねられるわけだ。やはりセナは面白い〉

なんかいろいろ納得できないけど、グレンがニコニコしてるからまぁいいかと気にしないことにした。魔石がちゃんと発動していることをプルトンに確認してもらった後、野菜やお肉、調味料なんかを無限収納《インベントリ》から出していく。

「これだけあれば迷子とか、ケガ人とかが来ても大丈夫でしょう。住み着かれるのは困るけど、少しの間でも生活できないと困っちゃうもんね」

教会を出た私達は当初の予定通りに聖泉へ。エルミスが結晶化して毒沼となっていたあそこね。前回と変わらず、カラフルな光の玉がポワポワと浮いている。

エルミスとプルトンが泉に近付くと光の玉が瞬《またた》いた。挨拶してる感じかな？

《さぁ、主《あるじ》よ。精霊の国に向かおうではないか》

「どうやって？」

《こっちよ》

プルトンに案内されたのは泉の縁にある一番大きな岩の前。それ以外に何もないため首を傾げていると、何かブツブツとプルトンが呟き始めた。それと同時に私達の体が光り始め、眩しさに目を閉じる。目を開いたときには既に私達は不思議な森に立っていた。木々は淡く発光していて、空気中には光の粒子がキラキラと舞っている。

「うわぁ……すごいキレイ……幻想的……」

思わず呟き、空に向かって手を伸ばす。粒子は触れると消えてしまった。触れたからといって何かがあるワケではないみたい。ただただキレイ。

《ふふっ。セナちゃんの反応が新鮮だわ！　ここはもう精霊の世界なの。ここから歩いて精霊の国に行くのよ》

プルトンとエルミスに続いて森を歩いていく。だんだんと光る木が普通の木に変わっていき、し

まいには普通の木々と同じになってしまった。あの場所が特別だったらしい。

《あそこよ！》

プルトンが指さす先に視線を向けると、街があった。奥には植物の蔦《つた》が可愛いアクセントになっている、神秘的なお城がドドンと建っているのが見える。一応門があったものの、精霊しかいないからか、特に検査などされることもなく街に入れた。

街はファンタジーもののエルフが住むような木の家が多い。外階段がある家もあって、ツリーハウスがいっぱいある感じ。お店みたいな家もあって、そこには薬草やハーブ、服、アクセサリー、魔道具らしき品が置いてあった。エルミスとプルトンが食べないと言っていた通り、食べ物を扱う店は見当たらない。ポワポワと光の玉状態の精霊もたくさん浮かんでいるけど、私達を気にするって言うよりはエルミスとプルトンを気にしているみたいだった。人型じゃないのに雰囲気でなんとなくわかる。エルミスとプルトンは注目されることに慣れているのか、気にも留めず、私にいろいろと説明してくれた。あそこのお店のアクセサリーは可愛いとか、服を頼むならあのお店がいいとか……。ただ、基本的にお店は精霊の趣味だからお金は使えないそう。精霊に気に入られればタダでもらえるし、場合によっては物々交換になったりするんだって。気分によってはどんなに珍しいものと交換といっても拒否されることもあるとのこと。

ここは精霊の国。精霊帝《せいれいてい》がまとめる都のような街らしい。国と呼ぶのは主にこの街のことで、他に村的なものもあるけど、そっちは特に呼び名がないんだって。精霊帝《せいれいてい》がまとめているとは言うものの、基本的には自由気ままに生活しているんだそうだ。

説明を受けながら進み、お城の目の前に到着。警備をしている鎧を着た精霊がお城の門のところに立っていた。ただサイズは中学生くらい。エルミスとプルトンは成人サイズにもなれたことを考えると、強さで大きさが決まるんだろうか？
《精霊帝《せいれいてい》に会わせるために人を呼んだから通してくれる？》
《ハッ！》
門番の精霊にプルトンが言うと門が自動で開いた。
「おぉ！　自動なんだね〜」
《ふふっ。精霊にとっては当たり前だからセナちゃんの反応が新鮮だわ》
《これは魔法だが、自動と言うのか……》
「私がいたところにもあったんだよ。ドアの前に立つとドアが勝手に開いてくれるの」
自動ドアはこの門くらいにしか使われていないらしい。便利なのにね。
お城の中は木材と石材を組み合わせて作られていて、木材のおかげか温かみのある雰囲気だった。全体的にファンタジー感が強いけど、キアーロ国のお城より雰囲気が断然好みだ。精霊二人に続いて階段を上がり、三階のとある部屋の前でプルトンが振り向いた。
《ここよ！》
《入るぞ》
ノックもせずにエルミスがドアを開けたことにビックリ仰天。
《お待ちしておりました》

驚いた私がエルミスに注意する前に部屋の中から声が聞こえた。そちらに視線を向けると、金髪に虹彩《こうさい》が七色に変わる不思議な瞳の男性がドアのすぐ近くにいた。大人サイズのエルミスと同じくらい背が高く、爽やかな笑顔を振りまいている、ザ・王子様といった雰囲気。イケメンではあるけど、瞳の色がコロコロと変わっているし、爽やかすぎて怖い。失礼ながら裏がありそうだ。

一瞬にして身構えた私を見て、金髪精霊は困ったように眉を下げた。

《えっと……何かしてしまいましたか？》

「いや、爽やかすぎて怖いなと……あ！　すみません。本音が……」

《ぷっ》

《本音……初めて言われました。どうぞお入りください》

「ごめんなさい。お邪魔します」

ペコペコと頭を下げ、手で示されたソファに座る。ここは執務室みたいで、机の上には書類らしき分厚い紙束がいくつも置いてあった。

《くくっ。儂《わし》らが来ることは連絡していたし、気配でわかっておったはずだからノックは必要ない》

《そうそう。この精霊帝《せいれいてい》の光はこれでも一番魔法が得意なのよ。それにしても爽やかで怖いなんてセナちゃん面白すぎよ！》

「失礼なことを言って本当にごめんなさい」

第一印象大事なのに……失態に申し訳なくなってくる。

《ふふふっ。大丈夫ですので気になさらないでください。では、改めまして。ようこそおいでくださいました。私は精霊帝《せいれいてい》をしております。契約しておりませんので名乗ることができません。よろしくお願いいたします。そして青を助けていただきありがとうございました》
《今、儂《わし》はエルミスという名だ》
《私はプルトンよ！　可愛い名前でしょ？》
丁寧な挨拶をした精霊帝《せいれいてい》に対しエルミスとプルトンが自慢げに名乗る。
《はい。善き名をいただいたようですね》
名前がないことをからかいたかったんだろうけど、精霊帝《せいれいてい》は爽やかな笑みを浮かべたままだった。
「私はセナです。この子達が順番にクラオル、グレウス、ポラルで、人型なのがグレンです。よろしくお願いします。助けたのは、えっと……偶然みたいなものなので」
順番に名前を呼ぶとみんな「はーい」と手を上げ、グレンだけは頷いていた。
《当時の精霊王が代替わりをして総出で助けようとしたのですが上手くいかず、私の力をもってしても助けられなかったのです。我が精霊の国は精霊一同セナ様を歓迎いたします》
「ご丁寧にありがとうございます」
《私もエルミスやプルトンと一緒にお会いしたかったのですが、国から出られずに来てもらうほかありませんでした。お会いできて嬉しいです》
精霊帝《せいれいてい》はずっと嬉しそうに微笑んでいる。何やらものすごく歓迎されていることはわかった。初《しょ》っ端《ぱな》にやらかした私はいたたまれない。話題を……何か話題を……瞳も気になるけど、聞いてもいいのかわからない……！

「こちらこそです。えっと……お土産《みやげ》としてパン作ってきました」
《セナちゃんのパンはすっごい美味しいのよ！　私達のためにいっぱい作ってくれたんだから！》
《それはそれは。とても嬉しいです》
「どこに出せばいいですか？」
《そうですね……ではこちらにお願いいたします》
精霊帝《せいれいてい》がパチンと指を鳴らすと、お皿が一枚、テーブルの上に現れた。
《光。あなた相変わらずねぇ……こんなんじゃ足りないわ。セナちゃんは優しいから、私達精霊全員に行き渡るようにたーっくさん作ってくれたのよ！》
「エルミスとプルトンが精霊はあまり食べないって言うので、千個くらいしかないですけど……」
《そんなにですか！　セナ様はお優しいのですね。では全員を呼び出しましょう。少々お待ちください》
言い終わった途端、何かブツブツと呟いて、よくわからない私は首を傾げた。
《集まるまで少し時間がかかると思います。ところでセナ様、私とも契約をして名前を付けていただけませんか？》
「はい？」
突発的に話題を変えられ、その内容がまたいきなりすぎて一瞬理解できなかった。
《エルミスとプルトンが羨ましいのです。私もあのとき、国から出られたら契約していただけたかもしれませんのに……》

《あら、いいじゃない！　セナちゃんのために節《ふし》の木伐採してちょうだいよ》
《節《ふし》の木ですか？　処分に困っているので大変助かりますが……何かに使えるのですか？》
《セナちゃんのご飯になるのよ！》
《それでは語弊があるだろう。主《あるじ》が作る料理の材料だからだ》
《あの木が料理にですか？　繁殖力が強く、困っていますのでいくらでもどうぞ》
「ありがとうございます。とても助かります」
《それで……私とは契約してもらえませんか？》
そのまま話が流れるかなと思ったのに、そう上手くいかなかった。
「精霊帝《せいれいてい》が契約って大変じゃないですか？　お仕事もあるでしょうし」
《今は落ち着きましたので大丈夫です。なんなら代替わりをしても構いません》
「えぇ!?　いやいや！」
《私達のようになると、契約相手にはそれ相応の魔力が必要になりますので、なかなか難しいのです。セナ様はお優しいですし、魔力も申し分ありませんのでぜひお願いしたいのです》
「えーっと……ちょっと待ってくださいね」
精霊帝《せいれいてい》が頷いたのを確認した私は即行でクラオル達に念話を飛ばした。
「((ちょっと、これ、どうすればいいと思う？))」
『((うーん。主様には悪い話ではないと思うわ。光って言ってたから光魔法が使えるんだろうし、精霊帝《せいれいてい》になるくらいなら治せるケガや病気も多いはずよ))』

〈((我《われ》もいいと思うぞ。ここで仕事をさせつつ、節《ふし》の木を定期的にもらえばいい。精霊なら呼べば来ることができる故《ゆえ》、常に近くにいなくても大丈夫だしな。そしたら美味いメシが食べられる))〉

なるほど。みんな利用する気満々じゃないか……それはどうなの？

「えっと……」

《はい》

《セナちゃんの言うことを聞くことと、役に立つことが条件よ。それにあなた仕事もあるでしょ？普段はここで仕事してても構わないわ》

早口で言い終えたプルトンは私にパチンとウィンクをキメた。プルトンありがとう！

《ありがとうございます！　とても嬉しいです！　仕事はなるべく精霊達に振り分けます。私もご一緒したいので。私しかできない仕事はちゃんとします故《ゆえ》ご安心を。名付けてくださいますか？》

「んと……あなたの名前は、ウェヌス」

ワクワクした様子の精霊帝《せいれいてい》にせっつかれ、決めた名前を告げると、毎度お馴染みになりつつある契約の光が彼を包んだ。なんか流されて契約してばっかりだなぁ……ありがたいけど、私みんなが思うほど善人でも超人でもないんだよねぇ……

《私はウェヌスですね。とても素敵な名前をありがとうございます。改めましてこれからよろしくお願いいたします》

「こちらこそよろしくお願いします」

《伝えるのが遅くなりましたが、セナ様は私の主人となる方ですので普通に話してくださって構い

ません。私は通常がこの喋り方ですので気になさらないでください》

「じゃあ遠慮なく」

《はい。そろそろ集まりますのでバルコニーに向かいましょう》

バルコニー？　なんで？　ワケがわからないまま付いていく。バルコニーに到着すると隣に立つように言われた。

（まさか……）

――《皆《みな》、よく聞きなさい。結晶化してしまった元精霊王の青……エルミスを助けてくださったセナ様がいらっしゃっています。セナ様からのお土産《みやげ》の食べ物をここから配りますので皆《みな》で仲よく分け合いなさい》――

マイクを通したかのようにウェヌスの声が城下に響き渡った。

（ぎゃあああ！　めっちゃ目立ってるじゃん！）

《セナ様、ここからパンを下へ投げてください。風の精霊がちゃんと配りますので》

「えぇ!?　わ、わかった……」

寸胴鍋を出し、オレンジピールパンとドライフルーツパンとナッツパンをどんどん出していく。それをグレンやクラオルなど、みんながバルコニーから外に投げる。なんか食べ物を粗末にしている気がして微妙な気持ちになるわ……節分にやる芸能人の豆まきとは違うよね。

私の顔を見たウェヌスにどうしたのか聞かれ、心情を話すとお城の入口でちゃんと配ってくれることになった。再び何かの魔法で声を響かせたウェヌスは私に移動を促した。案内された先はお城のキッチン。人間サイズの業務用キッチンなのに、働いているのは小さい精霊達。パタパタと忙しそうに飛び回っている。使いにくくないんかな？　っていうかご飯食べないんじゃなかった？
《こちらに出していただいてよろしいでしょうか？》
ウェヌスに示されたのは直径二メートルはありそうな特大のお皿。これなら残りのパンは全て載せられそうだ。
「……はい、これで最後。さっきのと合わせて千個だよ」
《たくさんありがとうございます》
《余ったら買い取って！　絶対気に入るから！》
プルトンの遠慮がない。それ、本気だったんだね。お土産《みやげ》だからあげる気だったんだけど……
「気に入るかどうかは食べなきゃわからないんじゃない？」
〈いらないのなら我《われ》が食べる〉
グレンさん、あなた前に渡したやつもう食べきったの⁇
《そうですね。ちょうどお昼の時間ですし、一緒に昼食はいかがですか？　セナ様がいらっしゃるとエルミスから聞いていましたので準備してあります》
「ありがとうございます」
私のために作ってくれているなんて優しい。精霊が作るご飯ってどんな感じだろうね？
向かったのはザ・王族って感じの長ーいテーブルがあるダイニング。ウキウキと案内された席に着く。小さい精霊が運んできてくれたのは、野菜とハーブをふんだんに使ったフルコース、だと思う。前菜的なものから一品ずつ食べていくスタイル。お肉や魚はなかったので、どれがメインなのかはわからなかったけど、薄味ながらも素材の美味しさを活かした野菜のパレードだった。

「ごちそうさまでした。美味しかった～！」

《久しぶりにここのご飯食べたわ。セナちゃんのご飯の美味しさを再認識した》

「そう？　素材の味がちゃんとしてすごく美味しかったよ？」

《セナちゃんは珍しいからそうかもしれないけど、こういうのしかないのよ！　セナちゃんの料理の美味しさは奇跡なの！》

プルトンが拳を握りしめて力説する。え、そんなに？

《そこまでですか……私もセナ様のパンをいただきましょう》

ウェヌスが言うと給仕の精霊がパンが載ったお皿を持って飛んできた。ウェヌスは食べた瞬間少しフリーズしたと思ったら勢いよく食べ切った。驚いている間に私達にはお水が配られた。

「んん!?　このお水すんごく美味しい!!」

《あら。これ世界樹の露《つゆ》じゃない》

「世界樹の露《つゆ》……」

それってあの有名ＲＰＧで瀕死の仲間もＨＰが全快になるあれですかね？　雫《しずく》じゃないから別？　飲んでも特に回復した感じはしない。ただものすご～く美味しい水である。

《プルトンが絶賛していた理由がわかりました。確かにこのパンは素晴らしいです。これを食べたら人里に行きたがる精霊が増えそうですね》

《ちゃんとしてないと欲の塊《かたまり》に捕らえられちゃうわよ？　それにこの美味しさはセナちゃんにしか作れないから人里に行っても食べられないわ》
《よく言い聞かせましょう。セナ様、このパン、全て買い取らせていただきます》
「お土産《みやげ》だからあげるよ？」
《いいえ。けじめは大切です。セナ様はこの世界樹の露《つゆ》が気に入ったご様子ですのでこちらと交換いたしましょう。それだけですと足りませんね。あとは……》
《セナちゃんに選んでもらえばいいんじゃない？》
《そうですね。そういたしましょう。まずは節《ふし》の木ですね。こちらへどうぞ》
ええ……お土産《みやげ》で持ってきただけなのに。そんな甘えちゃっていいのかな？
そんな心配は無用とばかりにウェヌスはノリノリで先陣を切っている。着いたのはお城の裏にあった森。森っていうか、節《ふし》の木の竹林って言っても過言ではないくらい、節《ふし》の木の数がすごかった。ここは小さな精霊達が伐採してくれるみたいで、ウェヌスは指示を出して再び歩き始めた。
《このエリアにある植物は精霊の国にしか生えていないものになります。節《ふし》の木のように何かお役に立てるものがあればおっしゃってください》
ウェヌスに言われたので鑑定をかけながら見て回る。すると早速いいものを見つけた。
「これ欲しい！　あ、あとあれも！」
《こちらと……こちらですね。かしこまりました。すぐに伐採させましょう。あとは……薬草園などはいかがですか？》

「欲しいかは別として見てみたいな」
《ふふっ。そう言ってもらえると嬉しいです》
薬草園はハーブや薬草が広大な敷地に植えられている場所だった。薬草とハーブなのでほとんど花は咲いていないけど、手入れが行き届いていて普通の畑とはちょっと違う。緑の花畑？　ハーブ園みたい？　ん〜……上手い表現が見つからないや。
「すごーい……キレイなところだね。あ！　ねぇ、ウェヌス。これ欲しいんだけど無理かな？」
《こちらですか？　香草になります。もちろん大丈夫です》
「やった〜、ありがとう！」
《セナ様は不思議なものを求められますね。あと精霊の国で有名なのは魔道具くらいでしょうか？》
《魔道具ならセナちゃんが作れるからいらないんじゃない？》
《そうなのですね。セナ様は多才でいらっしゃる》
「そんなことないと思うけど」
《そんなことあるの！》
プルトンの力強い発言にみんなはウンウンと頷いた。
(そんなに？　まぁ、ご飯系はこの世界じゃ珍しいか)
《以上でよろしければ、執務室に戻りましょう》
ウェヌスに続いてお城に戻ると何やら騒がしい。ウェヌスが確認に行くとのことで、私達は先ほどお邪魔した執務室で待つことになった。

『ねぇ。主様が欲しいって言ってた木と香草って食べ物なの？』
クラオルとグレウスのモフモフを堪能しているとクラオルに問いかけられた。
「そうだよ。木は長芋とレンコンで、葉っぱはバジルだったんだよ！　ピザ食べたくなるよねぇ」
『やっぱり食べ物だったのね……』
「うん。ゴボウもそうだったけど木なんだよね～。なくなったら、またパンか料理と交換してくれたりしないかな？」
《それいいわね！　そうね……報酬にするのはどう？　セナちゃんって節《ふし》の木、削ってるのよね？》
「うん。削ってくれてるのはグレンだけどね」
《うん、うん。やっぱりそうしましょう！》
プルトンが一人納得してるけど、私にはさっぱり意味がわからない。
《ねぇ。セナちゃん。今日新しく欲しいって言った木って節《ふし》の木みたいに何か工程が必要なの？》
「レンコン……ロトスの木がゴボウ……ゴボの木と同じでアク抜きが必要なくらいかな？　アク抜きに本当はお酢使いたいんだけど、お酢がないんだよね。早くお酢が欲しいよね」
《(そうね……風の精霊に世界に散ってもらうのは？　見つけた子に報酬を出せばいいわ！)》
プルトンがブツブツと呟いて真剣に考え込んでしまった。
「んん？　プルトン大丈夫？」
《もちろん！　ふふふ……セナちゃん安心して！　精霊の国はセナちゃんの役に立つわ！》
「んん？　よくわからないけど、節《ふし》の木をもらえるだけで嬉しいよ？」

《まぁ！　エルミス聞いた⁉　セナちゃん優しすぎるわ！》
《ちゃんと聞いている》
プルトンがエルミスに話を振り、二人で盛り上がり始めた。わからない私はクラオルとグレウスをモフモフして時間を潰す。
「ウェヌス大丈夫かなぁ？　お仕事のお邪魔になるなら帰るんだけど……」
しばらくして戻ってきたウェヌスを見た私は目を剝《む》いた。髪はボサボサ、服はところどころ破れていて、とても疲れた様子。さっきまでの爽やかさはどこ行った⁉
《お待たせいたしました……》
「えぇ⁉　ウェヌス大丈夫⁉」
《はい。大丈夫です》
ウェヌスが何か呟くとキラキラと光の粒子が集まり、服まで元通りのウェヌスになった。
「本当に大丈夫？」
《はい。ご心配していただきありがとうございます。お待たせしてしまって申し訳ありません》
「待つのは全然いいんだけど、お仕事の邪魔になるなら帰るよ？」
《いえいえ！　先ほどの騒動はセナ様のパンがもっと欲しいと精霊が詰めかけてきたようで。今はとりあえず落ち着きましたので》
えぇ⁉　原因って私⁉
「ご、ごめんね……」

《やっぱりセナちゃんのパンの美味しさにやられたのね？　みんなを納得させる方法があるわよ！》
プルトンが声高々に断言した。そんな方法あるの？
《セナちゃんはこっちのものをパンと交換できたら嬉しいのよね？》
「うん。精霊の国は基本お金使わないんでしょ？　パンで交換してくれるなら嬉しいよ」
《うふふ……それを聞いて安心したわ！》
《プルトン。怪しすぎるぞ》
怪しげに笑うプルトンにエルミスがジト目を向ける。
《失礼ね！　まぁ、いいわ。まずウェヌス！　風の精霊を世界に飛ばすのよ！》
《風の精霊をですか？》
《そうよ！　それでね……》
ビシッとウェヌスを指差したプルトンの腕は、無言でエルミスが下ろさせた。説明によると……
①酸っぱい液体を風の精霊を使って世界中を探させる②節《ふし》の木を精霊に削らせる③レンコンと長芋とバジルを育てて量産させる④何か情報があったら私に言う。
これら全ての報酬として、私が精霊の国に来たらパンと交換する。……ということだった。パンでそんなに働いてもらえるの？
《それはとても魅力的な案ですね。そうすればこの騒ぎも落ち着きましょう》
〈むっ。それだと我《われ》の仕事がなくなるではないか〉
《グレンはもうセナちゃんと契約してるじゃない》

〈(撫でてもらえなくなるじゃないか……)〉

小声だったけど、グレンの隣に座っている私にはバッチリ聞こえてしまった。そんなに撫でられるの気に入ったのね。可愛いな。

「ふふっ。じゃあグレンには違うこと頼もうかな？　力仕事も大丈夫でしょ？」

〈任せろ！〉

「ふふっ。手伝ってほしいときに言うからお願いね」

〈わかった〉

素直に頷くグレンの頭を撫でようと手を伸ばすと、彼は撫でやすいように屈んだ。

《さすがセナちゃん。セナちゃんが欲しいものがあるときに精霊の国に来て、パンと交換すれば全部解決よ！》

「節《ふし》の木を削ってもらえるのは嬉しいけど、道具とかどうするの？」

《ちょっと借りられればすぐに作れるわ！　ただ、削り方はわからないから、一回教えてもらわないとダメだけどね》

「削るのはグレンが上手だよ。職人みたいだから」

《あら！　じゃあ早速行ってくるわ。セナちゃん、道具貸してちょうだい》

「はい、これだよ」

《ありがとう。グレン、エルミス行くわよ！　セナちゃんはウェヌスとゆっくりしててね》

私から受け取った削り器を抱え、プルトンはテンション高く部屋から出ていってしまった。

《こちらの事情に巻き込んでしまい、申し訳ありません》
「へ？　むしろ私のせいだよね？」
《いえ。元々自由を好む精霊はあまり働いたりしないのです。しかし、今回セナ様のおかげで仕事の対価として美味しいパンが与えられることになりました。働くことや、役に立つことに生きがいを持つ者も現れるでしょう。好奇心のみで人里に行き、捕まえられ羽を毟《むし》られたり、利用されたり、殺されたりする精霊を減らせると思います》
（うわぁ……エルミスに冗談で羽を毟《むし》るって言ったけど、本当にある話だったんだ……そして人間の欲深さがエグいな）
「完全に私のための仕事内容だから申し訳ないくらいだよ」
《先ほどのセナ様のパンがいただけるなら喜んで働き始めると思いますので、セナ様はお気になさらないでください》
「ありがとう」
《そうそう。セナ様にこちらを受け取っていただきたいのです》
ウェヌスが何かを握り、手を伸ばしてきたので私も手を伸ばして受け取る。見てみると指輪が手の平に載せられていた。
「指輪？」
《そちら、今は指輪の形状ですが、望むアクセサリーの形に変えることが可能です》
「これは？」

《私や精霊の国と繋がっている魔道具のようなものです。私もずっと行動を共にしたいのですが、どうしても仕事をしなければいけないときに精霊の国に戻ります。私がいない間に移動してもそちらを身に着けていただいていれば、呼ばれずともすぐにセナ様の傍に行けるのです。たとえダンジョンや、強固な結界などで守られている場所であっても。もう一つ、そちらを持っていればどんな場所からでも精霊の国に来ることもできるのです》

「おぉ、便利だね。ありがとう！」

《はい。受け取っていただけて嬉しいです》

「どこに着けようかな？　ネックレスは冒険者ギルドのやつがあるし、ブレスレットよりは穴開けてピアスか、そのまま指輪かなぁ？」

『そういえば、ネックレスのチェーン替えたいって言ってなかった？』

どこがいいか考えていると、クラオルによって懐かしい記憶が掘り返された。

「言ってた。忘れてた」

《どのようなものに替える予定だったのですか？》

「革紐みたいに軽くて、肌触りが優しい感じのにしたかったの」

《なるほど。かしこまりました》

何がかしこまりましたなのかわからず、ブツブツと呟くウェヌスに首を傾げる。

《すぐに来られるそうです。言っている間に来たようですね。どうぞ》

へ？　誰が来たの⁇

《失礼いたします》
入ってきたのは……身長は私と変わらないくらい、頭頂部がツルツルなのに両サイドがふさふさで、某有名な十万馬力の科学の子のアニメに出てきた駅名博士ヘアーのおじいちゃん。唯一違うのは後ろがツルツルなところ。しかも白衣みたいな服を着ているんだよ。
《こちらチャノミーです》
(すごい。天然でこの髪型とか……名前も正にだし、博士と呼ばせてもらおう)
「セナです。よろしくお願いします」
《こちらこそよろしくお願いいたします。ご要望のお品をお持ちいたしました》
博士が見せてくれたのはキレイな白い糸だった。
《こちらミスリルカイーコの糸となっております。とても軽く、頑丈でそうそう切れません》
博士が説明してくれる。ミスリルは神銀《ミスリル》とわかるけど、カイーコ？　カイコ……って蚕《かいこ》か！　絹糸の神銀《ミスリル》バージョンってことね。確かカイーコは魔物図鑑に載ってたな……えっと、攻撃手段を持たないから狩られてしまって稀少になっているんだっけ？
「へぇー、初めて見た」
《色を変えられますので、お好きなお色をおっしゃってください》
「そのままでもキレイだよね。キラキラ輝いててゲレンデなんかの白銀の世界の色みたい」
《気に入っていただけて何よりでございます》
「うん。そのままにする！」

《かしこまりました。精霊帝《せいれいてい》より、ネックレスとお聞きしましたので自動サイズ調整や軽量化など役に立つと思われる付与を施してあります》
「おぉ、仕事が早い。ありがとう。早速着けてもいい？」
《もちろんでございます》
クラオルとグレウスに手伝ってもらい、ウェヌスの指輪にも糸を通して二連チェーンみたいにした。糸だけど。そして軽い。ギルドのドッグタグもウェヌスの指輪の重さも軽減してくれるらしく、とても軽くて着けていないみたい。
博士にお礼は何がいいかと問うと、パンと答えた。博士いわく、ミスリルカイーコは精霊の国で偶然死にかけているところを発見されたそうで、博士達が保護して育てているんだって。
〔ゴシュ……サマ……コノイ……ッパイ……シイデ……〕
ポラルは糸に興味津々みたい。〝ご主人様、この糸いっぱい欲しいです〟ってことかな？
「この糸いっぱいもらえたりしますか？　パンはあります」
《今すぐには無理ですが、ただいま数を増やそうとしております。そしてカイーコに頼んでおきますので次回でしたら渡せるかと思います》
「ありがとうございます。ポラル、よかったね」
〔ハイ！〕
嬉しさのあまり、おなかにグリグリと頭をこすりつけてくるポラルを撫でて落ち着かせる。
《いえいえ。セナ様のお役に立て、先ほどのパンがいただけるなら嬉しい限りでございます》

「今回のこの糸のお礼がいるよね。何人でお世話しているの？」
《今は三人でございます》
「そっか！　いっぱい欲しいし、三人なら一人一つでも大丈夫かな？」
《先ほどのパンが一人一つもらえるのですか!?》
博士がグイッと前のめりに顔を寄せてきたことに軽く驚く。
「え……うん。そんなにいらない？」
《とんでもない！　我々は嬉しいですが、セナ様はよろしいのですか？》
「三個くらい大丈夫だよ。これから頑張ってもらいたいから、ジャムパンとかどうかな？」
《ジャムパン？》
黙って見守っていたウェヌスまで博士と一緒に首を傾げている。
「そうジャムパン。さっきのとちょっと違うやつで、中にジャムが入ってるの」
《初めて聞きましたが、先ほどのパンも美味でしたのでぜひお願いいたします》
「気に入ってもらえると嬉しいな。はい、ジャムパン三つ。なるべく早く食べ切ってね。傷んじゃうから。あとミスリルカイーコってことは神銀《ミスリル》食べるんだよね？　これカイーコに頑張ってってことで渡してもらえる？」
麻袋にジャムパンを入れ、以前ネックレスを作る際に抽出した神銀《ミスリル》百％の直径五センチほどの塊《かたまり》と一緒に手渡す。
《こ……これは！　とても喜ぶと思います。セナ様はこのようなものもお持ちなのですね！》

鼻息荒く興奮状態になってしまった。博士の身振り手振りが大きくなると、サイドのフサフサの髪の毛がフワンフワンと揺れるのがすごく気になる。

「魔道具作った残りだから少なくてごめんね」

《とんでもない！　では、早速カイーコに渡しに行きたいと思います》

博士はピッチリ頭を下げて執務室から出ていった。それを見送ったウェヌスがソワソワし始めたので、何かあったのかと思ったら、ジャムパンを食べてみたかったらしい。私のオススメをと言われたので、無限収納《インベントリ》頼みで適当に出したところ、オレンジマーマレードだった。

《これはとても美味しいですね！　素材の味も殺さず甘みが強いのにほのかな酸味とアクセントの苦味……セナ様はこんなにも美味しいものを作られるのですね》

あっという間に食べ終わったウェヌスはひと息で感想を言い切った。勢いがすごい。

「褒めすぎじゃない？　それに作ったのは私だけど考えた人は別だからね」

それでも私が作ったことには変わらないと、称賛を受けてしまった。

そうこうしているとグレン達が戻ってきた。お礼を言うプルトンから削り器を受け取る。

「もう大丈夫なの？」

《えぇ、ばっちり似たものをいっぱい作らせたわ！　セナちゃんが作ったソレを見た魔道具作ってる子達が大興奮だったのよ》

「魔道具？　これただの道具だよ？」

《何言ってるの？　すごい付与付けてるじゃない！》

「付与？　錆びないように防水加工しただけだよ」

《それがすごいの！》

そんな大層なものではないと思いつつも、プルトンの勢いに呑まれ、「ウン」と頷く。

〈我《われ》はちゃんとセナが言っていた通り、厚削りと薄削りを教えてきたぞ〉

「おぉ、グレンえらい！　厚削りはコクと深みが出るんだよ〜」

隣に座ったグレンをいい子いい子と撫でていると、プルトンとエルミスにも望まれ、三人を順番に撫でる。撫でられた面々はとっても幸せそう。ご満足いただけたようで。

《これでかつお節はここに来たら手に入るわ。その代わりにパンが必要だけど……セナちゃんごめんね？　勝手に決めちゃって》

「それくらい大丈夫だよ」

《一つのパンで十人以上の精霊が食べられるから、そんなに量は必要ないと思うの。ちゃんと分けなさいって言ったら分けて食べるだろうから》

仲間外れがないんだなと感心していたんだけど、変わり者の子は精霊の国から出て好きな場所に行っちゃうんだって。自分探しの旅みたいな感じかね？

戻ってきた三人に精霊達の削り器作成話を聞いている間に時間が経っていたようで、ウェヌスに夕食に誘われた。

〈ここのは食った気がしない。セナの料理がいい〉

《私も食べるならセナちゃんのご飯がいい！》

グレンもプルトンもあの野菜オンリーのフルコースはご不満らしい。グレンはお肉好きだから納得だけど、プルトンが嫌がっているのが謎だ。いわく、堅苦しくて好きじゃないんだって。それはちょっと納得。見られながら食べるのは緊張しちゃうよね。

執務室に料理を運んできてくれたのは小さな精霊達。お皿の底を持ち上げていたり、二人がかりだったり……羽をパタパタさせて運んでいる姿がもう可愛い。撫でたらキャーキャーと大喜びだったのも最高。夕食はお昼と同様に、野菜とハーブがたっぷりのフルコース。健康的だし、不思議な味付けで美味しい。グレンは物足りないのか、以前渡したパンを食べていた。残ってるやん。

(ジャムパンと野菜のソテーは合わなくないかい？　まぁ、本人がいいならいいんだけどさ)

食後、私が望んだ木と香草を大量に受け取り、またお喋り。クラオルから声をかけられたころには、既に遅い時間になっていた。

ウェヌスの指輪があるため、街の外に出なくてもこの執務室から帰れるらしい。方法は魔力を込めるだけ。簡単だ。ウェヌスはまだ仕事があるそうで、来たメンバーで帰ることに。別れを告げ、ウェヌスの指輪を使う。眩しさに目を閉じ、再び目を開けると聖泉の岩の前だった。夜の泉は淡く発光していて、真っ暗な森の中で神秘的な光景となっていた。

「わぁ……キレイだねぇ」

『本当ねぇ。いつまでも見ていたいけど、帰りましょ？　主様疲れてるでしょ？』

「ふふっ。クラオルにはバレバレかぁ。そうだね、帰ろうか」

全員を連れ、魔力と位置に気を付けて転移を展開。見事一発で倉庫に到着できた。すぐに空間魔法でコテージへのドアを出し、グレンとは部屋の前で別れた。今日はいろいろあってお疲れな私はお風呂には入らず【クリーン】をかけ、ベッドにもぐりこんだ。

「ねぇ、聞いてもいいのかわからなくて聞けなかったんだけど、ウェヌスの瞳って不思議だよね？」

ベッドの中から精霊達に聞いてみる。

《そうねー。私達は見慣れているけど、初めて見るとそうかもしれないわ》

《あやつの瞳はあやつの感情に左右される。昔は感情がダダ漏れだったが、コントロールできるようになったようだな。感情を悟られぬようにコロコロと変えているらしい》

「そうなんだぁ。感情がバレちゃうって大変だね」

《だが何かに夢中になったり、怒ったりすると気が逸《そ》れるのかハッキリ変わる。まだまだ甘いな》

「エルミス厳しい」

《大昔は、瞳についていろいろと言われたりしてたけど、昔も今も本人は特に気にしていないわ。ウェヌスが精霊帝《せいれいてい》になって随分経つから、今では当たり前になってるしね》

「そっか……あんなにキレイな瞳なのに何か言われるなんて、きっと羨ましかったんだねぇ。ウェヌスがトラウマになってないといいんだけど……」

《(相手を喜んで叩きのめしていたから、トラウマとなっているとしたら相手の方なんだがな……)》

「ん？　エルミスもう一回言って？」

エルミスの声は小さくて、ウトウトと夢の世界に片足を突っ込んでいる私には聞き取れなかった。

《主《あるじ》はやはり優しいという話だ》

「もっと長かった気がするんだけど……」
《そんなことはない》
《セナちゃん、そろそろ寝た方がいいわ》
エルミスとプルトンがアイコンタクトを取っていたなんて気付いていなかった私は、大人サイズになったプルトンに頭を撫でられ、急速に膨らんでいく眠気に身を委《ゆだ》ねた。

第九話　休息から日常へ

そろそろ王都での活動をしようと、朝食を済ませた私達はコテージの空間から解体倉庫へ出てきた。

「昨日もいたけど、今日も見張られてるねぇ」

『主様の結界でこの中に入れなかったのね』

「とりあえず解除するよ」

〈フッ。慌てふためいているじゃないか。（我《われ》らを見張ろうとは。フンッ）〉

結界を解除したときよりも慌てた様子で見張りが去っていったことに首を傾げる。

「ん？　グレン何かしたの？」

〈いや。ほんの少しだけ威圧しただけだ〉

「何もしてこないなら放っておけばいいのに。相手してあげるのも面倒じゃん」

〈ククッ。そうだな。セナの眼中にはないんだな〉

「違うよー。面倒なだけ。そんなことよりギルドに行くよ～」

敷地内だからギルドにはすぐ着いたものの、朝の依頼書争奪戦で中は混み合っていた。グレンがスタッフにギルマスのお呼び出しをお願いしてくれたので、私達は人混みを避け、階段の近くで待機だ。さほど待つこともなく、ジョルガスさんがバタバタと階段を下りてきた。

「お待たせいたしましたっ！」

「急がせちゃってごめんなさい。解体終わりましたよ」

「ありがとうございます。申し訳ありませんが、倉庫の方へお願いいたします」

「はーい」

ジョルガスさんと倉庫に向かう。デカ蜘蛛を出した倉庫だ。こっちは劣化防止っていうか、時間経過が緩やかになる機能があるんだって。「こちらに」と言われた一角にギルド用に除けておいた解体済のウツボを出していく。

「セッ、セナ様⁉」

「はい？」

ジョルガスさんの焦った声に手を止めて振り返る。

「こちら全てムレナバイパーサーペントの肉でございますか？」

「そうですよ。まだ出し切れてませんけど」

「全てではないとおっしゃっていましたよね？」

「はい。私達も食べたいので全体の四分の一を売ろうかなと」

「これで四分の一ですか!?」

「いえ、これだと八分の一？　いや、十分の一くらいですかね？」

「申し訳ありませんが、ここまでの量は買い取りできません」

「そうなんですね。骨とか鱗とかもありますけど、どうすればいいですか？」

「そうですね……こちらで十分の一でしたら、十五分の一でお願いいたします。おそらくそれでも全て買い取りできませんので、その中から選ぶことになります」

「はーい。じゃあ、このお肉も少ししまいますね」

お肉の量を調整して、骨、鱗……と順番に全ての部位を十五分の一になるように出していく。数学が苦手な私は全部無限収納《インベントリ》任せである。素晴らしき無限収納《インベントリ》！

「ジョルガスさん。目玉とかもあるんですけど、どうしますか？　分割しちゃっていいんですか？」

「いえ。そこまで買い取りはできなそうですので……それにしても十五分の一でこの量ですか……これ全てはやはり難しいと思います」

「大丈夫です。冒険者ギルドで買い取りできなかったら商業ギルドに持ってきてくれと言われていますし、王様からの報奨金がすごかったので売れなくても生活には困らないんですよ」

「国王陛下はわかりますが、商業ギルドですか？」

「はい。この前、商業ギルドにも登録しなきゃいけなくなって行ったんです」

「なるほど。でしたら、錬金系の素材は商業ギルドへ持っていった方が喜ぶでしょう。こちらで買い取りする品を決めますので、少々お時間をいただけますか？」

「大丈夫ですよ」

どれくらいかかるのかと思えば三時間ほどらしい。待っているだけなのも暇なので、私達はその間買い物に行くことにした。大量に消費したオレンジやトマトなどを中心に購入。特に小麦粉は三店舗回った。

そろそろいいかなとギルドへ戻る。倉庫に入るとすぐにジョルガスさんは私達に気が付いた。

「おかえりなさいませ。今回はこちら側のものを買い取らせていただきたく思っております」

ジョルガスさんの示した方を見てみると出した素材の半分もない。およそ六分の一くらいだろうか？　十五分の一からさらに六分の一……思っていたよりも少量でよかったんだね。

「本来であれば全て買い取りたいところなのですが……素材の鮮度や解体の状態がとても素晴らしいため特S判定となっておりまして、予算の都合で全ての買い取りは断念せざるを得なくなりました。錬金など商業ギルドが主に管轄している部位などは商業ギルドが喜んで買い取ると思いますので」

なるほど。財政事情か。そして無限収納《インベントリ》の解体は優秀なのね。

「はーい」

「こちら側は買い取りできませんので、鮮度が落ちないうちにご収納ください」

「はーい」

解体された蜘蛛を含め、素材の山をマルッと無限収納《インベントリ》に入れると、執務室への移動を促された。

ジョバンニさんから聞いていたのか、執務室のソファに座った私達にジョルガスさんが紅茶を淹《い》れてくれた。うん、美味しい紅茶だ。高級茶葉かな？

「お手数おかけして申し訳ありません。こちらが今回買い取ります素材の詳細となっております」

「はーい」

渡された紙を見たものの、素材の値段の相場がわからない。おそらく高めに買い取ってくれてるのではないかと思っている。ケタがおかしいもん。とりあえず計算が合っているかの確認だ。

「そちらの値段でよろしいでしょうか？」

「えっと……そもそも相場がわからないので、素材の値段はこのままで大丈夫です。ですが、ここ計算が間違ってます。このままだと私が金貨を七枚も多く受け取ることになっちゃいますよ？」

「なんと！　この短時間で計算されたのですか？」

「え、はい」

「どちらでしょうか？」

「ここですね」

「ありがとうございます。書類を作り直しますので少々お待ちください」

ジョルガスさんが書類を持って退室していき、暇な私達は午後どうするか相談。決め切る前にジョルガスさんが戻ってきた。

「お待たせいたしました。確認をお願いいたします」

書類を受け取って再確認。指摘した計算間違いは直っていた。

「はい、計算は直ってます。でもこれ、諸費用が書いてないんですけど、別払いですか？」

「確認ありがとうございます。諸費用についてですが、セナ様にはとても状態のいい素材を納品していただいておりますのと、カリダの街にて元ギルドマスターが大変ご迷惑をおかけしましたので……この先、この国ではセナ様から諸費用をいただくことはございません」

あぁ……カリダの街は支部に当たるから尻ぬぐいか……

「私はありがたいんですけど、いいんですか？」

「もちろんです。これが今回買い取らせていただいた金額となります」

ジョルガスさんからお金の袋を受け取る。総額三百万以上である。さらにお金持ちになってしまった……

「この後は商業ギルドに向かわれるのですか？」

「はい。そのつもりです」

「でしたらこちらの詳細の紙をお持ちください。買い取り金額の目安になると思いますので」

「ありがとうございます」

ジョルガスさんから紙を受け取って冒険者ギルドを出る。わざわざ入口までお見送りしてくれた彼に手を振り、目指すは商業ギルド……と言いたいところだけど、クラオルからお昼ご飯注意報が入ったので、まずは昼食だ。

ちょうど発見したお店ではタイミングよく座ることができた。グレン的には違うお店がよかったみたいだけど、お昼時に待たないなんてラッキーじゃん。なんて思えたのは最初だけ。店員のお兄さんのオススメスープを一口飲んだ私はあまりのマズさに白目を剥《む》いた。病院でもらう粉薬と漢方薬を子供用風邪シロップで混ぜたような感じ。薬膳と言えば聞こえはいいけど……これはない！一気に食欲が減退した私はパンだけ食べることに。お会計のときに「残してごめんなさい」って謝ったら、お兄さんに「まずかっただろ？」って聞かれて、ちょっとだけぶん殴りたくなったよね。彼いわく、このお店名物のマズイスープなんだって。お詫びにクッキーもらった。「また来てくれよ」って言われたけど、グレンが食べたお肉も微妙だったみたいだから、二度目はナイと思います。

商業ギルドの中に入ると、サルースさんがドアの真ん前で待ち構えていた。

「待っていたよ！」

「え」

「冒険者ギルドから連絡が来たからね」

なるほど。ジョルガスさんが連絡してくれてたのね。サルースさんは「早速倉庫に行こうじゃないか」と私の腕を引っ張り、ズンズンと歩いていく。グレンに下ろしてもらっていたのがアダになった。素材が欲しいのはわかるけど強引だなぁ……

「ここだよ」

サルースさんが開いたドアの先は体育館のように広い部屋だった。冒険者ギルドの倉庫とは違って、建物内なんだね。

「さぁ、出しとくれ！」

テンション高く言われ、先ほど冒険者ギルドで売れなかった素材を出していく。ついでに蜘蛛の素材もオマケで。サルースさんは鼻息荒く大興奮だ。

「とりあえず売れる分はこれで全部。ムレナバイパーサーペントとマザーデススパイダーの素材」

「マザーデススパイダーだって!? こいつも倒したのかい!?」

「うん」

「まぁ、ムレナバイパーサーペントを倒せたならマザーデススパイダーも倒せるか……そうだね、おそらくうちも全部は買い取れないよ。なるべく急ぐから、あんた達は二時間後くらいに戻ってきとくれ」

そう言われた私達はギルドを出てプラプラと歩き始めた。とはいっても私はグレンの腕の中なんだけどね。

「ねぇ。そういえばさ、パーティーってドレス着なきゃダメかな?」

『そうね……おそらくドレスだと思うわ。でも主様、ドレスもらったじゃない』

「うん。ブラン団長達からもらったね。ドレスだったらあの中のどれか着ればいいと思うんだけど、グレンってパーティーに参加できるような服持ってる?」

〈持っていないな。今着ている服以外は一着しかない。我《われ》も着なきゃダメなのか?〉

「多分ダメだと思う。服頼まないとだね。染料くれたおばあちゃんの服屋さんに行こう!」

おばあちゃんの服屋さんに入ると、前回同様にニコニコと迎えてくれた。

「おや。この間の子だねぇ。こんにちは、今日はどうしたんだい?」

「こんにちは! あのね、本当は出たくないんだけど、王様のパーティーに出られるようにこの人の服を作ってもらいたいの」

「王様のパーティーなんてすごいパーティーに着ていく服がウチのでいいのかい？」

「うん！　おばあちゃんが作ってくれた服がいいの」

「そうかい。光栄だよ。そうだねぇ……どんなデザインがいいんだい？」

「どんなデザインでも大丈夫なの？」

「もちろんさね。聞いてできない場合もあるけどねぇ」

（ぐふふふ……これは理想のスーツをグレンに着させるチャンスじゃん！　私のためにぜひ着てもらいましょう！）

『主様。作ってもらうって間に合うの？　パーティーがいつか聞いていないじゃない』

「はっ！　そうか……せっかくグレンにカッコイイスーツ着てもらえるチャンスだったのに……」

「どうしたんだい？」

「パーティーがいつあるか聞いてないの」

「なるほどねぇ。そうさねぇ……フルオーダーになると一週間ほどかかるからねぇ……今あるものに手を加えるなら二、三日で仕上げられるけど……」

「そっかぁ……そうだ！　両方作ってもらうことってできますか？」

「構わないよ」

「ぜひ両方お願いします！　デザインは今日考えるので明日持ってきます」

「そうかい。なら今うちにあるやつを持ってくるから、ちょいと待っておくれ」

「はーい！」

おばあちゃんが持ってきてくれたのは、シンプルなものから貴族が喜んで着そうなものまでいろいろなデザインの十着。グレンの体格を考えて持ってきてくれたらしい。その中からグレンに似合う一着を選ぶ。試着をしてもらうと、上着はちょうどいいのに、足が長くて丈が足りなかった。羨ましい限りだ。丈の調節は可能だそうで、足りない分を測るついでに全身を測ってもらう。グレンのスーツ姿を見ていると、ナポレオンコートも似合いそうだし、軍服みたいなのも着てほしくなってくる。引き締まった体つきのグレンならいろんな服が似合うに違いない。

（萌えが……妄想の萌えが広がる！）

サイズを測り終えるとちょうどいい時間となっていた。おばあちゃんにスーツをお願いして、商業ギルドに向かう。今度はドアの前で待ち構えていなかったので、そのまま先ほどの倉庫の部屋へ。

「戻ってきたね。買い取る分が決まったよ。こっち側のはしまってくれて大丈夫さ」

サルースさんに言われた方を無限収納《インベントリ》にしまう。今回もほとんど回収となった。精算は応接室でやるそうで、私達は移動することになった。

「これが今回ウチで買い取りたいものだよ」

サルースさんから紙を受け取って確認する。

「サルースさん。回収に入ってなかったムレナバイパーサーペントの血が入ってません」

「なんだって!?」

そう。血が入っていない。無限収納《インベントリ》の優秀な解体でなぜか瓶に入った状態になっていた血は、さっき回収したときにはなかったのに買い取りの一覧表に載っていない。

「今回血は買い取れないって決まったのに！　嘘じゃないね？」

「回収したやつ全部出して確認しますか？」

「いや、大丈夫だよ。誰だいちょろまかした奴は！　ちょっと待ってな！」

サルースさんは鼻息荒く部屋を出ていってしまった。

「ハァ……また面倒なことになったな……」

ため息をつきながら買い取り一覧表を見る。冒険者ギルドとほとんど変わらない金額か、少し高い金額になっている。少し高い金額なのは内臓と鱗。おそらく武器や防具、錬金で使う素材だ。

クラオルとグレウスをモフモフしつつみんなで喋って待っていると、サルースさんが戻ってきた。ロープでぐるぐる巻きになった若い男性を引きずって。おばあちゃんのどこにそんな力が……

「悪いねぇ。とっ捕まえたよ！　このギルドで職員が盗難なんてね。こちらの完全な失態だよ。この血もちゃんと買い取るように書き加えた書類を今作ってるから、もうちょい待っておくれ」

「はーい」

私が返事をすると、サルースさんは男性を引きずって出ていった。再び戻ってきたときにはサルースさんとゲハイトさん二人だった。ゲハイトさんが重そうな袋を三つ抱えている。

「待たせたね。悪かったよ。ちゃんとあの血も買い取るから、こっちの紙を確認しておくれ」

サルースさんから紙を受け取って確認する。何故かさっきの紙より全体的に買い取り価格が上がっていた。

「ハッハッハ。不思議そうだね。今回の詫びさ。その金額で大丈夫かい？」

「うん。大丈夫」

「大変申し訳ありませんでした。詳細は調べてから報告いたします」

ゲハイトさんが頭を下げる。グレンをチラチラ見ていて、前回の威圧がトラウマ化しているみたいだ。

「じゃあ、これが総額だよ」

サルースさんの指示でゲハイトさんが渡してくれたお金の詰まった袋を受け取る。ゲハイトさんが持っていた重そうな袋がお金の袋だった。もうお金の心配は一切いらなそうである。


お昼ご飯がひどかったから、口直しに前に作ったフレンチトーストでも食べようか？　グレンのスーツデザインも考えないと！　アニメ、マンガ、ゲーム、映画と日本で見た知識を今使わずしていつ使う⁉︎　一瞬、〝今でしょ！〟の先生が頭をよぎったわ。そんなことよりデザインよ！

なんて、今日やらなきゃいけないことが終わった私は宿へと帰る道中、グレンの腕の中で気分が上がることを考えていた。ルンルン気分だったのに、何やら宿の前が騒がしいことに気が付いた。通りを歩いている人も立ち止まり、何事かと宿の方を見ている。

「何かあったのかな？」

宿前の野次馬達の横に並ぶと、それに気が付いたベーネさんが慌ただしく寄ってきた。

「セナ様！」

「何かあったんですか？」

聞いてみると、ベーネさんはとても申し訳なさそうに私が泊まっていた部屋が荒らされていたと教えてくれた。朝、掃除のために部屋を開けたら荒らされていたことに気が付いたらしく、急いで騎士団に連絡したそう。それからずっとこの騒がしさが続いているとのことだった。

「ベーネさんや他の従業員の人達はケガとかしてない？　大丈夫？」

「ご心配ありがとうございます。我々は大丈夫でございます。本当に申し訳ありません。他のお客様も別の宿に移っていただいております」

朝から他のお客さんの対応もしていたみたい。かなり憔悴《しょうすい》した様子だ。私が泊まっていた部屋が荒らされていたのなら、私が狙いだろう。ベーネさん達はとてもよくしてくれているのに、私のせいで宿が潰れでもしたら困る。

「私のせいでごめんなさい。今騎士団が調べているんだよね？　私も調べてもいい？」

「いえいえ、とんでもございません！　調べるとはセナ様がですか？」

「うん。だって変な噂が立ってお客さん来なくなったら困るでしょ？　私が泊まっていた部屋が荒らされたなら狙いは私だろうし……」

「……構わない。解体は終わったんだな。無事でよかった」

ベーネさんと話しているとブラン団長が現れた。

ブラン団長は薄く微笑んで私の頭を撫でた。日数がかかって心配していたけど、結界で倉庫に入れなかったんだって。元々閉じこもると話していたので待っていたと言われた。

「心配してくれてありがとう。バッチリ大丈夫だよ！　それで、部屋調べてもいい？」

許可を得た私達はブラン団長と共に部屋に向かう。部屋のドアを開けると本当に荒らされていた。調度品は床に散乱していて、ソファやカーテンは切り裂かれ、ベッドマットは床に落ちている。

「わぉ。何が狙いだったんだろ？　超いい迷惑だわ」

私の荷物は全部無限収納《インベントリ》に入っているから何一つ置いていない。ソファやカーテンを切り裂く意味がわからないよ。念話でエルミスとプルトンに魔法を使った痕跡があるか調べてもらい、私は特にひどいベッドルームを調べることにした。じっくり見てみたものの、何も見つからなかった。エルミスとプルトンから報告を聞き、ドアの外で待っていてくれたブラン団長のところへ。

「……パブロが別件でいないため俺達が探したが、特に証拠の品は見つからなかった」

「うん。あのね、入ってきたのはあの窓からで、音が漏れないようにする魔道具を使ってたみたい。多分目立たない夜じゃないかな？　何か仕掛けられてはないから、荒らされただけっぽいよ」

「……そんなことまでわかるのか？」

「窓に魔法を使った痕跡と、部屋で魔道具を使った痕跡が残ってたよ」

エルミスとプルトン情報だけど。ただ、個人を特定できるようなものではなかったらしい。

「……そうか。助かった」

「セナ様。この度は申し訳ありません。この状態ですと、しばらく宿としての安全性が確保できません。申し訳ありませんがセナ様にも宿を移っていただいてもよろしいでしょうか？」

ブラン団長と喋っていると、ベーネさんがこれまた申し訳なさそうに私に告げた。

「……やはり王城にしよう」

「お城はヤダ。偉い人と生活なんて息が詰まっちゃうし、あの代理人とギラギラおばさんがいるお城には泊まりたくない。他のお客さんに迷惑かけるから街の外で野宿する」

「……ダメだ。セナは賓客《ひんきゃく》だ。賓客《ひんきゃく》に野宿などさせられない。あれらは今、隔離されているからセナが会うことはない。狙われている危険がある。頼むから城に来てくれ……セナ」

諭《さと》すようにブラン団長に見つめられ、折れるしかなくなった。

「むぅぅ……わかった。でも条件がある」

「……可能な限り応えよう」

「お城に泊まってても放っておいてほしい。ご飯もいらないし、街に行くのも自由がいい。行動を制限されたくない」

「……わかった。ただ食事は……」

「自分で作るから大丈夫」

ブラン団長はこれ以上は私が譲らないことがわかったんだろう。困ったように笑い、再び私の頭を撫でた。

「……わかった。そう伝えよう。店主、そういうことだ。被害に遭ったものは城に請求してくれ」

「ありがとうございます」

「ベーネさん。私のせいで宿にご迷惑かけてごめんなさい」

「いえいえ！　セナ様がご無事で何よりでございます。このような事態を招いてしまい、申し訳ありません。早く犯人が捕まることを祈っております」

謝る私にもベーネさんは優しい。

(この優しい宿を荒らした犯人見つけてやる！　っていうか盗聴器の件と同一人物じゃないの!?)

すぐに王城に行くことになり、ベーネさんは最後まで頭を下げてお見送りしてくれた。

王城に着いた私達はそのまま部屋に案内された。賓客として元々用意されていた部屋だから、特に許可取りは必要ないんだって。ただ、国王に報告はしてくるとブラン団長は去っていった。また後でと言っていたから、夜にでも来るんでしょう。

「誰だよ、部屋荒らしたやつ！　私の平穏が……もぅ！　いない間も結界張っておけばよかった！」

部屋に結界を張っていることをいいことに、ソファでバタバタと騒ぐ。

『主様はお城が本当に嫌なのね』

「高級品に囲まれたくないし、お城って見張られてそうじゃん。貴族にも会いたくないし……何より、私のクラオルとグレウスを権力使って奪おうとしてきたあのおばさんと同じお城っていうのが嫌。あ、思い出したら腹立ってきた」

『ふふっ。一番怒る理由がワタシ達なのね』

「当たり前じゃん。コテージで甘いもの食べよう！　ストレス発散だよ！」

みんなに声をかけた私はコテージでフレンチトーストを作製。美味しい美味しいと幸せそうに食べるみんなは可愛いし、私も甘いものを食べて少し落ち着いた。さらにモフモフで癒されてから、私達はお城の部屋へ戻った。

お城の部屋はリビングダイニング、ベッドルームが二つ、洗面所とトイレという、シャワーがないだけでほとんど宿と同じだった。

「グレンの服のデザイン考えようと思うんだけど、みんなはどうする？　コテージに行ってる？」

『ワタシとグレウスは一緒にいるわ』

〈我《われ》もここにいる〉

《私達は姿を隠してお城探検してくる！》

〔マワリ……グッテ……マス〕

ポラルは〝周り探ってきます〟かな？

気を付けてねと送り出すとき、スチャッと手を上げたポラルが天井の石板を外して天井裏へ入っていった。ブラン団長達も未だに存在に気付いていないっぽいんだよね。驚いている間にエルミスとプルトンは既に出発していた。

「私はあっちの部屋にいるけど、三人は好きにしてて大丈夫だからね」

そうクラオル達に声をかけた私はベッドルームの机に向かった。紙とペンを出してデザインを考える。日本人がよく着ているノーマルなスーツから、洋画や海外ドラマで見た俳優さんが着ていた自分好みのスーツ……と思い付くままに描いていく。描けば描くほど警察官の制服、海軍の制服、海外の軍服、アニメやマンガで見た服……とどんどんスーツから外れていき、最早ただ着てほしいコスプレの図案になってしまった。

「絵心皆無だったはずなんだけど……絵を描くスキルなんかあったっけ？」

最初の方はひどいのに、私が描いたにしてはだんだんとマシになっている。まだ伝わりそうに描けているのがコスプレのデザインだ。

『主様ー！　そろそろご飯よ！』

ドア越しに大声でクラオルに話しかけられ、時間に気が付いた。マズイ。そっちは手を付けていない。今日は作り置きでいいかな？

「ご飯、豚丼と煮込みハンバーグとどっちがいい？」

《ただいまー！》

《戻った》

〔モド……マシ……〕

リビングでグレンに聞いたタイミングで精霊二人とポラルが戻ってきた。出ていった天井とは違う場所を開き、糸を使ってスルスルと下りてきたポラルに驚きが隠せない。しかも器用に、外した石板を戻していた。

（そこも開くの⁉　もしかして天井全部外せるの⁉）

石造りなのに天井は上の階の床じゃないんだ……諜報員が天井裏のスペースにいるって話は本当にありえることなんだな……と、天井を見つめていると、グレンに呼ばれた。

〈セナ、食べたことのないやつに決まった〉

いつの間にか多数決を取っていたらしい。みんなが食べたことのないやつといえば、煮込みハンバーグの方だろう。トマトとシチューのどっちがいいかを聞いたら、シチューの方だそう。席に着いたみんなにビーフシチューで煮込んだ方を配る。ちゃんと今回はご飯とセットだよ。ビーフシチューの煮込みハンバーグのアレンジは成功で、お肉の出汁《だし》が出ていて、コクがあった。みんなも気に入ったみたい。パクパクと食べていた。

食後はリビングのテーブルに描いたデザイン画を広げ、みんなに見てもらう。

「この中でパーティーに着ていっても大丈夫そうなのってある？」

『どれもグレンには似合いそうね。これ全部主様が描いたの？』

「うん。描いてるうちに楽しくなってきちゃって……この世界の貴族の流行《はや》りとかわからないし、パーティーの細かいドレスコードとかも知らないんだよね」

『この国にわざわざ合わせなくてもいいんじゃない？　呼ばれた側だもの』

「そっか、それもそうだね。グレンはどれがいい？」

〈我《われ》はセナが描いたやつなら何でもいいが……コレ以外がいい〉

グレンが嫌がったのは日本でよく着られていたスーツ。一番最初に描いたやつで私の絵心のなさが溢れているからかな？

《これがいいんじゃない？》

「おぉ！　それは私もぜひ着てほしい！」

『これもいいと思うわ』

「それもいいよね～！」

プルトンとクラオルが選んだのはコスプレ軍服。プルトンは詰襟のナポレオンコートタイプで、クラオルのはネクタイが見えるタイプである。

《儂《わし》はこれがいいと思うぞ》

エルミスが選んだのは詰襟の海軍風のコスプレ軍服だ。みんなコスプレ軍服推し。

『これなら主様の護衛みたいだわ！』

なるほど。そういう理由かと、思わず笑いが零《こぼ》れた。

みんなでどの一着にするかワイワイと盛り上がっていると、プルトンがブラン団長が知らない人物と一緒にこっちに向かっていると教えてくれた。話を切り上げ、テーブルの上を片付ける。

ノック音にグレンがドアを開け、中にブラン団長を招き入れた。ブラン団長に続いて入ってきたのは小学校高学年くらいの男の子。少年はサービスワゴンを押していて、そのワゴンにはティーポットとティーカップが三つ載せられていた。

「……先に紹介する。セナが城にいる間、付き人となったトリスタンだ。部屋の清掃やこういった紅茶などを用意してくれる」

なるほど。雑用担当ってことかな？

「トリスタンです。なんでもお申し付けください」

男の子は無表情でキッチリと頭を下げた。黒色の髪の毛は胸くらいまであり、左耳の下で一つに結ばれている。光《ハイライト》のない瞳はヴァーダイトっぽい緑色で、耳はエルフとのハーフだったフォスターさんより長くとんがっていた。精霊に近いかも。エルフかな？　将来が楽しみなイケメン君だけど、人形みたいに表情が変わらない子だった。温かい雰囲気も冷たい雰囲気もオーラも何もなく、

人なのはわかるけど人工生命体《アンドロイド》のよう。

挨拶もそこそこに、二人にソファを勧めたんだけど……トリスタン君は座らずに紅茶の準備を始めてしまった。

「……トリスタンは魔法省のトップのひ孫だ。魔法が使えるためセナの護衛も兼ねている。年が近い方が話しやすいだろうと抜擢《ばってき》された」

「ふーん……そっかぁ。トリスタン君は貧乏くじ引いちゃったんだね。ごめんね？」

「セナ様をお護りするように言われております」

トリスタン君は私達の前に紅茶をセットし、再び頭を下げた。ティーカップはブラン団長、グレン、私の三人分だったようで、彼の分はない。そして立ったままで座る気配がない。

「座らないの？」

「いえ。自分は付き人兼護衛ですので」

「真面目さんかぁ。もっと肩の力抜いていいのに」

「……セナ、気にしないでやってくれ。これがトリスタンを呼ぶベルだ」

彼はいつもこんな感じなのかもしれない。苦笑いのブラン団長にベルを渡された。

「……これを鳴らせばトリスタンが来る。来たら用件を言ってくれ」

「はーい」

ベルを受け取った私は、一応念のために鑑定をかけてから紅茶に口をつけた。

「んん!?　美味しぃ〜！　トリスタン君って紅茶淹《い》れるの上手なんだね」

「あ……ありがとうございます」

ニコニコと褒めたら、戸惑ったように返された。困らせちゃったかな？　と思いつつ、表情は変わらないものの、感情の起伏があるようで安心した。

「本当に美味しいよ。そうだ、ブラン団長に聞きたいことがあったんだ。パーティーっていつなの？」

「……伝えてなかったな。八日後だ」

「そっか。わかった」

（よっしゃ！　グレンの服作ってもらえるじゃん！）

「……どうかしたのか？」

「ふふふっ。お楽しみだよ！」

「……そうか。楽しそうだからいい。とりあえずセナ達は自由に城に出入りできるように警備に伝えてはいるが、何かあったら俺を呼んでくれ。トリスタンでもいい」

「はーい。ありがとう」

「……では俺達はそろそろ戻ろう。夜に邪魔して悪かった」

「ううん、大丈夫だよ。ありがとう。おやすみなさい」

「……おやすみ」

「おやすみなさいませ」

トリスタン君はお辞儀をして、ブラン団長は私の頭を撫でてから出ていった。

第十話　コスプレと魔道具と……

コテージのお風呂に入り、お城の部屋で眠りについた私は翌朝、意気揚々と街へ出てきた。ブラン団長が昨夜言っていた通り、お城からはすんなりと出られた。入るのが大変なだけで出るのは簡単なのかもしれない。

貴族エリアはそこまでだったのに、平民エリアの朝の通りは賑わっていた。おかげで今日も私はグレンに抱っこで運んでもらっている。ブラン団長達もだけど、やたら抱えたがるのはなんでだろうね？　私は楽だからいいんだけどさ。

「おはようございます！　昨日言ってたデザイン画持ってきました！」

おばあちゃんの服屋さんに着き、ドアを開けて挨拶する。

「おや。おはようさん。早いねぇ。見せてもらってもいいかい？」

「もちろん！　でもどれにするか悩んでて……一緒に考えてくれたら嬉しいです」

描いたデザイン画の束のうち、クラオル達が推していた三枚をおばあちゃんに見せる。

「えっと、悩んでるのが、これと……これとこれの三つです」

「こんなにたくさんのデザイン……すごいねぇ。どれも見たことないよ」

（ですよね～！　私も二次元でしか見たことないもん。コスプレイヤーさんならいたかもだけど）

「パーティーが七日後らしいので、それに間に合うとなるとどれですか？」

「そうさねぇ……この色とかはどうなっているんだい？」

（そっか。染色の問題もあるのか）

「えぇっとですね……」

このデザインはどういう布地でこういう色がいい。この装飾はこことここを繋いでいて……と身振り手振りで詳細に説明していく。おばあちゃんは私の説明を聞きながらメモを取っていた。

「なるほどねぇ。三つともパーティーに間に合うと思うよ」

「おぉ、やったぁ！　じゃあどれにするか選ばないと……どれがいいかなぁ？」

「しかしこのデザインは新しいねぇ。この歳になってこんなワクワクする服を作れるとは思わなかったよ」

「ふふふっ。そう言ってもらえると嬉しいです。おばあちゃんはどれがいいと思いますか？」

「そうさねぇ。どれも似合うだろうし、話題にもなりそうだけど、護衛らしいのはこの黒色の二つだろうねぇ。こっちは目立ちそうだ。お嬢さんは何色のドレスにするんだい？」

「んーと……何色があったっけ？」

『濃いブルー・淡いグリーン・ピンク・イエローだったと思うわ』

私の疑問に答えてくれたのはクラオルだ。

「それだと濃いブルーと淡いグリーンの二択だね。ピンクは髪の毛の色に合わなさそう。どっちかだったら濃いブルーかな」

「濃いブルーかい。それならこのデザインどっちでも大丈夫そうだね」

「一つはパーティーに間に合うように作ってもらいたいんですけど、残りの二つも作ってもらいたいんです。ちゃんとお金は払います」

「三つになると、その分時間がかかるけど大丈夫かい？」

「はい！」

おばあちゃんに頼んだ私の頬をちょんちょんとつついたクラオルから念話が飛んできた。

『(主様、この街にしばらく滞在するの？)』

「(ううん。できたころに転移で来ればいいかなって)」

『(そういうことね)』

納得してもらえたようでよかった。

「そしたらどれをパーティーに着ていくんだい？」

「それが一番悩ましい……どっちかだったらどっちがいい？」

決めきれなくて、振り返った私はグレンにデザイン画を見せた。

〈そうだな……ならこっちがいい〉

「じゃあこれをパーティー用にお願いします！」

グレンが示した方のデザイン画を一番上にしておばあちゃんに渡す。

「はいよ。お嬢さんのお名前を聞いてもいいかい？」

「あ、名乗りもせずごめんなさい。私はセナです。おばあちゃんの名前も聞いてもいいですか？」

「いい名前だねぇ。私はネライだけど、そのままおばあちゃんでいいよ」

「ネライおばあちゃん。よろしくお願いします」

「腕によりをかけて作るよ。ブーツはあるのかい？」

「あぁ！　忘れてた……ブーツもお願いします」

「サイズは測ってあるからちゃんと作っておくよ。一週間はかからないと思うから、四日後にまた来てもらえるかい？　最後の調整をしないといけないからね」

「わかりました。よろしくお願いします」

最後に頭を下げて店を出る。またおばあちゃんはお店の外までお見送りしてくれた。

お店を出た途端、クラオルからご飯時報が入った。私が興奮して説明をしている間にお昼を過ぎていたみたい。ちょうど近くに広場があったので、そこで軽く食べることにした。みんなが気に入っているおにぎりだ。お供はお味噌汁にした。


昼食を済ませた私達はお買い物へ。

あの服が三次元で見られるなんて楽しみすぎる。そのうち海賊服みたいなのも着てほしいし、アラビアンみたいなのもイイ。日本で着られていた普通の服もアリ。グレンはイケメンだからマント付きの軍服も似合いそうだ。

『――様！　主様ったら！　戻ってきなさい！』

「ん？　クラオルどうしたの？」

『ハァ……ニヤニヤしながらブツブツ言うのやめなさい。怪しすぎるわよ』

「ごめんごめん。グレンの服が楽しみすぎてさ。あ、おじさん、コレとコレいっぱいください！」

グレンの腕の中から指を差し、お店のおじさんから商品を受け取ってお金を払う。

『主様は着たい服とかないの？』

チーズ屋さんを出るとクラオルに話しかけられた。

「私はショーパンとかパーカーとかデニムとか楽な格好がいいかな？　パーカーだったらポラルも私にへばり付かなくて済みそうだからそのうち作りたいけど……あ！　グレン、そこのお店寄って」

〈わかった。肉屋か！〉

「お姉さん、コレとコレとコレください！」

鶏肉と牛肉をメインに大量に購入し、グレンの機嫌がよくなった。

『自分の服はグレンの服ほどのこだわりはないの？』

お店を出ると話題が戻る。

「特にないね。女々しい感じじゃなければ。スウェットとかジャージとか楽な格好が一番好きなくらいかな。さて、買い物も終わったし戻ろうか？」

お城の門では名前を名乗り、ギルドカードを見せたらすんなり入城できた。心配は杞憂《きゆう》だったらしい。お城の部屋に戻ってきた私はすぐにコテージへのドアを出し、空間内に入った。

「さて、私は魔道具を作りたいから作業部屋に行くよ。プルトンには手伝ってもらいたいんだけど

「いい？」
《もちろん！》
みんなは自由にしてていいよーと私が言うと、みんなどこかに遊びに行った。また土まみれかな？　私はプルトンと二人で魔道具部屋へ。
《どんなの作るの？》
「迷惑かけちゃったから、ベーネさんの宿屋を守れるやつってできないかな？」
《んー……結界ってこと？》
「うん。部屋荒らしたやつみたいな悪いやつが敷地に入れないように……って難しい？　パパ達にしかできないかな？」
《うーん。できるはできると思うんだけど……宿全体みたいな大きなものは魔石の魔力が早くなくなっちゃうのよ。そうすると機能しなくなっちゃうから、意味がなくなっちゃうわ》
「それってさ、魔力を周りにいる人からちょっとずつもらえたら何とかならないかな？」
《セナちゃん頭いい！　すごいわ！　そうすると……あれをこうして……そうなると……あら？　……あぁ、あれがこうなるわよね？　そうしたら……うん、できるわ！　それなら魔力を補充しなくてもいいから、魔石が壊れない限り大丈夫だと思う》
途中ブツブツとよくわからないことを言っていたものの、大丈夫らしい。
「本当？」
《えぇ、作ってみましょ。まずは魔石選びよ！》

プルトンがこれならきっと大丈夫だと指定したのは直径十三センチくらいの魔石。プルトンの指示に従って両手に抱え、プルトンと一緒に魔力を込める。イメージは悪いことをしようとする人を弾き、泊まっている人がしっかり休めて疲れが取れるように。周りにいる人や泊まっている人からバレない程度に少しだけ魔力を吸い取るように。私がイメージを膨らませている間、プルトンは何かブツブツと呪文を唱えている。しばらく魔力を込めているとプルトンからストップがかかった。目を開いて確認すると、黒っぽかった魔石が、パールのような白色になってしまっていた。プルトンいわく、これでいいんだって。

「うーん。これそのまま渡せないから何かに加工しないとだよね……」

《加工って？　何かに埋め込むとか？》

「そうだね。置物か壁掛けの飾りあたりがいいんだろうけど……デザインが思い浮かばないや。どうしようか？」

《セナちゃんが得意な木で作ればいいんじゃない？》

そうプルトンに言われて木工部屋に来たはいいものの……置物となると木彫りの熊くらいしか思い浮かばない。なんで熊？　ってなるよね……

「うーん……あ！　招き猫ならぬ招きクラオルとグレウスにしよう！」

呪淵《じゅえん》の森の木を出し、正四角形に加工したものを真っ二つに割り、真ん中を魔石の大きさにくり抜く。簡単にパカッと割れないように、魔石の周りに小さな穴を開ける。所謂《いわゆる》ダボ穴だ。ここにダボピン的な木材を差し込めば強度が上がるハズ。魔石をはめ、ダボ穴にダボピンの木片をセットして合わせる。ここからデフォルメしたクラオルとグレウスの二人が並んでいるように削っていく。招き猫ってことで、クラオルは右手、グレウスは左手を上げているようにした。

「ふふふっ。クラオルとグレウス可愛い〜。我ながら上手くできたんじゃない？」

最後に、魔石を守って壊れにくくなりますようにと魔力を染み込ませたら、木彫りの招きクラオルとグレウス像の完成！

◇◆◇

朝、少しプラプラと街を散策した後、私達はベーネさんの宿【渡り鳥】へ。まだ二日目だから大変かな？　と思いつつも宿の中に入ると、ちょうどベーネさんが受付にいた。

「おはようございます」

「これはセナ様。おはようございます。一昨日《おととい》は大変申し訳ございませんでした」

「迷惑かけてごめんなさい。この宿、なくなったりしない？」

「いえいえ。セナ様の安全が確保できなかったのは私共《わたくし》の不手際にございます。心配していただけたのですね……セナ様はやはりお優しい。全てが整い次第、営業を再開しようと思っております」

「よかった！　お詫びにベーネさん達を守るお守りを持ってきたの」

「お守り……でございますか？」

「そう。これなんだけど」

無限収納《インベントリ》から昨日作ったクラオルとグレウスの木彫り像をベーネさんに見せる。

「とても可愛らしい木彫りのヴァインタミアでございますね。セナ様の従魔のヴァインタミアでしょうか？」

「うん。昨日の夜作ったの。悪い人が入れなくなるお守り。余計なお世話だった？」

「いえいえ！　とんでもございません。私共《わたくし》のことを考えていただき、とても嬉しいです。本当にいただいてしまってよろしいのですか？」

「うん！　ベーネさん達のために作ったから置いてもらえると嬉しいな」

「ありがとうございます……では早速飾りましょう。入口から見えるこの辺りでいかがでしょうか？」

ベーネさんは入口正面のカウンターの後ろにある棚に飾ってくれた。

「ありがとう！」

「このような素敵な像をいただき、こちらこそありがとうございます。セナ様は多才でいらっしゃいますね。こちらは我が宿のお守りとして大切に、大切にいたします」

ベーネさんは感激しましたと言わんばかりに瞳を潤ませていた。そんなに喜んでもらえると私も嬉しい。像を渡しに来ただけなので、邪魔したことを謝罪し、宿をお暇《いとま》しようとしたところ、ベーネさんに引き留められた。もし時間があるなら料理人さん達にアドバイスを……とのことだったので、私達は先日も入った宿のキッチンにお邪魔した。

途中でお昼ご飯も挟み、結局……グレンやクラオル達も巻き込んでおやつタイムまでかかってしまった。ちょっとレシピも微調整することになったけど、料理人さん達が達成感溢れる笑顔を浮かべていたからよしとしよう。私はしばらくスムージーは遠慮したいです。

第十一話　付き人トリスタン

日課のストレッチも終え、朝食も食べた。今日は何をしようか？　クラオル達をモフモフしつつ考える。特にやらなきゃいけないことはない。

『今日はどうするの？　コテージ行くの？』

「悩み中〜。コテージはなんとなく気分じゃなくて。何かないかなぁ？」

『それなら彼を呼んで聞いてみたらいいんじゃない？　お城にいる間の主様の付き人になった人』

「あぁ、そうか、トリスタン君ね。そうだね、聞いてみよう！」

本当に来てくれるのかはわからないけど、ブラン団長から渡されたベルを鳴らしてみる。

数分後……部屋にノック音が四回響いた。トリスタン君だ。

「はーい、どうぞ〜」

——カチャッ。

「失礼いたします。お呼びでございますか？」

相変わらずの人形みたいに無表情なトリスタン君はキッチリとお辞儀をして入ってきた。

「いらっしゃい！　呼んじゃってごめんね。今大丈夫だった？」

「セナ様を優先させろと言われておりますので、問題ありません」

「ありがとう。トリスタン君の紅茶を三つお願いしてもいい？」

「かしこまりました。準備いたしますので少々お待ちください」

「はーい、待ってる～」

クラオル達と話していると、数分でサービスワゴンを押したトリスタン君が戻ってきた。

「お待たせいたしました」

「ありがとう。トリスタン君も座って」

「いえ」

「座って？　おやつ食べながらちょっとお話しよ？」

「………………かしこまりました」

見つめ合うこと数十秒、納得してくれたみたいでようやく座ってくれた。

「これおやつね」

〈これはなんだ？〉

「ラスクだよ。パンのおやつ」

早速グレンがテーブルの上に置いたラスクに手を伸ばし、一口齧りついた。

〈ふむ。甘くてカリカリで美味いな！〉

「よかった。一人で全部食べちゃダメだよ？　みんなで食べるんだからね？　トリスタン君も甘いものが嫌いじゃなかったらどうぞ」

お皿ごとトリスタン君の方に差し出す。

「いえ……」

「取らないとグレンに食べ尽くされちゃうよ？　それとも甘いもの嫌いだった？」

「いえ……嫌いではありませんが……」

「今は付き人のトリスタン君はお休みで、普通のトリスタン君ってことで食べて大丈夫だよ。気にしないし、私はその方が嬉しいから」

「えっと………ではいただきます。――っ！」

彼は一瞬目を見開いて、あっという間に一枚食べてしまった。

「ふふっ。気に入ってもらえたみたいでよかった。好きなだけ食べてね」

「あ、ありがとうございます……」

勢いよく食べたのが恥ずかしいのか、顔がほのかに赤くなった。照れた？　可愛いですね。

「遠慮しないで食べてくれると嬉しいな。それでね、トリスタン君に聞きたいことがあるの。このお城で暇潰せるところ知らないかなって思って」

「暇を潰せるところ……ですか……」

何故か身を固くしていたトリスタン君は気が抜けたみたい。

「そう。知らない？」

「そうですね。庭園などもありますが……ご案内しましょうか？」

「いいの⁉」

「はい。僕でよろしければご案内いたします」

雰囲気が柔らかくなり、トリスタン君の口角が少しだけ上がった。一歩前進かな？

「ありがとう。ゆっくりしてから一緒に行こ？」

「かしこまりました」

トリスタン君が淹《い》れてくれた美味しい紅茶を片手に話した後、お城を案内してもらう。

お城の敷地はとても広く、敷地の中にお城を警備する騎士団の宿舎や魔法省の建物もある。お城の敷地内の魔法省にいるのはエリートで、一般の職員が働いて研究をしているのはことは別の場所に建つ、魔法省の研究所の建物なんだって。お城に関係する犯罪者を収容するための隔離塔、王族の別邸なんてのもあった。お城の中は王族が暮らすエリア、ゲストルームエリア、使用人エリア、お城で働く人の食堂、王族が食べるダイニング、庭園、パーティールーム、お城にも至るところに飾られているのに、絵画やアクセサリー、壺やお皿などをゲストに見せるために飾られたショールームまであったよ。この部屋に飾られているのはお城の宝物《ほうもつ》とはもちろん別物だ。

案内してもらった中で一際目を引いたのが書庫。壁一面に本。本。本。本。棚にもビッチリと本。

「すごーい……！　本の山……山じゃないけど。すごい数だぁ……」

本の数の壮観さに上手く言葉が出てこない。

「はい。この国一番の蔵書となっております。魔法書関係は魔法省の方にも置いてありますし、ことは別に閲覧制限がある本をまとめて置いてある部屋もありますので、こちらに置いてある本が全てではありません」

「すごいね～。これ、私がお城にいる間読んでもいいのかな？」

「許可を取れば可能だと思います。ブラン様にお伝えしておきますね」

「ありがとう。楽しみ！」

「今日一番の笑顔ですね。セナ様は本がお好きなのですか？」

「うん。いろいろわかるのが面白くて。トリスタン君は本好き？」

「はい。僕も好きです」

「私と一緒だね」

「一緒……ありがとうございます。光栄です」

ちょっと何か考えた後、いつもの雰囲気に戻った。もしかしてこの話、地雷だった？

ひと通り案内してもらって部屋に戻ると、トリスタン君は早速ブラン団長に聞きに行ってくれるとのこと。また一緒にお茶をする約束をして別れた。とりあえず、明日の朝に許可がもらえたかどうかの報告に来てくれるらしい。

「ふぁ～、結構歩いたねぇ」

ソファに座り、クラオル達をモフモフして癒される。

『疲れちゃった？』

「疲れたと言えば疲れたけど、大丈夫だよ。それよりこのお城で迷子になりそうだわ」

『そうねぇ。でも基本主様はワタシ達と一緒だから大丈夫じゃない？』

「それもそうだね。一緒だもんね～」

〈そろそろ昼メシじゃないのか？〉

「グレン……食いしん坊キャラなの？　最近キャラがブレブレだよ？」

〈なんだ、それは。新しい食べ物か？〉

「……なんでもない。じゃあ、コテージ行こうか」

コテージのキッチンでお昼ご飯を作る。昨日の夜にお魚を出したら、グレンがお肉がいいって言ってたから、ホットホークスの照り焼き丼にしてみた。昨日コチュジャンで作ったなんちゃってキムチも出したんだけど、お尻をフリフリさせていたからポラルはピリ辛が好きなのかな？　って思った。私の予想は当たりだったみたい。今日もフリフリさせて機嫌がよさそうだ。


午後は服屋のネライおばあちゃんにもらった染料でリバーシのコマ染め。そのためにコテージの魔道具の作業部屋へ。お風呂場と迷ったけど、ここなら大丈夫かなって。自由にしていいと言ったらクラオル達はどこかに行き、グレンだけが残った。染料を小皿に出して木で作ったコマを染めていく。グレンが手伝ってくれると言うので、染色したコマの乾燥をお願いした。

〈セナ。前に言っていた服だが、セナは注文しなくていいのか？　なんらかの服なら欲しいと言っていただろう？〉

作業をしながらグレンが聞いてくる。

「あぁー。パーカーとショーパンか。あったらいいよねぇ。フードに入っちゃえばポラルが楽だと思うんだけど、一気に頼んだらおばあちゃんが大変じゃん？」

〈そうか。どんなやつなんだ？〉

「パーカーはフード付きマントみたいなものなんだけど……トレーナーはこの世界にあるかわからないから説明が難しいな。これが終わったらデザイン描いて見せてあげるよ」

〈ふむ〉

作業を進めて白と黒のコマができた。全てのコマとボードに色落ちしないように魔力を浸透させたら完成！

「できた～！　グレンも手伝ってくれてありがとう」

〈撫でてもいいぞ？〉

「ふふっ。はいはい、ありがとうね」

要望に応えてヨシヨシと撫でてあげる。

〈これはなんなんだ？〉

「これはみんなで遊ぶゲームだよ。みんなが戻ってきたら教えてあげるね」

リビングに移動してから、さっきグレンに言われたパーカーやショートパンツのデザイン画を描いてみせる。

〈マントと似ているが違うのだな〉

「そうなんだよ。理想はプルオーバーのスウェット生地なんだけど、スウェット生地、見たことないんだよね。普通の服より分厚いの」

〈よくわからないが布地が違うのか……こっちは下着ではないのか？〉

「違う違う。ちゃんと服だよ。スカートとかの下に穿《は》いたらスカートがめくれても下着見えないし、短いから動くのが楽なんだよ」

〈セナの世界には不思議なものが多いな〉

「そういえばこっちに来てからTシャツ見たことないね。あってもポロシャツみたいなのか、大体はYシャツ系だよね」

〈それは何が違うんだ？〉

グレンに聞かれたので、新しい紙に描いて説明する。

〈ほう！　こんな違いがあるんだな。他にもあるのか？〉

「他？　他のデザインってこと？　んー……」

悩みながらもTシャツ、スカート、パンツの種類を思い出せる限り描き、説明していく。気が付けば着物や甚平《じんべい》、ジャージ、コート……最終的には海外の民族衣装まで描いていた。

「うわぁ……結構描いちゃったね」

〈セナの世界にはこんなに服の種類があるんだな〉

「うん。ここらへんのは民族衣装だね。民族衣装は基本的に国によって違って、国の中でも違ったりするからたくさんあるんだよ。私は有名なのしか知らなくて、実際はもっとあるよ。この甚平《じんべい》や作務衣《さむえ》は動くの楽なんだよね。私的にはこのアオザイのデザインが好き。そしてメンズの民族衣装はほとんどわからないからグレンの民族衣装は難しいな」

〈男と女で違うのか？〉

「うん、違うね。この世界でも男の人がドレスを着たりはしないでしょ？」

〈そうか。そう言われるとそうだな〉

『主様？　これどうしたの？』

いつの間にかクラオルがテーブルの上にあるデザイン画を見ていた。

「みんなおかえり。グレンと服の話になって描いて説明してたんだよ」

『ただいま。へぇー、いっぱいあるのねぇ。そろそろ夜ご飯の時間よ』

「あれ？　もうそんな時間？」

〈我《われ》がまとめておく〉

「ふふっ。早く食べたいってことね。お願いしてご飯作ってくるよ」

グレンに散らかしたデザイン画を任せ、キッチンに向かいご飯を作る。お昼ご飯がお肉だったから、夜ご飯は長芋の野菜炒めとお味噌汁。これが精霊の国でもらった長芋だと言うと、エルミスとプルトンが驚いていた。ヌルヌルとネバネバで気持ち悪いと思っていたらしい。

ゆっくりとお風呂に入って、果実水で喉を潤していると、お風呂からあがったグレンが戻ってきた。もう既にワクワクした様子のグレンを連れ、お城の部屋に戻る。

〈やっとさっき染色したのが何かわかるんだな！〉

『さっきの？』

不思議そうにクラオルが首を傾げた。

「王都に来るときに馬車の中でみんなで遊んだでしょ？　そんな感じで簡単にできるゲームを作ったの。ゲームっていうのは遊びのことね」

クラオルを撫でてから、染色したリバーシをリビングのテーブルに置く。

「これはリバーシっていうゲームなの。ルールは……」

コマを動かしながら、ルールを説明。もれなく全員面白そうだと顔を輝かせた。一度対戦を見せた方が覚えやすいだろうと、クラオルと対戦してみる。

『難しいけど面白いわ！』

結果は私の圧勝だったものの、気に入ってくれたみたい。

〈我《われ》もやってみたい〉

《私も、私も！》

《面白そうだな》

「みんなで順番に遊んでね。もちろんグレウスもポラルもだよ」

何も言わずに私を見ていたグレウスとポラルを撫でる。

『えへへ。はい！』

〔アリガ……ゴザ……ス〕

今私がやると勝ってしまうので、みんなの対戦を見守る側だ。ポラルは糸を出して器用にコマをひっくり返していた。対戦が終わると興奮しながら感想を言ってくれる。ひと通り対戦を終えてもまだまだやり足りないらしいのでそのまま続行となった。

〈そこに置くのか⁉〉

《そっちよりあっちの方がよかったんじゃない？》

《ほう、そうきたか》

観戦側がここまで盛り上がる？　ってくらい盛り上がっている。

『あー！　そこに置いたらほとんどワタシの色がなくなっちゃう！』

〔ユダン……イテキ〕

グレン達に触発されたのか対戦中のクラオルとポラルもヒートアップしていて、みんな大興奮だ。

『主様はやらないの？』

ポラルとの対戦が終わったクラオルが膝の上に乗ってきた。

「みんなが盛り上がってるから見てるよ。まさかここまで気に入ってもらえるとは思わなかった」

『このリバーシってやつすごく面白いわ！』

「ふふっ。それはよかった」

クラオルを撫でながらみんなの対戦を見守り続けていると、睡魔が忍び寄ってきた。

（まだもりあがっているからおきてないと……）

◇◆◇

ふと、意識が浮上した。

「んん？　あれ？　寝てた？」

私が起きた場所は部屋のベッドだった。ここまで移動した覚えがない。と言うより、昨日リバーシを見ていた途中から記憶がない。寝落ちしたのをグレンが運んでくれた？

いつも起こしてくれるクラオル達がいない。リビングへのドアを開けると、まだソファのところでみんなでリバーシをしていた。騒いでいるように見えるけど音がしないので、プルトンが結界を張っているんだろう。ベッドルームで着替えた後、チラッとリビングを覗いてみたものの、まだまだみんなはリバーシに熱中。なら今のうちに朝ご飯を作ろうとコテージへのドアを出す。ご飯を作って部屋に戻っても、リバーシに夢中だった。こりゃ、私が起きたことも、コテージに行ってたことにも気が付いていないね。結界を張っているから念話の方が確実だろうと、「おはよう、朝ご飯食べない？」と話しかけると、起きていたメンバーがバッとこちらを向いた。

『主様ごめんなさい』

駆け寄って飛びついてきたクラオルに謝られ、私は首を傾げた。

「ん？　何が？」

『時間を忘れてたの』

「大丈夫だよ。運んでくれたのはグレン？」

〈そうだ〉

「ありがとう。みんな寝てないの？」

『あるじぃ……ボクはねてましたぁ』

「あらあら。グレウスは寝起きかな？　可愛いねぇ」

グレウスがちょっとヨロヨロしながら寄ってきた。寝起きは甘えん坊なグレウスを撫でてあげると幸せそうに私の腕の中で『えへへ』と笑った。今日もかわゆ。

エルミスの説明では、全員リバーシにハマったようで、もれなくオールナイトで対戦していたらしい。本当にハマったんだね……ここまでとは。何かあったときに動けないのは困っちゃう。これは時間を限定させないとだね。説得中に誤解からひと悶着《もんちゃく》あったものの、〝リバーシは寝る前まで〟となんとか納得させられたことに安堵した。

朝ご飯を食べた後、おなかがいっぱいになったことと寝不足がたたり、クラオルとグレウスは私の膝の上で、ポラルはおなかに引っ付いてお休み中。撫でる手を止めると、手に頭をグリグリと押し付けてくるのがたまらん。

しばらくそのままソファで時間を潰していると、部屋に人の気配が近付いてきた。お、来たね。

――トントントントン。

「はーい！　どーぞ、入って」

――カチャッ。

「失礼いたします」

トリスタン君だ。彼はサービスワゴンを押して入ってきた。

「おはようございます。紅茶をお持ちしました」

「おはよう。そしてありがとう。トリスタン君の紅茶、とっても美味しいから嬉しい」

「そう言っていただけると嬉しいです」

「トリスタン君も一緒に休憩しよ？　ラスクもあるよ」

「……………では甘えさせていただきます」

少し考えた様子だったものの、彼は自分の分も紅茶を用意してから座った。よかった。

「はい。好きなだけ食べてね」

一緒のお皿だと遠慮するかなと、トリスタン君の分は別皿にしておいたのよ。驚いているトリスタン君に「好きなだけ食べて」と言うと、お礼を述べて薄く微笑んだ。昨日より彼の表情筋が動いているようで私は嬉しい。

「セナ様はお優しいのですね………」

「え？　普通でしょ？」

〈セナは優しいぞ。そして料理が美味い！　このラスクなるものもセナの手作りだから味わって食べろ〉

「グレン偉そう。人にそんな言い方しちゃダメでしょ？　ラスク食べるの禁止しちゃうよ？」

〈む!?　悪かった、悪かったから禁止はやめてくれ！〉

「冗談だけど、これもそんなに気に入ったの？」

〈セナが作るものは美味いからな！〉

「それはどうも。褒めても今日はこれだけだからね？」

〈我《われ》の正直な気持ちだぞ〉

「これもセナ様が……そのような貴重なものをありがとうございます」

「ふふっ。全然貴重じゃないから大丈夫だよ。気にしないで食べて」

「ありがとうございます。そうでした。一番大事なことをお話ししていませんでした。書庫の閲覧許可が下りました。本日から閲覧可能です」

「おぉ、やった！　でも午後までは無理かなぁ……」

膝の上でクラオル達が寝ているので動けない。寝不足なら寝かせてあげたい。

〈なるほど。朝言ってたことはこういうことか〉

「そちらのヴァインタミアは具合が悪いのですか？」

「違う、違う。昨日オール……じゃなくて、朝まで起きてたみたいで朝ご飯食べてから寝たの。今は寝不足回復中」

「なるほど。セナ様は大丈夫なのですか？」

「私は普通に寝ちゃったから大丈夫だよ。心配してくれてありがとう。お仕事大丈夫ならお昼まで付き合ってくれると嬉しいな」

「セナ様を優先させろと言われていますのでいつまでも大丈夫です」

「ありがとう。この部屋に来るときは休憩時間ってことにして、気を張らなくても大丈夫だよ。堅苦しいの好きじゃないから。まぁ私に付き合うのは嫌かもしれないけど」

「いえ。この美味しいラスクもご馳走してもらい、とても嬉しいです」

トリスタン君は再び薄く微笑んだ。相変わらず瞳の光は行方不明だけど、笑うとあどけなさが出て可愛い。甘いもの好きみたいだし、ラスク作っておいて正解だったね。

その後はトリスタン君のことを聞いてみた。普段のトリスタン君は主に命令されて、それをこなす雑用をしているらしい。二、三日寝ないこともざらにあるそう。

(完全にブラック企業じゃん!)

私がいる間は休憩してもらおうじゃないの。子供にそんな労働を強《し》いるなんて……だからこんな無表情になっちゃったんだよ! 私がいる間は私に付き合わされているって言えるからね。「毎日お茶して休もう!」と言うと、こちらが驚くほどビックリされた。嫌がってはいなさそうだから、大丈夫だと思いたい。まぁ、余計なお世話かもしれないから、様子を見つつだね。もう少し仲よくなれたら、もっと笑顔になってくれるかもしれない。

こんな機会でもないと聞けないから、魔法省のことも聞いてみた。魔法省では、失われたと言われる魔法や魔道具、魔物の素材の研究などをしているらしい。失われた魔法は伝説の魔法とも呼ばれていると。どこか聞いたことのあるフレーズだと思いながら聞いていると、転移魔法や飛行魔法、天気を変える魔法など……今は誰も使えないと言われている魔法だと教えてくれた。

(そりゃ、ブラン団長達驚くわ。天気魔法は上空の雲や温度や風をいじればできそうな気がするし、飛行魔法は風魔法と空間魔法を使えばできそう。言わないけど)

他にもいろいろとあるそうだけど、古代文字の解読が進んでいないとのこと。私が実験して手に入れた、ポイズンスライムの核は初めての発見のため、魔道具部門と素材部門がこぞって研究に明け暮れているらしい。ただ、スライムに手を突っ込むと皮膚を溶かされて激痛が走るため、なかなか採取が進まず。冒険者に依頼を出したところ、腕が再起不能になった人もいるとか……今は高額依頼となっているんだって。

（なんかとっても申し訳ない……その冒険者の人ごめんなさい）

いろいろと話を聞いているうちにお昼になっていた。トリスタン君がいるため、コテージには行けないので作り置きしているもので我慢してもらう。

「トリスタン君も一緒に食べよ？」

〈我《われ》はオニギリがいい〉

「わかった。トリスタン君はパンとかの方がいいかな？」

「――っ！　……食事までよろしいのですか？」

「もちろんだよ。付き合ってもらってるからね」

「可能でしたら、そのオニギリというものを食べてみたいです」

「はーい。クラオル、グレウスお昼ご飯だよ～」

『んん……』

『むにゃ？』

（可愛い！　寝ぼけてるの可愛い！）

クラオル達を起こしてオニギリとお味噌汁を出す。やっぱり米にはお味噌汁だよね。エルミスとプルトンにはバレないように魔力水だ。ただ、トリスタン君はお米が大丈夫なのかが心配である。

トリスタン君は恐る恐るひと口食べた後、オニギリをガン見。

「えっと……やっぱり嫌だった？」

「いえ、とても美味しいです。初めて食べたものなので驚きました」

〈シラコメだからな〉

「ちょっとグレン！　なんでそうハッキリ言っちゃうかな？　どうやって言おうか考えてたのに」

〈事実だろ？　ハッキリ言った方がわかりやすい〉

「そうだけど……ここだと家畜のエサなんでしょ？　もうちょっと相手のことを考えてあげてよ」

〈セナ以外のことを考える気はない。それに美味いからな！〉

「もぅ……先に言わなくてごめんね？　嫌だったらパンもあるよ？」

「……これが本当にシラコメなんですか？」

「そう。シラコメだよ。パンにする？」

「いえ！　とても美味しいです。シラコメが食べられるとは思っていませんでした。こちらのスープも美味しいです」

〈オミソシルだな〉

「お味噌汁ね。それはミソの実で味付けしてるんだよ」

「ミソの実……あれも食べられたのですね」

「そう。こういうのが食べたいから自分で作ってるの」

「なるほど……セナ様は多才なのですね」

「そんなことないよ。プロの料理人さんみたいに上手くできてないだろうし、私のは趣味みたいな感じだから」

「いえ。充分素晴らしいと思います」

「ふふっ。ありがとう。おかわりあるけど食べる？　トリスタン君もいっぱい食べるよね？」

〈我《われ》は食べる〉

「はいはい。はい、どーぞ」

この世界の人は大食いだから彼も食べるだろうと、二人のお皿におにぎりを追加する。

「いっぱいあるからおなかいっぱいになるまで食べて」

ニッコリとトリスタン君に笑顔を向ける。

「あ、ありがとうございます……」

(んん⁉　なんか涙目な気がするんだけど、大丈夫かな？　食べ進めてはいるから嫌いではなさそうだけど……)

「おなかいっぱいです。本当にありがとうございます」

「よかった！　食べないと元気出ないからね」

お皿全てに【クリーン】をかけてしまう。おなかを落ち着かせるため、その後も少しトリスタン君に付き合ってもらって話していた。


そろそろ行くかと、トリスタン君に書庫まで案内してもらい、彼とは別れた。

書庫の中は前回同様、見回す限りの本。ワクワクしちゃうね。部屋の真ん中には本を読むためのテーブルセット。そのテーブルにはデスクライトの魔道具が設置してある。五卓のテーブルとイス以外はビッチリと本が詰まった本棚だ。

「控えめに言っても最高だね」

誰もいないことをいいことに普通の声量だ。ここ、司書さん的な人がいないいんだよね。

『主様は本当に本が好きね』

「うん。面白いじゃん。知らないことだらけだから、余計にかも」

『ふふっ。主様が楽しそうだからいいわ』

私が読んでいる間みんなは暇だろうからコテージに行くか聞いてみたんだけど、一緒にいると返ってきた。みんなも本を読んで暇潰しするんだって。そういうことならと、私は【サーチ】を使って珍しい本を探してみる。光って反応した本を手に取った。

〝薬草大辞典〟。

パパ達からもらった本と同じだった。他にも光った本を確認していくと、パパ達からもらった本と同じか劣化版だった。サーチの内容がダメなのかも。読んだことのない面白い本！【サーチ】をかけ直すと、一気に反応の光が減った。面白い本なんてアバウトでも検索できるのね……

淡い光を放つ本を取るため、壁の本棚に付いているハシゴを上る。ファンタジーものの映画みたいだ。本の題名は〝エルフの森〟。面白いかもしれないと、本を持ってテーブルへ。

――エルフの森は通称迷いの森と呼ばれている。招かれざる者には幻惑をかけ、エルフの里に近付かせない。妖精や精霊が多く住んでいて、イタズラを仕掛けられることもある。イタズラはさまざまで、靴紐が結ばれるなどの些細なものから、転移させられたりする大きなイタズラまである。イタズラをされるかどうかは運次第である。ただのイタズラならばまだマシだ。エルフの森には会ってはいけないモノがいる。それがレッドキャプスである。やつらは獲物を求めて常に森の中を彷徨《さまよ》っている。獲物を見つけると愛用の斧で問答無用に襲いかかってくるのだ。そして気が済むまで痛め付けると次の獲物を探しに行く。亡骸《なきがら》の一部を食べたりするとも言われているが、会えば殺されるため詳細はわからない。レッドキャプスに殺されたとされる亡骸《なきがら》が稀《まれ》に見つかっている――

「へぇー。昔話的なやつかな？　なんかの教訓とか？　まだまだ続きはあるけどもういいかな。次のを探そう」

本を元の位置に戻して、再度【サーチ】をかける。次の本は〝世界グルメ日誌〟。十五センチ以上の分厚い本で、めちゃめちゃ重かった。まさか本のために身体強化を使うハメになるとは。何が載っているのかとウピウピしながらテーブルまで持っていく。

最初の方はいろいろな国や街の塩スープが載っていた。これじゃない感がハンパない。もっといいものが載っていないのかとページを捲り続ける。三分の一を越えた辺りで、手が止まった。

「ん!?　これは……」

・喉が焼けるほどの酒。
・透明な液体で少しとろみがある。

・火酒《かしゅ》と呼ばれている。
ウォッカ？　テキーラ？　場所は……東の果ての島⁉　めちゃくちゃ遠いじゃんか！　そのうち行きたいなぁ。美味しいお酒を飲みながらツマミを食べる……おぉう。口の中にヨダレが。これはぜひ覚えておこう。次に目に付いたのは……
・干からびた黒い果実。
・この実は蔓《つる》に実るが、実ったときから干からびている。
・とても酸っぱい。食べるとじっとりと汗をかくほど酸っぱく、口の中は唾液が止まらなくなる。
・この地では気付けの実と呼ばれている。
これ梅干しじゃない⁉　これの場所は……おぉ！　この大陸の北の国。ぜひ行こう！

そのまま読み進めていくと、白えびやカボチャ、トウモロコシにダチョウ、ワニ……といろいろ載っていた。グレンが狩ってきたホットホークスや、今では普通に売っているトマトもあった。

突然、クラオルが読んでいる本の上に滑《すべ》り込んできた。夜ご飯の時間だそうです。

「もうそんな時間？　まだ二冊目の途中なのに」

『んもう主様ったら。さ、部屋に戻ってちゃんと食べないと』

「はーい」

みんなで部屋に戻る。途中、違う曲がり角を曲がろうとして怒られた。お城は迷路だと思います。

食後はゆっくりとお風呂に入り、お城の部屋に戻る。期待の眼差しを向けられた私はテーブルの上にリバーシを出した。あらかじめ対戦の順番は決められていたみたいで、スタートはスムーズだった。

みんなを見守りつつ考えるのはこれからのこと。パーティーは四日後。明日はグレンの服のチェックでネライおばあちゃんのお店に行く予定だ。あと二日で読み終わるだろうか？　午前中はトリスタン君を休ませてあげたい。いや、私のせいで休めてはいないかもしれないけど……雑用でこき使われるよりはマシだと思ってもらえたらイイな。

寝る時間になってもクラオル達は熱中していて、絶対気付くだろう念話で声をかけてリバーシを回収した。いつも私が注意される側だから、これに関してだけはいつもと逆だね。

◇　◆　◇

今日もトリスタン君は紅茶を運んできてくれた。

「本日はバラの紅茶にいたしました。少々酸味がありますので、お好みでこちらのミエールッをお使いください」

そう言って、小さな容器を紅茶の近くに置いた。ミエールッは蜂蜜のことである。

「はーい、ありがとう」

この香りはローズヒップティーかなと鑑定をかけると、まさにローズヒップティーだった。

「ん〜、いい香り。ん！　美味しい〜」

「よかったです。こちら女性に人気らしいのですが、好き嫌いが分かれると聞きましたので」

「トリスタン君が淹《い》れた紅茶だからかも。今日もありがとう。今日のおやつはポテチか干し芋にしようかと思ってたんだけど、この紅茶ならプリンの方がいいかな」

つまめるラスクとプリンをテーブルに出す。

「こちらがぷりん、ですか？」

「うん。柔らかいから、そのスプーンですくって食べてね」

〈美味い！〉

グレンはもう食べていたらしい。

「――っ！　お、美味しいです」

「よかった。一番下の茶色いのはカラメルっていうんだけど、少し苦いから、上の甘いところと一緒に食べてね」

パクパクと食べ終えてラスクに手を出しているグレンとは違って、トリスタン君は味わうようにゆっくりと食べている。性格の違いが顕著に出てるね。

「セナ様はすごいですね。このようなものは初めて食べました。こちらは何でできているのですか？」

「これは卵とモウミルクと砂糖の三つだよ」

「それだけでこんなに美味しいものができるんですね……セナ様はどうして僕によくしてくれるのですか？」

「どうして……？　んーと、一緒に休憩したり、食べたりするのはダメだった？」

「いえ。僕は嬉しいです。しかし、よくしてもらう理由がわからなくて……」

「嬉しいならよかった。特によくしたつもりはないんだけど……強《し》いて言うなら、大変みたいだから休んでほしいなって。せっかくの縁だしさ」

「……セナ様……ありがとうございます……」

噛みしめるようにお礼を言うトリスタン君を不思議に思う。一瞬、瞳のハイライトが戻ってきた気がしたんだけど、気のせいだったんかな？

「何かあった？　大丈夫？」

「いえ、なんでもありません。失礼いたしました。昨日は書庫でいい出会いはありましたか？」

話題を変えたがってるみたいだからノッてあげよう。無理やり聞き出すのはよくないしね。

「そうそう、あったんだよ。世界の料理が載っていてね、いろんな食材について書かれてたの」

「そうなのですね。セナ様はそういった食材を求めて旅をなさるのですか？」

「落ち着いたらそうしたいなって思ってるよ。でもとりあえず今は恩人に会いたいんだ」

「恩人、ですか？」

「そう。記憶喪失になったときに助けてくれた人達。すごーく優しくて、すごーくお世話になったんだけど、お礼も言えずに離れ離れになっちゃったから、お礼が言いたくて」

「僕も……」

「ん？」

「いえ、セナ様は記憶喪失だったのですか？」

「うん。気付いたら森の中でさ。運よく出会えた人達が得体の知れない私を護ってくれたの。いろいろあって記憶は思い出せたんだけど、やっぱ会ってお礼が言いたいなって」

「そうだったのですね……」

トリスタン君は真剣に聞いてくれているけど、私は違う話題を思い付いてしまった。

「そうなの。そういえばトリスタン君ってパーティーに出るの？」

「いえ。僕なんかが出られるパーティーではないので」

「そっかぁ……残念。トリスタン君がいたら興味ないパーティーも乗り切れると思ったのに」

「セナ様はパーティーに興味がないのですか？」

「ないない。面倒じゃん。貴族達の見栄とプライドのドロドロなんかに巻き込まれたくない。私は自由がいい。好き勝手に旅したい。今回はシュグタイルハンのダンジョンに入るための許可を王様からもらうために出るんだよ」

「自由……隣国の国王に許可をもらえるのですか？」

「わからないけど、許可をもらうことを条件にするならパーティーに出席するって言ったの」

「セナ様は相手がどんな人物でもちゃんと意見を言えるのですね……」

「だって謝るって呼び出したのに利用しようとしてきたからさ、話が違うじゃん？　言いたいことは言わないと」

まぁ、それだけじゃないんだけど。私はこちらの事情を一切配慮しない人に遠慮するだけムダだと思うタイプ。優しい人にはこちらも優しくしたいし、逆もまた然《しか》りだ。

「（羨ましい……）」

「ん？」

「いえ、すみません。なんでもありません」

ごめん、聞こえちゃった。羨ましい？　トリスタン君も王様に何か言いたいんかな？　労働環境の見直しとか？　そりゃそうだ。ブラックすぎるもんなぁ……

「セナ様は今日も書庫に行かれるのですか？」

「ううん。今日は街に用事があるから行けないんだ」

『主様、そろそろお昼よ』

〈メシか！〉

クラオル時報が入ると、グレンが嬉しそうな声を上げた。

「もう、グレン最近食いしん坊度が増してない？　トリスタン君も食べるでしょ？　今日はちゃんとパンにしたんだ～。はい！」

朝作っておいたサンドイッチをお皿に載せて出す。今回は飽きないように、ノーマルオークサンド、ベーコンレタスサンド、ハムチーズサンドと三種類。スープはミルクスープにした。量も考え、各サンドイッチは日本での二人前以上だし、スープは丼である。グレンのはさらに多くしておいた。

「え……また僕もよろしいのですか？」

「あれ？　一緒に食べてくれるかと思ってトリスタン君の分も作っちゃった。いらなかった？」

「僕の分……いえ、嬉しいです。ありがとうございます」

ちょっと目が潤んでる気がするし、声も震えてる気がするのは気のせい？

「そっち側のお皿はトリスタン君のだから。足りなかったら言ってね」

「ありがとうございます……」

嫌がっているようには見えないんだけど、大丈夫かな？　何か思い悩んでる感じ？

彼はプリンのときと同じかそれ以上に噛みしめるように食べ進めていく。サンドイッチを食べ終わるころには平常に戻っていた。


午後は予定通りにネライおばあちゃんの服屋さんへ。トリスタン君はお城の入口まで送ってくれた。グレンの服がどうなったのか楽しみ！

「こんにちはー！」

元気よくドアを開けると、今日もおばあちゃんはニコニコな笑顔で迎えてくれた。

「おや、こんにちは。できてるから確認してくれるかい？」

「うん！　すっごい楽しみだったんだ〜！」

「ふふふっ。そうかい。じゃあこっちで着替えてもらえるかい？」

ワクワクしながらグレンが着替えるのを待ち、呼ばれてから個室の中に入る。最初に頼んだ既製品のお直しのスーツ。頼んでいたアレンジも理想通りで大満足！　次はお楽しみの軍服だ。

「おぉー！　リアル二次元!!　いや、リアルの時点で三次元だけど。グレン超かっこいい！　やっぱ似合うねぇ〜」

グレンが選んだのはクラオル推しだった、首元のネクタイとYシャツが見えるタイプの軍服。ありきたりだけど、二次元が画面から飛び出してきたみたい。とても目が幸せ。

〈そうか？〉

私に褒められ、グレンは嬉しそう。ちょっと照れてる？

「うんうん。想像以上だよ。ネライおばあちゃんすごい！　あのデザイン画からこれが出来上がるなんて」

「初めてのデザインだから楽しませてもらったよ。どこか直すところはないかい？　この飾りに少し悩んだんだよ」

おばあちゃんは肩に付いている装飾の紐を指差した。

「ここは……これがこうなる感じです」

グレンにしゃがんでもらって説明する。

「なるほどねぇ。確かにそっちの方がいいねぇ。他には何かあるかい？」

「私は特にないですけど、グレン、ちょっと動いて確認して」

グレンは腕を回したり、しゃがんだり……と確認していく。

〈いや。見た目より動きやすい。ブーツも申し分ないな〉

「そうかい。よかったよ。じゃあこれを直すだけだね。すぐに終わるからそのままでいてもらえるかい？」

〈わかった〉

グレンは大人しく、ぴしっと止まった。微動だにしないからマネキンみたい。

あぁ、いいわ〜。軍服かっこいいわ。イケメンはおなかいっぱいって思ったけど、軍服を着るとなると別物だわ。

〈セナ。そんなに見られるとさすがに照れる〉

グレンを見つめていたら、恥ずかしそうに注意されてしまった。

「ごめん、ごめん。あまりにもグレンが似合ってるからさ。これはナポレオンコートタイプも楽しみすぎるね！　マント付きもいいな〜。ふふふっ」

「そんなに喜んでもらえて嬉しいねぇ。はい、終わったよ」

〈着替えてもいいか？〉

「カッコイイのに……でもいいよ。私達はあっちにいるから着替えたら来てね」

ネライおばあちゃんはグレン待ちの私を近くのイスに案内してくれた。

「セナちゃん達は冒険者なんでしょう？　必要と思う付与はしてあるから、そのまま着て戦うこともできるよ」

「おぉ、おばあちゃんすごい！」

「ふふふっ。自動サイズ調整、自動温度調整、軽量化、防汚にしておいたよ」

「そんなに!?　おばあちゃん大変だったでしょ？　大丈夫ですか？」

「心配してくれてありがとうね。付与は夫の仕事だから大丈夫だよ。元々冒険者の服を作っていたからね。得意分野で喜んで付与していたよ」

「すごーい！　ありがとうございます。旦那さんにもお礼をお願いします」

「ふふっ。伝えておくよ」

「あのね、私パーティーが終わったら一度この街出るんです。なので出来上がったやつは取り置きしておいてほしいんです。頼んだ四着分の服のお金を先に払いたいんですけどいいですか？」

「ふふふっ。こんなに楽しい仕事は久しぶりだし、セナちゃんにはブラックマンティスをもらったからね、お金はいらないよ」

「おばあちゃん、それはダメです。私はこれからも私の拙《つたな》いデザイン画を理想の形に仕上げてくれるおばあちゃんにいろいろ頼みたいんです。それに職人さんの技術は大事だもん。そんな安売りしちゃダメです。手に入らない魔物とかあったら言ってもらえれば狩りに行きます！」

「おやまぁ！　そんな風に言ってもらえるとはねぇ。長生きするもんだ。でもこの先は厳しいんだよ……期限があるから。今月中にはこの店を出なきゃいけないんだよ。すまないねぇ」

「えぇ!?　そんな……私の萌えが……服屋さん、辞めちゃうんですか？」

「ちょっといろいろあってねぇ……人様には言えない恥ずかしい話さ。最後にセナちゃんの服が作れて嬉しいよ。残りの服は出来上がったら商業ギルドに預けておくから安心しておくれ」

おばあちゃんは寂しそうに笑った後、気を取り直すように告げた。私が口を開こうとしたタイミングで、グレンが軍服を抱えて戻ってきた。

「さっき試着して確認したのと一緒に渡すから待っていておくれ」

グレンから脱いだ服を受け取り、足早に店の奥へと行ってしまった。むぅ……

『(主様？　どうかしたの？)』

「(なんか引っかかるんだよね。調べたいんだけどどうすればいいかな?)」

〈(何を調べるんだ?)〉

「(このお店を今月中に出なきゃいけないらしいんだけど、その理由がなんか引っかかるの)」

『(主様の勘?)』

「(そうだね。しょうがない理由なら諦めるけど、私はこれからも服を作ってもらいたいんだよ)」

〈(セナは優しいな)〉

「(違うよ。私のデザイン画をあんなに理解してくれる貴重な人材を逃したくないだけ。完全に自分のためだよ)」

『(そういうことにしておいてあげるわ)』

〈(ここは店だろう? 店ならば管轄は商業ギルドだ。行って聞けば何かわかるんじゃないのか?)〉

「(そっか。グレンナイス! 商業ギルドね、お店を出たら早速行こう)」

小声で相談していると、ネライおばあちゃんが風呂敷を抱えて戻ってきた。

「待たせたね。これがさっき試着した二着だよ」

「ありがとうございます。また来ますね!」

受け取った風呂敷を無限収納《インベントリ》に入れ、おばあちゃんに宣言してからお店を後にした。おばあちゃんは今回もお店の外まで見送りに出てきてくれていた。

第十二話　過去と現在

真っ直ぐに商業ギルドに向かう。冒険者ギルドとは違い、求人情報が貼ってある掲示板の前にチラホラと人がいるだけで混んでいない。カウンターでサルースさんを呼んでもらうように頼んだ。

「待たせたね。どうしたんだい？」

カウンターの近くで待っていると、さほど時を置かずにサルースさんは現れた。

「サルースさん。聞きたいことがあるの」

「何かあったんだね？　執務室で話そう。すぐにゲハイトが紅茶を持ってくるよ」

サルースさんの案内で執務室に向かう。数分後にゲハイトさんが部屋を訪れると、何も言わずともプルトンが部屋に結界を張った。さすが、わかってる。

ゲハイトさんはテーブルに人数分の紅茶をセットしてサルースさんの隣に座った。

「それでどうしたんだい？」

「あのね。ネライおばあちゃんのお店のこと聞きたいの」

「ネライって服屋のネライかい？」

「そう。お店の名前はわからないけど服屋さん」

『主様、お店の名前は【エフトス】だったわよ』

「お店の名前は【エフトス】だって」

クラオルに教えてもらった名前を言うと、サルースさんは一つ頷いた。

「やっぱりね。ネライの店がどうかしたのかい？」

「ネライおばあちゃん、お店出なきゃいけないんだって。期限があるって」

「なんだって⁉　そんな話知らないよ！」

「だからその期限がなんなのか知りたくて。ネライおばあちゃん寂しそうに笑ってたから、気になったの」

「そうだね。こっちは友人のつもりだったのに何も言わないなんて失礼しちゃうね」

「……もしかしたらあの件では？」

ゲハイトさんが何かを思い出したみたい。

「心当たりがあるのかい？」

「少し前の悪徳金貸しです」

「あぁ、あったねぇ。あんなのにネライが引っかかるとは思えないんだけどねぇ……ん？　そういえばネライの孫娘が亡くなったのはあの時期だね。婚約が破談になったのがショックだったんだと思っていたけど……これは調べなきゃいけないね」

サルースさんはだんだんと声が小さくなり、最後はブツブツと呟きのようになってしまった。

「ゲハイトさん。その悪徳金貸しについて教えてください」

「はい。この件は三年以上前になります。当時資金繰りに困っていた個人のお店にお金を貸し付けていた者がいたんです。そして三倍……ひどいときには十倍もの金額を期限までに返せと迫りました。資金繰りに困っているから借りたのです。もちろん返せる者はいませんでした。返せない者はお店を取られ、一家離散となったり、自殺してしまったり、奴隷として売られたり……と散々な目に遭いました。しかし、しばらくするとパッタリと止まったのです。本人達が書類にサインしていたため騎士団も手が出せずに未解決のままですが、貴族が裏にいる、などと噂もありました」

「なるほど……その裏にいる貴族は誰なのかまではわからないんですね……」

「そうですね。わかっておりません。ただ、当時その金貸しをしていた者が使っていたと言われている家がスラム街の一画にございます」

「場所を教えてください」

「はい。少々お待ちください」

ゲハイトさんは立ち上がり、本棚から地図を一枚持ってきた。ここ王都の地図だった。

「こちらになります。この区画の中では大きい家なのですぐわかると思いますが、スラムですのでセナ様が向かわれるのは危険だと思います」

ゲハイトさんは地図の一ヶ所を指差した。

「心配してくれてありがとうございます。この地図ってもらってもいいですか？」

「はい。どうぞお持ちください」

「セナ！　こっちも調べる。ネライは期限がいつか言っていたかい？」

自分の世界から戻ってきたようでサルースさんから質問が飛んできた。

「今月中って言ってたよ」

「そうかい。わかったよ。ところで、なんでゲハイトには丁寧な言葉遣いなんだい？」

「え……なんとなく？」

（いつの間にかサルースさんにタメ口になってたのまずかった⁉）

「気を遣う必要はないよ。セナを気に入ってるからね！」

「えぇ⁉　サルースさんの許可の問題なの？」

「ふふっ。私にも気負わず話していただいて大丈夫です」

ゲハイトさんが微笑んだ。

「今絶対サルースさんが言わせてるじゃん」

「いいんだよ！　セナはそのままでいい。子供が遠慮するんじゃないよ！」

「えぇー……その子供を試したサルースさんが言うの？」

「ふふふっ。セナ様、お気になさらず。ギルマスのわかりにくい気遣いです」

「フンッ。わかりにくくて悪かったね」

顔を少し赤くしたサルースさんはプイッと顔を逸《そ》らした。

（えぇ⁉　ツンデレなの⁉　デレのわかりにくい、不器用なツンデレなの？）

「この通り照れていますので、私にもセナ様が話しやすい話し方で大丈夫です」

「えっと……じゃあ遠慮なく」

「最初から素直に話してればよかったんだよ」

「最初から普通に話してくれて構わなかったという意味ですね」

顔を赤くしたまま、小さな声でサルースさんがついた悪態をゲハイトさんが通訳する。

「いちいち言い直さなくていいんだよ！」

「かしこまりました」

顔を赤く染めたサルースさんが怒ってもゲハイトさんはなんのその。シレッとあしらうように返している。まさかこんなキャラだったとは。グレンの威圧に怯えていた姿からは想像できなかった。

サルースさん達も調べてくれるそうで、また明日会うことを約束して私達は商業ギルドを出た。

〈このまま向かうのか？〉

「ううん。今の姿だと目立つと思うから、一回お城に戻るよ。作戦会議しよう」

『そうね。それがいいわ』

部屋に戻った私達はリビングのソファで顔を付き合わせた。目の前のテーブルにはゲハイトさんからもらった地図が広げてある。

「スラムの家を見に行きたいけど、目撃されたくないよね。スラムだとお城から一番離れてるし」

『そうね。普通に向かったら目立つわ。主様はスラムの住人には見えないもの』

「パパ達からもらった装備の中に隠密系の装備があったからあれを着ようと思うんだけど、パパ達からもらったやつだと私しか装備できないんだよ」

〈なるほど。我《われ》が行けないのだな〉

「そうなの。あと一緒に貴族のことも調べたいんだけど、どうすればいいと思う？」

『それは団長に頼んだら早いと思うけど、なんて言って何を調べてもらうかが問題よね』

「うん。貴族はいっぱいいるだろうから、調べるの大変だと思うんだよね。ただでさえ私が泊まってた部屋を荒らしたやつを調べてくれてるみたいだし……」

《その貴族ってスラムの家を調べたら出てこないのかしら？》

「それは行ってみなきゃわからないかな？」

『そうね……団長には、三年前の金貸しについて聞いてみたらいいんじゃないかしら？』

「そっか！　手紙を書いて教えてもらおう。グレンに届けてもらって、内容を念話で教えてもらったら同時に調べられるじゃん！」

〈一緒に行けないのなら仕方ないな〉

「グレンにしかできないんだよ。グレンはブラン団長達も知ってるけど、エルミスもプルトンもポラルもブラン団長達は知らない。クラオルとグレウスは貴族に狙われちゃうし、言葉が通じないからね。グレンは人化《じんか》さえしてれば、お城の中を歩いてても何も言われないもん」

〈そうか！　我《われ》にしかできぬのだな〉

「そう、重要任務だよ！」

グレンを持ち上げてやる気を出させる。実際グレンにしかできないんだけどね。

早速ブラン団長に手紙を書いてグレンに託す。ベルでトリスタン君を呼んで、ブラン団長のところまでの案内をお願いした。二人を見送った私はパパ達から送られていた隠密マントを着て、フードもしっかりと被っておく。準備が整ったところで商業ギルドへと転移魔法を展開した。街中は人が多く、身体強化を使って走れない。そのため、見つからない場所から屋根に上がり、気配遮断をしながら屋根伝いに走ることにした。

(おぉー！　これはアニメの世界だな)

貧民街に差しかかるとボロボロの家が多く、屋根の強度が心配だったので、地面に下りることになった。貧民街を抜け、スラムに近付くにつれて、人はまばらに。スラムに入るころにはほとんど人を見かけなくなってしまった。奥に進めば進むほど臭《にお》いも汚さもひどくなっていく。人の気配もそんなにしないから、今はあまり使われていないのかもしれない。

『((主様、あれじゃない？))』

首元から顔を出していたクラオルは、私に念話で話しかけ、とある家を指差した。

「((きっとそうだね))」

目的の家は他の家々よりも大きい簡易木造の二階建て。掘っ立て小屋のような家や布で作られた家々が並ぶスラムの中でとても目立っていた。一見ボロボロではあるものの、周りの家ほどひどくない。気配を探った感じでは誰もいないらしい。中に入りたいのに、ドアには鍵がかけられていた。

《((セナちゃん任せて！))》

プルトンが何かを呟いてから壁を通り抜け、中から鍵を開けてくれた。

「((そんなことできるんだ……プルトンすごい！　ありがとう))」

《((うふふっ。褒められちゃった))》

建物は、中にものはほとんどないものの、見た目以上にしっかりとした家だった。外観をわざとボロボロにしているみたい。一階の間取りはリビングダイニング、キッチン、トイレ、物置。エルミスとプルトンにも協力してもらい、物色していく。

「((うーん……ん⁉))」

何か違和感を覚え、しゃがみこんで調べてみると、床板が外せて床下に続くハシゴがあった。下りたいけど、二階を見てからの方がよさそうだと、ひとまず床板を戻した。二階に上がると、ドアは二つ。二部屋しかないらしい。手前の部屋から怪しいものがないか物色していく。人は住んでいないものの、人の出入りはあるようで、ホコリなんかは溜まってない。

「((うーん……何もないね))」

《((主《あるじ》よ。向こうの部屋から魔法の気配がするぞ))》

「((魔法の気配?))」

隠蔽《いんぺい》魔法だぞう。部屋全体にかかっていたら私が入った時点でバレてしまう。エルミスによると、魔法の気配は一部だけだそうで、入る分には大丈夫だろうとのこと。

大丈夫ならとドアを開ける。さっきの部屋よりしっかりとした部屋だった。しっかりというか物が置かれている。古い本棚が二つと机とイス。執務室だろうか。魔法の気配をよくよく探ると、机の後ろの壁の下の方に何かを隠していることがわかった。

隠し金庫的なやつかな? でもこれ、壁を壊さないとダメっぽいな……

《((調べないのか?))》

「((これ、壁を壊すことになっちゃうからバレそう))」

《((なるほど。確かに壊さないと無理だな。……主《あるじ》、ウェヌスを呼べ))》
「((え、ウェヌス？　呼べばいいの？))」
エルミスが頷いたので、ネックレスの指輪を握りしめ、念話でウェヌスを呼ぶ。
「((ウェヌスー！　ちょっと助けて～))」
《セナ様⁉　いかがなさいました⁉》
慌てた様子で小さなウェヌスが現れ、私が驚いた。私が〝助けて〟と呼んだせいで何かあったのかと思ったらしい。誤解させて申し訳ない。謝罪し、理由を説明する。逆に《騒ぎ立てて申し訳ありません》と謝られた。あなたは何一つ悪くありません。
《(こちらの壁ですね。少々お待ちください)》
そう小声で告げたウェヌスは壁に寄り、手の平で何かを確認してから指先で問題の壁を四角くなぞり始めた。一周したと思った途端、パカッと壁の木材が手前に倒れてきた。穴が開いた場所には小箱が入っていた。その小箱を私に渡したウェヌスは木材を元の場所に嵌《は》め、何か呪文を唱える。すると、何もなかったかのように切った痕跡が消えてしまった。
《((これで大丈夫です))》
「((マジだ……なんともなってない。ウェヌスすごいね))」
《((お役に立てたようで嬉しいです))》
触って確認してもわからない。感心しきりの私に爽やかな笑顔を向けたウェヌスはお仕事真っ最中だったようで、すぐに指輪で精霊の国に戻っていった。忙しいところを呼んでごめん。

小箱を無限収納《インベントリ》に入れ、部屋を出ようとしたとき、グレンから念話が届いた。ブラン団長の情報では、とある青年が遺体となって発見されて以降、事件が起きなくなったため、その青年が首謀者だったんだろう……ということで、終わったとされていたらしい。

事件の詳細、被害者、どう調査していたのかを聞いてほしいとグレンにお願い。

(腑《ふ》に落ちないな……複雑に絡み合ってる？　まだパズルのピースが足りない)

待っていてくれた精霊達と一階に戻り、床板を外してハシゴを下りる。ハシゴは頑丈で、比較的新しいものだった。下りた先は洞窟。暗いけど【ライト】を使うとこちらに誰か向かってきていた場合、バレてしまう。そのため、そのまま歩くことにした。スキルの夜目が大活躍である。

目を凝《こ》らして壁伝いに歩いていくことしばらく、分かれ道になった。スキルのマップを確認すると、どうも右側の道は貴族エリアに繋がっているみたい。

分岐点で貴族エリアとは違う左側に進むと、牢屋のような鉄格子がハメられた小部屋が並ぶ場所に着いた。しばらく使われていないらしく、ホコリが溜まっている。

『((主様。戻った方がいいわ。そろそろ陽が陰ってくるもの。床板も鍵も元に戻さないとよ))』

「((そうだね。戻ろう))」

通ってきた道を早歩きで戻り、床板を戻して家を出る。鍵閉めはプルトンがやってくれた。

(盗聴の魔道具でも作ろうかな)

「((ゴシュジンサマ。ボク、ココノコリマス))」

「((ポラルが？　ポラルって念話できたんだね。私が話すのはわかってたみたいだから、一方通行かと思ってた))」

〔((ハイ。デキルヨウニ、ナリマシタ。ボク、ココニノコッテ、シラベマス))〕

「((助かるけど……大丈夫?))」

〔((オマカセクダサイ。ナニカアレバ、ネンワシマス))〕

「((んー……絶対無茶はしないって約束してくれる? 後は危険だと思ったら逃げることと、定期的に念話で報告すること))」

〔((カシコマリマシタ))〕

ピシッと敬礼してみせるポラルを抱きしめた後離すと、糸を使って器用に屋根に登っていった。

転移でお城の部屋に戻った私はマントを脱いだ。まだグレンは戻っていないみたい。ソファに座ってひと息つく。緊張していたからちょっと疲れた。

「ふぅ……ポラル大丈夫かな?」

『大丈夫だと思うわよ。せっかく残ったなら何かを聞いてくれればいいんだけど』

「うーん。どうかなぁ……完全に私の予想になるんだけど、あのスラムの家みたいな隠れ家っていうか、みんなで集まる感じの場所は他にもあると思うんだよね」

『他にも?』

「うん。全部あの地下通路で繋がってるんじゃないかな? そのまま貴族の家に繋がってる……なんてことはないと思うの。逃げるときは便利だけど侵入できちゃうし、証拠にもなるだろうから」

『なるほどね』

「この地図と同じくらいの大きい紙って頼んだらもらえ――」

〈(セナ、ブランがセナに会うとしつこくて向かってる)〉

クラオルと話している途中でグレンから念話が飛んできた。私が帰ってくるまで粘ってくれていたんだろう、少し声がお疲れだった。了解の旨を伝え、お迎えの準備を始める。

〈戻った……〉

「……邪魔する」

グレンの後ろからブラン団長が現れた。

「グレン、おかえり。ブラン団長いらっしゃい。どーぞ」

「……セナ、何を調べている？　手紙に書いてあった大事な人とは誰だ？」

ソファに腰を落ち着けた途端、ブラン団長が真剣な様子で聞いてきた。

「ん？　うーん……まだ言えないかなぁ。大事な人は私の望みを叶えてくれる魔法使い。ブラン団長にも協力してもらいたいんだけど、まだ登場人物が揃っていなくてさ。今大々的に動くと逃げられちゃいそうなんだよね」

「……そうか。魔法使いとは？」

「それはたとえなんだけどね。とっても優しいおばあちゃんだよ」

「……そうか、ご婦人か……」

ブラン団長がふと力を抜いたように見えて首を傾げる。何かそんな緊張することあった？

「グレンが聞いた事件が関係あるかもしれなくて、ブラン団長に聞きに行ってもらったんだ」

「……なるほど。三年前、俺は既にカリダの街にいたから詳細は知らない。だから資料を持ってきた」

ブラン団長に渡された書類は十枚ほど。

「これだけ？」

「……そうだ。俺もこんなに少ないとは思っていなかった。今残っているのはそれだけだな。この事件は貴族が関わっていると言われていたから、もしかしたら資料を消されたのかもしれない」

「なるほど。となると高位貴族か。ねぇブラン団長。この地図と同じ大きさの紙ってある？」

「……あるな。用意させよう」

「お願いします」

「……セナ。セナが強いのはわかっている。だが無理や無茶……一人でなんでもやろうとしないでくれ。どんなに強くても心配なんだ」

ブラン団長は眉尻を下げて不安そうな顔をしている。大切にされていることを実感するね。

「うん。心配してくれてありがとう。ブラン団長にもお願いすることになると思う」

「……わかった。まだ宿を荒らしたやつらを捕まえられていなくてすまない」

「それは大丈夫だよ。お城でもブラン団長のおかげで自由にさせてもらってるし」

ホッとした様子のブラン団長は金貸しの事件についても調べてくれるそうで、大きな紙は明日にでもトリスタン君に届けるように伝えておくと戻っていった。

グレンにはおやつとしてラスクを出し、ブラン団長から受け取った資料を読んでいく。

「んー……全然わからないな……詳しいこと書いてないじゃん」
《主《あるじ》よ、なぜ紙を頼んだんだ？》
「地下通路を調べて書き出そうかなって思って」
《なるほどな。……ふむ。主《あるじ》、ウェヌスを呼んでくれ。あと、パンは残っているか？》
「パンはあるよ。またウェヌスを呼べばいいの？」
《うむ。頼む》
エルミスに言われた私は再びネックレスの指輪を握り、ウェヌスを呼び出した。
「(ウェヌス、今ちょっと来られる？)」
《セナ様。お呼びでしょうか？》
《儂《わし》が頼んだ。ウェヌス、諜報に使える風の子を呼んでくれ。姿を隠し、気配を消せる者のみだ》
《何か調査をなさるんですね。かしこまりました。セナ様、私の指輪に魔力を通したままでお願いいたします》
「わかった」
ウェヌスが何かを呟くと、指輪がほのかに光り始め、精霊の気配が部屋にいっぱい現れた。人型ではなく、光の玉。その数、二十以上も。
《セナ様、もう大丈夫です。ありがとうございます》
「はーい」
《風の子よ。我らが主《あるじ》、セナのためにこの街の地下通路の全貌を探ってくるのだ。人間に見つかったり、捕まったりしてはならん。魔法の痕跡があれば近付かなくていい。危険なことはするな。明朝ここに戻ってきて、道の形状や何があったかを報告せよ。報酬は主《あるじ》のパンだ》

エルミスが最後に言った私のパンという単語に、集まった精霊達はハッと反応を見せた。

《頑張ってこい》

エルミスの一言で精霊達は姿を消して散っていった。

《ふむ。これで主《あるじ》がわざわざ行かなくても道がわかるな》

「えっと……いいのかな？」

《大丈夫です。ちゃんとセナ様のパンが報酬ですから、頑張ってくれるでしょう。こうなったわけを聞いてもよろしいでしょうか？》

もっともな質問をしてくるウェヌスに今までの経緯を説明。するとウェヌスも協力してくれることになった。お昼にやっていた仕事は終わらせたそうで、すぐに戻らなくても大丈夫なんだって。

ちょっと早いけど、夜ご飯にしようと、みんなでコテージに向かう。

《セナ様……ここは……？》

「そっか。ウェヌスは初めてだったね。じゃあ案内してもらって。ご飯ができたら呼ぶから」

みんなと別れて一人でキッチンに向かう。今日はケチャップなしのオムライスだ。日本でよく作っていた、料理アプリのお気に入りのレシピ。自分が好きだったからか普通に覚えていたので、再検索しなくても大丈夫だった。簡単なサラダとコンソメスープも作って完成！

ポラル以外の全員が集まったらいただきます。ポラルはお仕事頑張ってくれているから、戻ってきたら労《ねぎら》ってあげよう。食事中、金貸し事件のことを考えていた私はクラオルに『ちゃんと食べなさい』と怒られた。ごめんなさい。ちゃんと食べます。そんな仁王立ちして見張らなくても……

夕食を終えた私が一度頭をリフレッシュしたくて、お城の書庫に行こうと提案すると、グレンのテンションがガタ落ちした。リバーシをやりたかったらしい。

「じゃあ書庫でリバーシする？」

〈いいのか⁉〉

「結界張って静かにしてれば大丈夫じゃないかな？　怒られたら中止だけどね」

《結界は任せて！》

《リバーシ、ですか？》

盛り上がるグレン達とは違ってウェヌスはなんのことかわかっていなかった。

「ゲームだよ。みんなにやり方教えてもらったら、すぐできるようになると思うよ」

《ゲームが何かわかりませんが、セナ様がおっしゃるならそういたします》

《ウェヌスも絶対楽しめるわ！》

プルトンに言われたウェヌスは驚いた様子で曖昧《あいまい》に頷いていた。普段冷静なエルミスまでテンションが上がるくらいだから、あなたも気に入ると思うよ。

書庫のテーブルにリバーシを出すと、早速プルトンが結界を張った。グレンとクラオルの対戦を見ながらエルミスやプルトンがウェヌスに教えてあげている。その姿に安心して私は本を開いた。

前回も読んだ〝世界グルメ日誌〟の続きから読み進めていく。始めのうちはちゃんと本を読んでいたものの、だんだんと気が逸《そ》れ、思考の行きつく先は悪徳金貸しの件。

首謀者とされる青年が殺されたために終わった。しかも顔をぐちゃぐちゃにされて。なぜ仲間割れをした？　青年が首謀者だったとして、他のメンバーは殺しをするほどの悪人なのに大人しくするものなの？　貴族が絡んでいるならどう絡んでいた？　なぜ貴族が金貸しに絡む必要があったのか……そういえば奪われたお店がどうなったかを聞くのを忘れていた。ブラン団長から渡された資料では、被害者はほとんどが行方不明と書かれていた。事件が頻発していたのならば騎士団も捜査しているはず。情報がわからないくらい期間が空《あ》いたとは思えない。それに問題になっていたならお店を持っている人も警戒しているものだろう。なぜサインをしたのか。狙いはお店そのものじゃなかった？　そうするとなぜ狙われたのか……資料に載っていた限りでは被害に遭ったお店の系統も立地もバラバラだった。ネライおばあちゃんの孫娘さんはちょうどその頃亡くなった。サルースさんの言い方だとおそらく病死や事故死ではなさそうだ。もしかして自ら死を選んだ？　婚約が破談になったと言っていたけど、なぜ破談になった？　もし、金貸しが今回関係しているとしたら、なぜ今さらネライおばあちゃんを狙う？　目的はネライおばあちゃん達かお店なのか……お店なら手に入れるとどんな利点がある？　おばあちゃん達なら職人としての腕だろうか？

どんどん思考の海に沈んでいく。

〔((ゴシュジンサマ。ヒトガ、キマシタ))〕

唐突にポラルからの念話が聞こえて意識が浮上した。

「((見つからないように気を付けてね))」

「((ハイ))」

その後ポラルから誰かが話している内容を教えてもらった。

(ふーん。なるほどねぇ……)

やはりおばあちゃんは巻き込まれたらしい。そして前回の事件と今回の事件の黒幕は別。前回の事件をマネして起こしたと。残念ながら首謀者の名前は言わなかったみたいだけど、一応従ってはいるものの、慕っているわけではなく命令されたから、とのことだった。

「((ポラルありがとう！　そのまま見つからないように気を付けてね))」

「((ハイ))」

ポラルのおかげで殺された青年は首謀者ではないことが確実となった。ポラルが中継してくれた内容から推察すると、おそらくリーダーでもない。下っ端か関係のない人物がそう仕立て上げられたんだと思われる。マネできるほど内容を知ってるってことは前回の黒幕に近い人物だろう。

ふと今何時だろうと確認すると、いつもならとっくに寝ている時間だった。どっぷりと思考の海に沈んでいたらしい。みんなを見てみたところ、まだまだ盛り上がっている。

トイレに行きたくなった私は声をかける前にトイレに行こうと廊下に出た。確か同じ階にトイレがあったハズなんだよ。廊下は魔道具でところどころ照らされているものの、その光がボワァっとした光のため、不気味感が否めない。用を済ませ、足早に書庫に戻る道を歩く。

あれ？　ここどこだ？　マップを確認すると書庫とは反対側に歩いてきちゃったらしい。

（あー、失敗した。……ん⁉）

ふと、人の気配と怒鳴り声が聞こえ、咄嗟に隠れる。いや、何も悪いことしてないんだけどさ。

それはわかったものの、内容までは聞き取れない。気配を殺しながらコソコソと声の方向に移動して、話している内容と顔がわかる位置まで来た。トリスタン君だ。横柄そうなおじさんにトリスタン君が怒鳴られている。

「側付きにしてやったのになぜ仕事をしない⁉　このグズが！　パーティーが終わり、旅立ったら利用できなくなるのだぞ⁉」

――バシッ！

「……うっ……ですが……」

「口答えするな！　育ててやったワシに恩返しをしようとは思わんのか！　本当にゴミだな！」

――バシッ！

「……くっ……」

「せっかく宿を荒らし、城に来るように仕向けたというのにワシの苦労を水の泡にする気か⁉　なんのためにお前を付き人にしたと思っている‼」

――バシッバシッ！

「……も、申し訳……ございません……」

（こんのクソジジイィィ！　ムチなんかで叩きやがってぇぇぇ！　あんたが宿荒らしの犯人かぁぁ！）

「母親共々使えないとは我が血筋の汚点だ！　今日中に隷属の首輪を付けろ！　あんな子供に好き

勝手にさせるな！　わかったな⁉」

ムチで叩くクソジジイに天誅《てんちゅう》を喰らわせてやろうとコソコソと近付いていた私は〝隷属の首輪〟という発言に驚いて足が止まってしまった。

（隷属の首輪⁉　トリスタン君が側付きになった子供って私だよね？　私に隷属の首輪付けるってこと？）

「……い、や……です……」

——バシッバシッバシッバシッバシッ！

「口答えは許さん！　お前は〝はいわかりました〟とワシの言うことを聞いていればいいんだ！今夜だ！　今夜中に付けろ！　わかったな⁉」

——バシッバシッバシッバシッ！

「……くっ……わかり、ました……」

——バシンッ‼

クソジジイは最後に思いっきりムチで叩くと去っていった。倒れたトリスタン君の服は破れ、血が滲《にじ》んでいる。

「セナ様……セナ様……僕は……」

助け起こさなければと近付こうとしたとき、震える声で私の名前を呟かれ、足が止まる。ギュッと拳を握り、ヨロヨロと立ち上がって去っていくのを呆然と見送ることになってしまった。ハッと気付いたときには、もうトリスタン君は見当たらなかった。

（何やってんの！　なんで助けなかった!!）

『((主様!?　どこにいるの!?))』

自分のありえなさに腹を立てていると、クラオルから念話が届いた。

「((ごめん。トイレ行ったら反対方向に来ちゃったみたい。ワケは後で話すから急いで部屋に戻るよ))」

『((主様？　何か……わかった、みんなに伝えておくわ))』

トリスタン君は今夜と言われていた。早く部屋に戻らなければ。小走りで書庫に向かい、リバーシを回収したらみんなと急いで部屋に帰る。先ほど見たことを手短に話して、みんなでスタンバイ。トリスタン君を待つ。

丑三《うしみ》つ時、ドアがそっと開いた。トリスタン君は気配を殺して私のベッドの元へ寄ってきた。

「付けないの？」

寝たフリをしているのに五分経っても隷属の首輪を付けようとしないトリスタン君に話しかける。

「！」

「付けないの？」

「……気が、付いていらっしゃったんですか？」

「うん。元々何か事情があって私に付いたんだろうなとは思ってたんだけど、さっき話してるのを聞いちゃったんだ。ごめんね……首輪、付けないの？」

ベッドから起き上がり、ベッドに座って首を傾げる。

「僕は……僕には無理です……申し訳ございません……どんな罰でも受けますので……」

俯き、震えながら手を真っ白になるくらいに握り締めている。

「トリスタン君。こっち来て。ベッド上がって」

「……はい……」

隷属の首輪を付けようとした負い目があるからか素直に従ってくれた。

「脱いで」

「……え」

「いいから脱いで。ぬ・い・で」

「……いや……」

脱いでくれないので着替えたんであろうシャツを強引にめくる。

「ひどい……こんなになるまでムチで叩くなんて……」

トリスタン君の体には無数の傷痕があった。ミミズ腫れの痕や切られた傷などさまざまだ。どれだけ虐《しいた》げられてきたんだろうか。先ほど打たれていたムチ痕はヒールをかけたのか、ポーションを飲んだのか、少しよくなっていたけれど、まだ血が滲《にじ》んでいて痛々しい。

「ごめんね……さっきあの人止められなくて……ごめんね……」

あまりの痛々しさに涙が零れる。私が止められていればこんなひどいことにはならなかったのに。

「セナ様……」

「治すから。なるべく治すから……」

「いえっ！　そんな！　セナ様のお手を煩《わずら》わせるわけにはっ――」

許可を取らずにトリスタン君の傷と傷痕に【ヒール】をかける。ウェヌスも隣に来て治すのを手伝ってくれた。

「あぁ……温かい……本当に…………女神様……全ての罪が清められていくようです……」

本当はチートなリンゴを食べさせたい。でもみんなに止められた。そんな理由で近付いてきた者にはダメだと。もうこれ以上は治せないところまでかけ続けていると、涙を流しながら謝り続けていたトリスタン君は眠ってしまった。トリスタン君を精霊達に任せてグレンのベッドに一緒に入る。止められなかった後悔で泣き続けている私が眠るまでグレンが撫でて慰めてくれていた。


目が覚めるとグレンの腕の中だった。一晩中抱きしめられていたらしい。

〈ん？　おはよう。大丈夫か？〉

「おはよう。ごめんね。ベッドにお邪魔しちゃって。トリスタン君は？」

〈構わん。あいつはもう起きていてエルミス達が見張っている。起きるのか？〉

「そっか。うん。起きて話を聞かないと」

グレンに解放してもらい、着替えてから私が使っていたベッドルームに向かう。ノックをして入ると、トリスタン君はベッドの横の床に正座していた。何故？

「おはよう。具合はどう？」

「セナ様……おはようございます。申し訳ございません。体調はよくなってしまいました……」

「止められなくてごめんね。傷痕は……全部は消せなかったの。ごめん」

そう、全部は消せなかった。古いものは特に。時間が経っているから、薄くすることが精一杯だったのだ。ウェヌスが言うには一番ひどい傷痕は産まれてすぐに受けた傷だろうと。そんなころから虐待されていたことに衝撃を受けた。

「いえ、僕なんかのために……本当に申し訳ございません……」

土下座をするトリスタン君を立たせ、リビングのソファに座らせる。

〈さて、どういうことか説明してもらおうか〉

「はい。全てお話しします。セナ様のことはご当主様から聞いていました。ものすごい魔法を使う少女でスライムの核も発見したと」

トリスタン君は落ち着いた様子で話し出した。

当主というのは昨日のクソジジイのこと。トリスタン君のひいお爺さんにあたり、優に百歳を超えているそう。見た目五十代にしか見えなかったことを指摘すると、大昔の先祖に賢者と呼ばれるほど強い魔術師がいたそうで、家系的に魔力量が多く、寿命が長くて老化が遅いんだって。トリスタン君は耳の形もそうだけど、誰にも似ていないらしい。トリスタン君は嫌かもしれないけど、あんなやつに似てなくてよかったと思ってしまったよ。

「僕はご当主様にセナ様に隷属の首輪を付けるように言われました。……隷属の首輪を付けて子供を産ませたり、魔法の実験をしたりするつもりだったようです」

とても申し訳なさそうにトリスタン君が告げる。

《《『『《！》』』》》

「うげぇ。でもなんで付けなかったの？　あんなにムチで叩かれてたのに……私は昨日しか見てないけど……日常茶飯事だったんでしょう？」

昨日のことを思い出して声が小さくなっていく私をグレンが抱き寄せる。

「セナ様は僕にも優しくしてくれました。いつも笑顔で迎えてくれ、美味しい食べ物も用意してくれました。初めてだったんです……笑顔を褒めてもらえたのも、紅茶を褒めてもらえたのも、お礼を言われたのも……普通の人として接してもらえたことが。当たり前のように温かく接してもらえて僕は救われました。嬉しいと、楽しいと、生きていてよかったと、初めて思えたのです」

思い出すかのように一瞬遠い目をしたトリスタン君はほのかに微笑んだ。

「え……お母さんや他の人は？」

「母は……僕を産んだせいで不貞を働いたと言われ、処分されたと乳母に聞きました。母は婚姻前より監禁状態だったため、不貞のしようがなかったのですが……ご当主様の命令は絶対ですので……他の家族と言える人達も何か指示を受けるとき以外、会話はありません。魔法省ではでき損ないと呼ばれています。実際ダメなのですが……他の貴族の方にも付いたことはありますが、必要最低限の会話しかしていません。お城の方も同じです」

「処分に監禁なんて……ひどすぎるでしょ……」

「僕なんかにも優しい女神様のようなセナ様に隷属の首輪を付けたくなかった……だから……最後にセナ様に一目でもお会いしたかったんです……」

「最後？」

「はい。僕は任務を失敗しました。おそらく処分されると思いますので」

「処分!?」

「ご当主様からはそのように言われております。セナ様に治癒していただきましたが、無駄になってしまい申し訳ございません」

トリスタン君は再び頭を下げた。

「ブラン団長に言って……」

「僕はこの国を救った国賓のセナ様に隷属の首輪を付けようとしました。ご当主様より処分されなくとも処刑か犯罪奴隷です」

「！」

「本当に申し訳ございません。最後くらいはセナ様のお役に立てるよう、キチンと証言いたします」

「……ねぇ、トリスタン君。トリスタン君は自由になれたら何したい？」

「え……」

「もしもの話だよ。願いとか夢とか何かやりたいことはない？」

「そうですね……叶うのならば……いいえ。僕なんかは夢を見てはいけないのです」

自分の考えを打ち消すようにトリスタン君は首を横に振った。

「そっか……わかった」

「セナ様。お気を付けください。僕が任務失敗したので、おそらくパーティーで何かが起こると思います」

「何か……そういえば昨日あの人、私が泊まってた宿を荒らしたって言ってたよね？」

「はい。正確には僕の家系の裏を担当する誰かがご当主様より命を受けて実行したんだと思います」

「裏？」

「僕の家系は長命です。生まれる子供は少ないですが、その中から諜報や暗殺など裏の仕事を担当する子供を決めて育てるのです。僕も本当は裏の人間でした」

「なるほど……それブラン団長に証言してもらってもいい？　私のために宿荒らした犯人を調べてくれてるんだよね」

「もちろんです」

「今回のこれはブラン団長達にも協力してもらわないとな……ねぇ、トリスタン君。私に付ける予定だった隷属の首輪ってどこにあるの？」

「こちらです」

おもむろにトリスタン君がポケットから出したのはチョーカーだった。チョーカーなんだけど、鎖というか、チェーンで装飾されている。ヴィジュアル系というかゴシック系というか……そんな感じのデザインだ。確かにモヤッとした嫌な感じがするから、隷属の首輪で間違いないだろう。

「そちらは強力な術式が込められています。冗談でも付けたりなどはしないでください」

「これ、私が持っていてもいい？」

「はい」

受け取った隷属の首輪を無限収納《インベントリ》にしまう。こちら側に隷属の首輪がきたことで、話が一段落したと思ったのか、クラオルからご飯の話題を振られた。朝食の時間は過ぎているため、ブランチとしてとることになった。遠慮するトリスタン君にもパンを押し付け、食べさせる。私はお弁当の残りだ。お弁当、まだまだ残ってるのよ。

食後、念話でみんなにこの後のことを話し、それぞれが動き出した。グレンにはブラン団長達への伝言を託し、クラオルと精霊達はこのままここでトリスタン君とお留守番、私はグレンの寝室からポラルをお迎えに隠密マントを着て転移で飛んだ。

先に念話で話していたからか、ポラルは入口近くで待っていた。その足で商業ギルドへ飛び、トイレでマントを脱いでサルースさんの執務室に向かう。サルースさんに約束を取り付けたら、再びトイレにバックしてお城に転移で戻った。

「お待たせ〜。グレンが戻るまで待っててよ?」

テーブルに果実水とラスクを出してグレンを待つ。ポラルはベッドルームでパンを食べたため、今は私のおなかにくっ付いて寝ている。トリスタン君にクソジジイのことを質問しまくっていると、グレンが団長達を連れて帰ってきた。てっきり伝言だけして戻ってくるかと思ってたんだけど、〝急ぎの話〟って言ったら、三人ともすぐに集まってくれたんだって。

「……邪魔する」

「おはよう。呼んじゃってごめんね」

「……おはよう。いや、大丈夫だ。トリスタンがいなくて紙を……ん？　トリスタン？」

「そうなの。ちょっといろいろあって。とりあえずみんなソファにどうぞ～」

ブラン団長達は向かい側に座り、こちら側は私・グレン・トリスタン君の順で座った。私の隣はダメらしい。テーブルにブラン団長達用の果実水とラスクも出して、準備はＯＫ。

「……とりあえず頼まれていた紙だ」

「ありがとう！」

ブラン団長から受け取った大判の紙はクラオルが蔓《つる》を器用に使ってグレンのベッドルームへと運んだ。そこでウェヌスとエルミスが精霊の子達を呼び、地下通路を書き出してくれることになっている。ご褒美のパンは既に設置済みだから大丈夫でしょう。

「……緊急と聞いたが」

「うん。まず宿を荒らした犯人がわかったの」

「……本当か？」

「はい。ご当主様です。正確にはご当主様より指示を受けた家の影の者です。宿を荒らし、セナ様を王城に呼ぶための策でした」

「……内部告発か？　それを密告したら自分の立場が危ないだろ？」

説明をしたトリスタン君をブラン団長達は訝《いぶか》しげに見つめている。

「僕はセナ様を守れるのならどうなっても構いません。ご当主様にセナ様が狙われているのです」

「……ちょっと待て。どういうことだ？」

ブラン団長達はわけがわからないと眉根を寄せた。

まず昨日の夜あったことを私が説明、続いてトリスタン君は自分の任務の説明を。ブラン団長達は私を狙ったトリスタン君を怒りたいものの、トリスタン君の境遇を考えると何も言えないみたい。戸惑い、複雑そうな顔をしている。

「なるほどねー……これは大捕り物になりそうだね……」

パブロさんが黒いオーラを出しながら呟いた。

「……それが本当だったとして、自分も捕まるだろ？」

「どのみち任務失敗で処分されます。なので最後に少しだけでもセナ様のお役に立ちたいのです」

「「「……」」」

トリスタン君の言葉に、さらに何も言えなくなってしまったブラン団長達。

「それでね、パーティーでしでかしたところを捕まえたいの。でも、王様達には計画がバレないようにしたいから協力してほしくて」

「……セナのためなら協力は惜しまないつもりだが、何故だ？」

「ブラン団長に聞いたあの事件にも貴族が絡んでるけど、今回は特に権力のある貴族でしょ？　しかも魔法省のトップ。国に必要だからって有耶無耶《うやむや》にされたくないの」

「……なるほど。言い逃れできないようにするのか」

「そう。貴族を放任してた王様にも責任があると思うの。他国の王様がいるところで事件が起きたら放っておけないでしょ？」

「……計画があるんだな？　聞こう」

子供の私の話を否定したりせず、ちゃんと耳を傾けてくれるところが優しくて好き。ブラン団長達に私が考えた計画を説明していく。途中でフレディ副隊長に危険だと言われたけど、結界を張るからと強引に納得してもらった。いざとなればグレンの威圧もあるからね。

「シュグタイルハンの王様を巻き込んで国際問題にならないかが一番の問題なんだよね。戦争になったら困る」

「……おそらくになるが、シュグタイルハンとは友好国で兄上の友人だから大丈夫だろう。俺が記憶している限りではむしろ面白がるタイプだ。しかし……セナが目立つと思うがいいのか？」

「大丈夫ならいいかな。本当は目立ちたくないんだけど、この方が他の貴族への見せしめにもなると思うんだよね」

「……今後のことを考えてか……」

「そうそう。トリスタン君を虐待していたのも許せないし、それにブラン団長の故郷だしね」

「！」

私が言うとブラン団長はものすごく驚いていた。王様は好きじゃないけど、ブラン団長のことは人として好きなんですよ。みんなで悪者をやっつけようね！

その後、どうするかを相談しているうちにお昼になっていた。もらってばかりじゃ悪いからとパブロさんがお城の厨房に配達をお願いしに行ってしまった。私は気にしないんだけどね。

「そういえば、さっきセナさんが言ってたブラン団長に聞いた事件って何ー？」

一足先に食べ終わったパブロさんがブラン団長に話題を振る。

「……三年ほど前に止まった金貸しの事件だ」

「あぁー、あったね。被害者が書類にサインしていて手が出せなかったやつだよね？」

「……そうだ」

「三年ほど前と言えば、カリダの街の領主が変わった時期ですね」

フレディ副隊長が思い出したように呟いた。

「へぇー。そうなんだ。あ、そうだ。みんなにお願いがあるんだった。この地図にわかる範囲で住んでる貴族を書き込んでほしいの。どこの家に誰が住んでるかはわからないから」

「それ、僕できます。いろいろと調べたことがありますので」

おずおずと手を挙げたトリスタン君に商業ギルドでもらった地図を渡すと、早速書き込み始めた。

「へぇー。そこの家って空《あ》き家じゃなかったんだ」

パブロさんがトリスタン君が書いている地図を見て反応する。

「こちらの伯爵様は領地開発に尽力されていて、王都には滅多に来られません」

「へぇー。詳しいんだねー」

「はい。僕も裏の仕事をしていましたので……使えないといつも怒られていましたが、今だけはセナ様のお役に立ててますのでやっていてよかったかもしれません。……僕が知っている範囲で書きました。これ以上は本格的に調べないとわかりません」

「なるほど。ありがとう！　すごく助かる」

「いえ。セナ様のお役に立てて嬉しいです」

トリスタン君が微笑んだら、パブロさんとフレディ副隊長が「笑った」と呟いていた。やっぱいつも能面で表情が動かないんだね。最近笑うようになったんだよ。可愛いでしょ？

「セナ様。三年以上前のあの事件でしたらデビト・ワーレス様が関係しているかもしれません」

「デビト・ワーレス？」

「……謁見のときにやたらと騒いでいた貴族だ」

「あぁ、あいつか！　なるほど……」

(これはピースが揃ってきた？　ただまだ主犯格に仕立て上げられた青年が何者かわからないな)

「何故関係していると？」

フレディ副隊長がトリスタン君に聞く。

「ご当主様とデビト・ワーレス様は派閥が違い、仲がよくありません。詳しくはわかりませんが、当時、デビト・ワーレス様達が街で何かをしていると聞いたことがあります」

「なるほどねぇ……あの老害は関わっていなくても詳しく知ってそうだね」

「そうですね。おそらく、ここ王都のことでしたら誰よりも詳しいと思います」

「そっか。ふふっ。捕まえたら洗いざらい喋ってもらおう！」

「……城は混乱しそうだな……」

「そうですね……」

その後のことを想像したのか、疲れた様子のブラン団長にフレディ副隊長が同意を示した。

食後、プルトンはトリスタン君の護衛として残っているため、私達は二人を除いたメンバーで商業ギルドに顔を出した。朝約束した通り、サルースさん達の進捗状況を聞くためである。

事件から時間が経ちすぎているため、捜査自体はあまり進展がなかったらしい。そこでサルースさんがネライおばあちゃんに問いただした結果、狙われているのは確かだと判明した。ネライおばあちゃんが言うには、孫娘さんが作った借金を返せと脅されているとのこと。証書には借金を返せなければお店を取ると書かれていて、孫娘さんのサインがしてあったそうだ。

「ふーん……ねぇ、今までに奪われたお店ってどうなってるの？」

「そうさねぇ……空《あ》き家や更地になっていたり、新しい店になっていたりとバラバラだね」

「へぇ……わざわざお店を奪ってるのに何かしてるわけじゃないんだね」

「そう言われるとそうだね。ただ、何かしらの事件に関わった跡地は売れにくいからねぇ……」

「なるほど。ネライおばあちゃんの孫娘さんはどうして婚約が破談になったの？」

「それがわからないんだよ。ある日突然、結婚できないって言い始めたのさ。それから一週間も経たずに亡くなっちまった」

「じゃあ、婚約者さんはどんな人だったかわかる？」

「いい男だったよ。スラムや貧民街のやつらに慕われててさ。それがある日突然、忽然《こつぜん》と姿を消しちまったんだ」

「スラムや貧民街の人達に好かれてたってことは、あの事件で使われていたっていうスラムの家に出入りしていた可能性はある？」

「そうさね、土地柄ありえるね。ただ、犯罪に加担するようなやつじゃないと思うけどね……」

サルースさんが言うなら、いい人である可能性が高い。私的には主犯格に仕立て上げられた青年がその婚約者さんなんじゃないかなって思ったんだけど、こじつけすぎ？

《(セナ様、あの小箱は調べられましたか？)》

ウェヌスからの念話で思い出した。そうだ、忘れてたよ。回収したじゃん。テーブルの上に小箱を出すとサルースさんは不思議そうに首を傾げた。

「なんだい、これは？」

「そのスラムの家に隠してあった箱」

「行ったのですか⁉」

今まで聞き役に徹していたゲハイトさんが叫んだ。

「え……うん。あ、ちゃんと周りの人にはバレないようにしてたから大丈夫だよ」

「そういう問題では……」

もごもごと言い淀《よど》むゲハイトさんの背中をバシバシと叩きながら、「あんたが地図を渡したのが悪いね」とサルースさんが言い放った。目で何か訴えていたけど、何も言ってこないからスルーさせてもらう。ごめんね。

小箱を開くと、指輪が二つと赤い本——ネライおばあちゃんの孫娘さんの婚約者の日記だった。内容を簡単にまとめると、貴族に騙されて金貸しに協力してしまい、それに気が付いた婚約者がショックで自殺。自分は殺されるだろうから、この日記帳を隠した……ということだった。ガッツリ貴族の名前を書いてくれているのがありがたい。

これで捕まえられるかと思ったのも束の間、そうは問屋が卸《おろ》さなかった。証拠の一つとしては扱えるけど、日記に名前が書かれているだけでは充分な証拠とは言えず、確実な証拠が欲しいとのこと。こうなったら現行犯で捕まえた方が早くない？　でもどうやって捕まえる？

《(セナ様、敵対しているという当主が捕まれば気が緩むのではないでしょうか？)》

「そっか！　うん。その手が使えるかも」

「……セナ、説明してくれ」

「うん。うんとね――」

私が考えた計画を話す。そんなに上手くいくか？　ってブラン団長達は半信半疑だけど、多分大丈夫だと思うんだよね。あの謁見のときの感じじゃ頭の回転は鈍そうだったし。まぁ、真面目な証拠探しは私がするつもりです。

「あたし達はこいつらの不動産を全部調べればいいんだね」

「うん。お願いします」

ゴミをのさばらせておくわけにはいかないと、サルースさんは息巻いている。とりあえず今できることはここまでかな？

お城に戻ってくると、ブラン団長達はトリスタン君に話があると、ベッドルームに連れていってしまった。私はグレンのベッドルームの方でプルトンにお礼の魔力水を渡し、精霊の子達を再び呼んでもらって、とあることをお願いした。

夕食前にブラン団長達はお仕事に戻った。食後、みんなはリバーシ。グレンがトリスタン君に自慢げに教えてあげているのが微笑ましい。その間、私は精霊三人と念話しながらトリスタン君に書き出してもらった貴族の派閥構図と地図と地下通路図を眺めていた。

寝る時間になったら行動開始だ。トリスタン君をおやすみとベッドルームへ促し、私はグレンのベッドルームへ。クラオルとグレンとポラルの三人はお留守番である。リバーシだと夢中になりすぎることが簡単に想像できるため、あやとりの紐と折り紙で我慢してもらおう。

隠密マントを着込み、準備は万端。まずはカリダの街の領主宅に転移する。領主宅はひっそりと静まり返っていた。スキルの夜目を使い、マップを確認して中へと忍び込む。鍵はプルトン達がせっせと解除してくれている。目指すは執務室だ。

（うーん。これ、騎士団が調べた後だな……）

見つけた執務室は、本棚からは本が抜き取られ、机の引き出しは開けっ放し。全て空《から》っぽでめぼしいものが見当たらない。ブラン団長達が証拠集めが大変だったと言っていたことから、簡単に見つかる場所に置いているとは思えない。隠し金庫や隠し部屋でもあるかと考えたけど、執務室にはなかった。執務室じゃないならどこだ？　困った私が【サーチ】で隠し書類を探してみたら、マップ上で反応を示した。

執事室と主寝室だ。執事室の方は執事の日記とセットで置いてあった。軽く読むと、この執事さんは王都の金貸しの被害者の兄弟だったらしい。領主を怪しんで、頑張って調べていたみたい。弟家族の安否を心配する気持ちが書き綴《つづ》られていた。日記は二年前で止まってしまっている。この執事さんの安否も調べてみよう。主寝室の方の書類も回収したら、王都の商業ギルドに飛ぶ。

飲み歩いているのか、暗いのにチラホラと人が歩いていた。その人達にバレないよう、身体強化を使って走り出す。いつでも転移で動けるように一通り貴族エリアを回り、精霊の子達に細かい指示を出しておく。その後、デビト・ワーレスの家へ向かった。

デビト・ワーレスの家はガラの悪い傭兵が守っていて、裏稼業と繋がっていることが一目瞭然。傭兵はやる気がなく、うたた寝している者もいた。おかげで簡単に敷地内から家の中まで侵入できた。気配を辿り、ヤツのいる場所に向かうと、声が聞こえてきた。まだ起きているらしい。

「城の部屋に入れないとはどういうことだ！」

「入れねェもんは入れねェ。向かったやつは返り討ちにされてる。ワケがわからねぇうちに終わってンだ。無理なもんは無理なンだよ」

「貴様は雇われている身であろうが！　大体小娘一人捕まえられないとはどうなっている！」

「旦那ァ、あの娘っ子は一人で天災級の魔獣倒したンだろ？　んでもってドラゴンが従魔。相手が悪すぎるってモンだ。これ以上は無理だナ。俺は手を引かせてもらうぜ」

「なんだと!?　そんなことが許されると思っているのか!?」

「前金分は働いた。ただでさえ魔法省の爺さんに邪魔されてンだ。割に合わなすぎるンだよ。俺も自分の身は大事なンでね」

聞き耳を立てていると、一人出てきそうになって焦る。慌てて廊下にあったツボの陰に隠れた。

「ふぅ……おっさんも終わりだナ。しっかし、あのお嬢さんは得体が知れなすぎて怖い反面、面白そうなんだよナ〜」

諜報員として雇われていたと思われる男は、首をコキコキと鳴らしながら去っていった。

数分後、デビト・ワーレスも出てきたので後をつける。ブツブツと呟き続けていたデビト・ワーレスは廊下を進み、ドアを開けた。中に体を滑《すべ》り込ませると、ベッドルームだった。眠るのね。

ベッドの横に水差しがあったので、前に実験で作った睡眠薬を四分の一ほど混入させておく。

「クソッ！　グリーディ様が捕まり、ワシの天下となるときが来たというのに、あのクソジジイめ……！　しかしあの計画が成功すれば金も名誉も手に入るのだ！　もう少し……もう少しだ」

私に気が付くこともなく、デカい独り言を喋った後、水差しの水を一気飲み。一分もかからずにイビキをかき始めた。

《(こいつバカねぇ……頭が悪すぎて面白いわ)》

《(単純でよいではありませんか。このままこちらの思う通りに踊っていただきましょう)》

クスクス笑うプルトンに爽やかな笑みを浮かべるウェヌス。エルミスは無言で蔑《さげす》むような眼差しを向けている。めちゃくちゃディスるじゃん。笑顔な分、容赦ないね……

イビキをかき続けているので、そのまま寝室を捜索開始すると絵画の裏に隠し金庫を発見。

（ベタすぎるでしょ……）

これはエルミスが鍵を開けてくれて、確認すると中には過去の帳簿があった。しかもすごい間違いだらけ。ひとまず全部無限収納《インベントリ》につっこみ、先ほどの部屋へ移動。執務室だったので、使えそうな書類を片っ端から回収していく。廊下を歩いていたときに地下室がどうのと言っていたので、地下にも寄らないとね。地下には魔道具で守られている部屋があった。どうしようかと思っているうちに、ウェヌスがササッと解除してくれた。

「((ウェヌスさんすごいね……))」

《((これでも精霊帝《せいれいてい》ですので、これくらいは。お役に立てていますか？))》

「((超立ってる！　ありがとう))」

ウェヌスを撫で、部屋に入る。中は宝石やよくわからない置物、不気味な様相のお面などが乱雑に置かれていた。

《((主《あるじ》よ、この紙ではないか？))》

「((エルミス、ナイス！　これ全部もらってこう！))」

過去の金貸しのことが書かれた紙束をマルッといただいたところで、廊下へ出て魔道具を再起動させる。収穫具合的には充分だろうと、お城へと転移で戻ることにした。

リビングに入ると、クラオルが飛びついてきた。

『おかえりなさい！　遅いから心配したのよ？』

〈見つけたのか？〉

「ごめんね。心配してくれてありがとう。バッチリ見つけたよ」

『夜明けまでそんなに時間がないわ。少しでも寝ないとダメよ』

「うーん……でも明日のために作りたいものがあるんだよね」

そう言うと、クラオルは『仕方ないわねぇ』とため息をついた。

第十三話　パーティー

やることを終えたら眠くなってきた。リバーシをしていなかったからか、みんなも眠そうだ。全員でチートなリンゴを食べて寝不足を解消させておく。

朝ご飯を済ませたころ、ブラン団長達が部屋を訪れた。卓上一口コンロで紅茶を用意し、ラスクと一緒に出す。ブラン団長達は笑顔で紅茶を飲んでいるけど、やっぱ自分で淹《い》れた紅茶は微妙なんだよなぁ……今度トリスタン君にコツを聞こう。

昨日、いつの間にやらシュグタイルハンの王様が到着していたみたいで、パーティーはお昼すぎから夜にかけてやるとのこと。ブラン団長は王族と騎士団のお仕事、フレディ副隊長とパブロさんは騎士団として警備にあたるそう。何が起こるかわからないから、充分気を付けてほしいと言われた。彼らはお仕事の合間に来てくれたらしく、少し話して紅茶を飲み終わると後で迎えに来ると言い残し、お仕事に戻っていった。

私達は時間までトリスタン君とティータイム。トリスタン君は私にパーティー出席を辞めてほしいみたいなんだけど、私が折れないことがわかったのか小さな袋を渡してきた。細かい刺繍が施されていて、丁寧に作られたことが窺える。

「それは母からもらったお守りです。母の記憶はないのですが、母が僕にと言っていたと乳母から渡されました」

「形見じゃん！　そんな大事なもの受け取れないよ！」

「他のものは置いてきてしまったので、僕が渡せるものはそれくらいしかありません……」

「トリスタン君。これはトリスタン君のお母さんがトリスタン君のために作ったお守りだよ」

「僕のために？」

「うん。これ手縫いだよ。すごく丁寧に縫われてる。お母さんのトリスタン君を想う気持ちが込められているんだよ。はい！　もう誰かに渡そうとしちゃダメだよ？」

トリスタン君の手にお守りを握らせる。

「ですが……」

「ふふふっ。心配してくれてありがとう。でもね、私も魔法得意なんだ」

「僕はこの件が終われば捕らえられるでしょう。セナ様に忘れ……いえ。大変失礼しました。僕はこの部屋でセナ様のご無事をお祈りしております」

「ふふっ。大丈夫だから任せて！　お昼過ぎからだからご飯作ってくるね」

みんなにお留守番していてもらい、グレンのベッドルームからコテージに行く。お昼ご飯は、縁起をかついでカツ丼だよ！　ただ、トリスタン君も食べるので、グレンがお気に入りのピンクオークじゃなくて、普通のオークの方ね。お吸いものとキムチも付けてセットにした。

ご飯を食べ終わったらいつ呼ばれてもいいように、ベッドルームで着替える。途中で背中のボタンと紐が結べないことに気が付き、大人サイズになったプルトンに手伝ってもらった。

《ねぇ、セナちゃん。ずっと気になってたんだけど、セナちゃんって髪の毛結んだりしないの？》

「んー？　普段は面倒だからやってないけど、さすがにドレスだといじった方がいい？　でも私、自分の髪の毛いじるの苦手なんだよね。人のはできるんだけど」

《私がやってもいーい？》

「やってくれるならありがたいよ」

ブラン団長達がドレスと一緒にくれた、櫛や髪飾り、髪を結ぶ紐を無限収納《インベントリ》から出すと、プルトンの顔が輝いた。ずっとやってみたかったらしい。いじり始めたプルトンは、クラオルに蔓《つる》を出してと頼んでいた。

《できたー！　やっぱり可愛いわ！》

鏡がないため、窓の反射で確認する。細い蔓《つる》と一緒に編み込まれたハーフアップになっていた。

「ありがとう。プルトン器用だねぇ」

《ふふっ。これから毎日いじってもいい？》

「やってくれるならいいよ～」

プルトンはいつものサイズに戻って楽しみが増えたとテンション高く飛び回っていた。

リビングに戻ると、私を見たトリスタン君がいきなりスライディング土下座をキメた。

「セナ様はやはり女神の化身でおられるのですね……」

「いやいや。違うから」

何回否定しても「わかっています」と通じない。この子大丈夫かな？　みんなに褒められて恥ずかしい私はグレンも巻き込もうと、着替えてもらった。

「わぁ～！　やっぱりカッコイイね。リアル二次元、眼福！」

〈そのニジゲンが何かわからないが、褒めてくれているのはわかる。セナも似合っているぞ〉

「ありがとう」

グレンの軍服姿を目に焼き付けているうちに、ブラン団長が迎えに来た。団長は騎士服ではなく、謁見のときに王太子が着ていたような服だった。王族としての仕事のためかな？

「……セナ、似合っている。キレイだ。髪型も変えたのか。ドレス姿だと大人っぽいな。パーティーで見せたくないくらいだ……グレン殿も不思議な衣装だが似合っている」

「ふふっ。ありがとう。グレンの服はネライおばあちゃんが作ってくれたんだよ」

「……昨日言っていた服屋のご婦人か」

「そう！　私が描いたデザインを理想そのままに作ってくれたスペシャリスト」

「……セナが描いたデザインだから見たことがないのか」

「多分？　でもカッコイイでしょ？」

「……あぁ。セナの護衛みたいだ」

グレンに抱っこされて、ブラン団長の案内でパーティー会場に向かう。トリスタン君は危険なので部屋でお留守番だ。結界があるものの、ポラルに護衛を頼んでおいた。

道中、今回のパーティーのことを聞く。パーティーにはこの国の主要貴族が集まっていて、立食形式。食べ物コーナーにいる給仕に好きなものを取ってもらい、思い思いの場所で食べるスタイル。大々的に紹介はしないものの、シュグタイルハンの王様を連れ、国王が挨拶に来るだろうって。後は……「グレン殿から離れないように」ってしつこいくらいに念押しされた。

会場の扉の前で下ろしてもらい手繋ぎに変え、結界を張り、ブラン団長の先導で会場入りだ。途端、そこかしこから視線を感じる。とはいっても、私達よりブラン団長の方が注目を集めていた。

「……俺は仕事に戻る。セナが気に入っていたキーウィの果実水を用意させたから飲むといい」

「わぁ～、ありがとう」

「……また後でな」

ブラン団長は私の頭のセットを崩さないように撫でてからお仕事に戻っていった。

「ブラン団長、忙しそうだねぇ」

〈そうだな。果実水飲むか？〉

「うん！」

グレンが給仕に伝えると、すぐに給仕がキーウィの果実水を持ってきてくれた。お礼を言うと、給仕は一瞬目を見開き、微笑んだ。

「すごい見られてるねー」

〈あぁ。居心地が悪いな。寒気がする〉

『そうねぇ。主様が穢《けが》れるから見ないでほしいわ』

私にスリスリしながらクラオルが吐き捨てる。

「私よりグレンじゃない？　多分狙われてるんだよ。あのカッコイイ方は誰かしら？　お近づきになりたいわって。なんてったってリアル二次元だからね」

〈ふんっ。セナ以外の人間など興味がない〉

「ふふっ。グレンはご飯大好きだもんね」

『主様……』

「ん？」

なんか呆れたような声だった気がするんだけど……

『なんでもないわ』

〈何か食べるか？〉

「ううん。グレンが食べたかったら取りに行っていいよ」

〈美味そうに見えん〉

「でもお肉もあるみたいだよ？」

〈何が入っているかわからん。食べるならセナが作ったやつがいい〉

「ここではさすがに……あ！　干し芋食べる？」

〈ホシイモ？〉

「干し芋ね。ちょっとペタペタするから食べ終わったらクリーンだよ。クラオル達も食べる？」

グレンはそのまま一枚。クラオル達には食べやすいようにちぎって渡してあげる。

〈美味い！〉

『優しい甘さで美味しいわ！』

「気に入ってくれてよかったよ」

そのとき、会場の扉の前にいる人が手を叩いて注目を集めた。会場は静まり返り、扉に視線が集中する。開いた扉から入ってきたのは王様だ。筋肉質なゴツい二十代の男性と一緒に。彼は短髪で、装飾が施された武闘着みたいな服を着ていた。あれがシュグタイルハンの王様？　若くない⁇

ホールにいた来場者は恭《うやうや》しく国王達に頭を下げている。女性はカテーシー？　カーテシー？をして、男性は片膝を突いて。謁見じゃなくてもこれやるの？

「面《おもて》を上げて構わん。本日はシュグタイルハン国のアーロン殿も来てくれた。楽しんでくれ」

国王が言い終わると演奏が始まり、貴族達はそれをBGMに話し始めた。なんか思ってたんと違う。堅苦しいのか、フランクなのかよくわからんね。

「セナ殿」

グレン達と干し芋をつまみながら話していると、後ろから名前を呼ばれた。振り返ると国王、王太子、シュグタイルハンの王様らしき人が勢揃いしていた。ブラン団長はいない。

「セナ殿、こちらシュグタイルハンの国王である、アーロン・シュタイン陛下だ。アーロン殿、こちら今回ムレナバイパーサーペントを倒してくれたセナ殿である」

「えっと……どうも？」

「アーロン・シュタインだ。ほう、こんな子供がな……」

シュグタイルハンの国王に値踏みされるかのように見られたと思ったら、いきなり国王のステータスが表示された。向こうが私に鑑定をかけたところ、張ってある結界に阻《はば》まれたみたい。今まで見たステータスの中では高い方である。ただ完全に前衛タイプだった。

「ふむ……本当に倒したと言うのなら、どうやって倒したか聞かせてくれ」

言い方がこちらを小馬鹿にしている感じ。聞かせてくれって命令か。

「魔法」

「どうやって倒したのかだ」

〈何故答えねばならん〉

簡潔な答えでは納得できなかったみたい。私を護ろうと、グレンが一歩前へ出る。

「このような幼子が倒したとは到底信じられんだろう」

(鑑定かけるの失敗したくせにそれ言うんだ。面倒くさそうだな……)

「そうですか。なら信じなければいいのでは？」

「「なっ⁉」」

国王と王太子が驚いているけど、知らん。見たことしか信じられないのならそれまででしょ。

「ほう……まぁ、いい。パーティーを楽しむといい」

何かを考えた様子のシュグタイルハンの王様が言うと、国王達も一緒に離れていった。

『なんなのかしらね』

「さぁ？　でもダンジョンの許可はもらえなさそうだね」

国王達の登場で収まっていた視線を、国王達と話したことで再び感じるようになってしまった。

〈セナ。さっきの干し芋が食べたい〉

「あんまり食べると夜ご飯入らなくなっちゃうよ？　……はい、これで終わりね」

〈むぅ……仕方ない。これを味わって食べよう〉

グレンはひと口ずつゆっくりと食べ始めた。その後も特に何も起こることなく、時間が過ぎていく。ポラルに念話で聞いてみたけど、何もないらしい。このパーティーでは何も起こらないのかもしれないと思い始めたとき、ブツンと会場の明かりが一斉に消えた。会場にいる貴族や王様達にまとめて大ざっぱに結界を張ると、扉の外からドーン！　という爆音が響いた。貴族達は何事かと騒ぎ始め、女性は悲鳴を上げ、給仕は慌ただしい。

「全員しゃがんで頭を守るのだ！」

王様が声を張るとみんな言う通りに動き出す。遠くから爆発音と戦闘音、騎士団が何か叫んでいる声が聞こえてくる。

〈来たな〉

グレンが言うと会場の魔道具の明かりが徐々に灯り出した。貴族達は自分達に結界が張ってあることに驚き、ザワザワと騒ぎ始める。それとほぼ同時に、まとめて張った私達の結界に矢が刺さっていることに気が付いた。

（おぉ！　刺さってる。大きく結界張ってて正解だったね。弾かないで刺さるとは思わなかったや）

「国王様、これはどういうことですかね？」

貴族達が騒いでいたはずなのに私の声が響き、会場は静まり返った。

「いっ、いや……」

国王の顔は青い。

「皆さんに一応結界張って守りましたけど……出ろと言うから出たくもないパーティーに出席したのにこの扱いですか……しかもこれ、猛毒が塗ってありますね」

自分達にまとめてかけていた結界を解除して、刺さっていた矢を拾い上げ国王を責める。貴族達は黙って成り行きを見守っている。

「け、警備はどうなっている！」

国王は慌てて近衛兵に問いただした。

会場にいる人達が国王に注目したとき、どこからかまた矢が飛んできたのを本能的に避ける。

「グレン。お城を壊さないこと、殺さないこと、武器はこのお城にあるものを使うことを守れるなら暴れてもいいよ」

〈戦いは久しぶりだ。我らにケンカを売ったのだから腕に自信があるんだろうな〉

私の言葉に獰猛《どうもう》な笑みを浮かべたグレンは、大きく跳躍して矢を射ってきた人に向かっていった。

それを見送った私にどこからか火の玉が飛んできたので、咄嗟にウォーターボールで相殺する。

（ファイアーボール⁉）

入口近くにいる人物が撃ってきたらしい。私が気が付いたときには、銃のような武器を片手に向かってきていた。魔力銃ってやつ？　銃からは黒色の魔力玉が飛び出してくるし、その合間にファァイアーボールが放たれる。それを落ちていたシルバー製のトレイを使って応戦していく。小声で何かブツブツ言っているから、無詠唱ではないみたい。避けたり、結界を張ったシルバートレイで受け流したり……様子を見ていたものの、そろそろ終わりにしようかと、身体強化にさらに風魔法を体に纏わせて一気に背後に回る。相手が気が付いていないうちに、ジャンプして上からシルバートレイを叩き付けた。

――バコーン！

「……あれ？　強すぎた？」

血は出ていないものの、白目を剥《む》いて倒れてしまった。生きているかを確認して、クラオルに頼んでグルグル巻きにしてもらう。逃げられないようにうつ伏せ状態で右手と左足、左手と右足も縛っておく。交差しておくといいって前にマンガに描いてあったのよ。

〈セナ。こっちも〉

グレンが弓を射っていた人を引きずってきたので、この人もクラオルが縛った。弓の人は顔面が試合後のボクサーよりもボコボコに腫れ、鼻血で顔が染まっている。

〈呆気なくてつまらん〉

――ボンッ！　ボンッ！　バァン!!

グレンがボヤいた瞬間、会場の扉が吹き飛んだ。

「貴様ァァァー！　許さんぞォォ！」

怒鳴りながら入ってきたのはトリスタン君を鞭打ちしていたクソジジイの老害。あの謁見のときにいたギラギラおばさんを肩に抱いている。

「何故塔から出ている⁉」

ギラギラおばさんを見て王様が大声を上げた。

「……あははは！　ヤバい、面白すぎる！　なるほどねぇ。そういうことかぁ……」

〈セナ……頭がおかしくなったか？〉

爆笑する私にグレンの困惑した声が聞こえた。

「あははは！　違う違う！　この人達が面白すぎるんだよ。これは予想の斜め上だったわ（〈鑑定してみて〉）」

最後は念話でグレンに教えてあげる。

〈ん？　どういうことだ？〉

「待ってくれないみたいだから後で説明するね」

大きいつらら状のアイスランスや大小さまざまなアイスボールが飛んでくるのを避け、先ほどと同様にシルバートレイで弾いていく。私が弾いた氷が貴族の方に飛んでいき、私が張った結界にまた弾かれている。ピンボールみたい。結界があるから直接当たることないのに、女の人は悲鳴を上げ、男の人が怒鳴っている声が騒がしい。

「どうしようかなぁ……おばさん邪魔だな。ねぇ、グレン。ギラギラおばさんにピンポイントで威圧してくれない？」

〈わかった〉

攻撃を捌《さば》きつつお願いすると、すぐにグレンが威圧を発動。ギラギラおばさんは白目を剥《む》き、泡を噴いて失神した。周りも何人か倒れたのは威圧に巻き込まれたんだろう。ごめんね。

「貴様ァァァァァ！　おのれェ！　ちょこまかと小賢しい！」

老害は顔を真っ赤にして怒鳴りながら、アイスランスに加えて黒い玉を撃ってきた。ダークボール。もしくはブラックボールってところだろうか。確かにトリスタン君が言っていた通り、長々と詠唱したりしない分早い。早いけど、興奮しすぎて何を言っているのか理解できないんだよね。

〈セナ、トドメはささないのか？　それとも我《われ》が殺《や》るか？〉

「ちょっと考えがあるから私がやりたい」

魔力が多いせいか攻撃が終わらない。だんだんと面倒になってきたので先ほど同様、身体強化と風魔法を纏わせ、速度を上げ一気に近付いて背後に回る。無限収納《インベントリ》からトリスタン君から受け取った隷属の首輪を出し、老害ジジイの首に付けて一気に魔力を流し込んだ。

「きさっ――――!?　ヴッ……」

「いいって言うまで黙っててよ」

ついでに徹夜で作った魔力封じのブレスレットを装着させておく。

「……セナ！　無事か!?」

終わったタイミングでブラン団長が会場に飛び込んできた。

「大丈夫だよ～」

「……魔法省のやつらがなだれ込んできて、来るのが遅くなった。すまない。ケガは？」

手を振って答えた私に近寄ってきたブラン団長はガシッと肩を掴んだ。

「ケガもないよ」

「……そうか。よかった」

ブラン団長はホッと息を吐いて微笑んだ。

「心配してくれてありがとう。もう残党はいない？」

「……粗方《あらかた》捕らえた。フレディとパブロはまだ応戦中だが……」

「結界解除してもいいかな？」

「……いいんじゃないか？」

ブラン団長に許可をもらったので、貴族や国王達にかけていた結界を解除する。その瞬間、強い殺気を感じ、反射的に落ちていたフォークを殺気の元に投げつける。

「ぐっ！」

呻き声を発したのは給仕の女性。腕に、私が投げたフォークが刺さっていた。

「残党が残ってたみたい」

「……すまない。連れていけ！」

ブラン団長が指示を出すと騎士団が連行していった。

「ハッハッハ！　ハーハッハ！」

いきなりシュグタイルハンの王様がおなかを抱えて笑い始めた。呆然としていた貴族も、給仕も、警備の騎士も……その場にいる全員からの注目を集めた。

〈あやつも気が触れたか……〉

グレンの呟きが聞こえてしまった。

「ちょっと！　私はおかしくなってないから。それはあの人達だから！」

そんな扱いは勘弁なので、ビシッとギラギラおばさん達を指差して訴える。

「ハーハッハ！　いや、愉快。久しぶりにこんなに笑わせてもらった。先ほどは失礼した。これほどの強さとは……気に入った！　後でぜひ話がしたい」

（あぁ……そういえば強さを大事にしてる国なんだっけ）

「話すだけなら」

「楽しみにしている。ここにいる者は全員セナ嬢に助けてもらったのだ。感謝しかないだろうな」

シュグタイルハンの王様は貴族達に睨みを効かせる。文句を言わせないために、援護してくれたらしい。

「セ、セナ殿。守っていただきありがたく思う。シュグタイルハンの国王と、我が国を救ってくれたセナ殿を招いたパーティーでこのような暴動を起こすとはとんだ失態だ。謹《つつし》んでお詫び申し上げる」

国王が頭を下げて謝ってきた。貴族達がいる中で国王が頭を下げることは重大なんだろうけど、ちゃんと重く受け止めてくれたみたい。

「そうだな。今夜はパーティーなどとてもじゃないができないだろう」

シュグタイルハンの王様が会場を見回す。会場は……扉は吹き飛ばされ、床やテーブルはあいつが放った魔法のせいで荒れている。確かにこの状況ではパーティーどころじゃない。ただ、会場がなんともなかったとしても、パーティーを続ける気にはならないんじゃないかな？　顔色の悪い貴族が半数以上だもんね。国王が後日正式に事の次第を説明すると宣言し、パーティーはお開きになった。会場から最後の貴族が出ていくと、シュグタイルハンの王様が口を開いた。

「この件はオレも巻き込まれたから、オレも知る権利がある。さて、どういうことか説明してもらおうか。アレはどうなっている？」

シュグタイルハンの王様が指差したのは老害とギラギラおばさん。

「隷属の首輪。あの人が送り込んできた刺客が私に着けようとしていたやつ」

「し、刺客!?」

「なぜセナ殿に刺客など……」

国王と王太子が驚きを隠さずに呟いた。

「それは聞けばいい。グレン、トリスタン君を呼んできてくれない？」

頷いたグレンが会場を後にした。

「トリスタン……セナ殿の付き人にした少年か？　確かにひ孫であやつからの推薦だったが……」

国王は思い出したらしい。

「そう。あの人が放った刺客」

「まさか……あの少年が刺客などとは……」

国王はブツブツと何かを呟き始めた。信じられないみたい。

そのまま待っているとグレンがトリスタン君を連れてきた。トリスタン君は老害を見ると途端に青白くなり、震え始めてしまった。手招きして呼び、少しでも恐怖が和《やわ》らぐように手を繋ぐと、少し落ち着いてくれたっぽい。

「あいつがいる場所に呼んじゃってごめんね」

「い、いえっ……えっ⁉」

震えつつも老害をチラリと見たトリスタン君は目を丸くした。

「どうかした？」

「セナ様っ⁉　ご当主様の首に隷属の首輪が付いているように見えるのですが……！」

「あぁ、大当たり！　そう。トリスタン君から受け取った隷属の首輪だよ。ついでに首輪を壊されたら困るから、魔力封じの魔道具も付けといた。だからもう大丈夫だよ」

「そうなのですね……セナ様がご無事でよかったです……」

ニッコリと笑いかけた私を見て、トリスタン君は涙を流した。

「……トリスタン。トリスタンが命令された内容を証言してくれ」

ブラン団長がトリスタン君に言うと、つっかえながらも説明してくれた。国王達はトリスタン君が話す内容を聞くと驚いていた。

「パーティーを利用したのか？」

質問を投げかけてきたのはシュグタイルハンの王様だ。鋭いとこ突いてくるね。

「パーティーで何かする可能性はあったけど確証はなかったし、この国の有力な貴族でしょ？　この国の未来を考えたら、こんなこと起こさないと思うよ？」

「「「……」」」

「何故教えてくれなかった……」

国王は縋《すが》るように見つめてくる。

「ふふっ。何故？　言ったらどうしました？　国一番と言われている魔法の使い手を捕まえられました？　過去に何をしていたのかすら知らなかったんでしょう？」

「「……」」

国王と王太子は項垂れた。

「それで、シュグタイルハンの王様。パーティーを騒がせた私に何か罰でも与えますか？」

一応巻き込んだ王様に聞いてみる。

「いや。面白かったし、オレはお前を気に入った。それに頑丈な結界で守られて被害はない。形式上は抗議するが、オレは気にしていないし、この国の情勢に関してはオレの国が被害を被《こうむ》らなければ口出しはしない。まぁ、今後この国がどうするかにもよるがな」

(おぉ。懐《ふところ》は深いんだね)

「……セナ。義母上《ははうえ》がいるのは何故だ？」

ずっと疑問だったんだろう、ブラン団長が聞いてきた。

「それはねー、二人が繋がっているからだよ。あのギラギラおばさんはお好きみたいだからね」

「まさか……」

王太子がゴミを見るような目で失神したままのギラギラおばさんを見やる。

「私の予想では、あのボクちんの〝父親はあなた〟とでも言われたんじゃないかな？　髪の毛の色も似ているしね。他の貴族とも関係があるんじゃない？　調べたらいっぱい出てきそうだよね。このパーティーで何をしようとしていたかはわからないけど、あのおばさんが隔離塔に入れられてるのを知って、ブチ切れたんだと思う。なんせ〝勘違い男〟らしいから」

「なんと……」

国王はさらに項垂れる。王太子と察したシュグタイルハンの王様はもうおばさん達を視界に入れたくないらしい。

「国王ならそういうのも含めて知っておくべきだったと思うよ。トリスタン君の家の事情とかね。お嫁さんを婚姻前から監禁して子供を産ませるなんてことがまかり通ってることがおかしい」

「そんなことが……」

「まぁ、本当のところは本人に聞けばいい。首輪付けたから、普通の牢屋でも大丈夫だと思うよ」

老害にブラン団長の言うことを聞くように命令しておく。ギラギラおばさんは騎士に運ばれ、老害はブラン団長に大人しくついていった。

「……連れていこう」


ここで話していても仕方ないとのことで、応接室に移動した。

応接室のソファに座ると、国王にまた頭を下げられた。これから尋問して調べるそう。本当は今日王家のメダルを渡すはずだったけど、後日調べた後に謁見の場で貴族達に説明し、処分を言い渡すときに改めて渡すからしばらく滞在してほしいとのことだった。ネライおばあちゃんの件が終わっていないから、どのみちまだこの王都に滞在予定である。でも早く終わらせたいのでちゃっちゃと調べてほしい。

シュグタイルハンの王様もまだ滞在することにしたそう。なんで貴族が嫌いなのにパーティーに出たのか聞かれたので、シュグタイルハンの王族の許可が必要なダンジョンに入りたかったと答えると、笑いながら許可してくれた。ただ、許可の証明書が必要だそうで、国に戻らなければ出せないため、一度シュグタイルハン国の王城に来るようにとのことだった。私が嫌な顔をしたのを読み取った王様は、証明書を出すだけで、謁見などはしなくていいと付け加えた。それならいいかな。

ブラン団長が細かいことを聞きたいからとトリスタン君を連れていった。国王にトリスタン君の代わりの付き人をと打診されたけど、また刺客だったら面倒だからと拒否。夜ご飯も誘われたけど、あるあるの長～いテーブルでのご飯（監視付き）なんて嫌だから断った。

部屋に戻った私はすぐに着替えていつもの格好に戻った。ソファに座り、クラオルとグレウスをスリスリして癒してもらう。ずっと部屋で待っていてくれたポラルも労《ねぎら》わなければ。

「あぁー、疲れたねぇ。ポラルもありがとうね」

〈セナがいきなり笑い出すからおかしくなったのかと思った……〉

「おかしくなったわけじゃないよ。あれは本当にビックリしたんだけど、意外すぎて面白くなっちゃったんだよ。こんなところに繋がりが！　って。それに、バレないように飲み物とか食べ物とかに薬混ぜたり、王様達から呼び出しが……ってコソコソしてる感じを予想してたのに、まさか正面から殴り込みに来るとは思わないじゃん？」

『そうね。あれはワタシもビックリしたわ』

「結果的には自分で用意した隷属の首輪で逃げられなくなるし」

『主様が隷属の首輪を何に使うのか疑問だったけど、ちゃんと考えてたのね』

「ふっふっふ。まぁね！　って言ってもそれくらいだよ。きっとブラン団長達があっちの事件に関してもいろいろ聞いてくれてると思うから、結果待ちだね」

『そうね。そろそろ――』

〈夕飯だな!?〉

グレンはクラオルを遮ってご飯の催促。話が一段落するのを待っていたらしい。あまりの勢いに笑ってしまった。こういうところが憎めないんだよね。

グレンはやっぱりお肉がよかったみたいだけど、お昼がカツ丼だったため、お魚にした。鯛の煮付けとキャベツのナムルとお味噌汁。〈肉じゃないのか……〉なんてしょぼくれていたのは最初だけで、最後には煮付けの煮汁をご飯にかけてかき込むほどがっついて食べていた。

食後、グレン達がリバーシしている中、私はベッドルームにエルミスとウェヌスを呼ぶ。

《儂《わし》らを呼んだってことは何かするのか？》

「ちょっとデビト・ワーレスのところに行きたいんだよね」

《主《あるじ》は昨日も、魔道具を作っていて寝ていないだろう？》
「そうだけど、どう動くのか調べたいんだよ。おそらく、近々ネライおばあちゃんのところに取り立てに行くと思うから、その日時も知りたい」
《では闇の子を呼びましょう》
エルミスが不満そうに眉根を寄せたとき、ウェヌスが案を出した。
「闇の子？」
《セナ様が地下通路を探索したいとのことで風の子を呼びましたが、闇の子も諜報に向いています。闇の子が情報を得て、風の子が伝令すると言った方がいいでしょう。その場に留まって情報を得るなら闇の子は適しています》
エルミスも賛成だそうで、闇の精霊であるプルトンにも話を通すことに。話を聞いたプルトンはやる気を漲《みなぎ》らせ、招集をかけられた闇の子達に張り切って指示を出していた。

そろそろ寝る準備に入ろうかという時間。とりあえずの報告だとブラン団長が部屋を訪ねてきた。疲弊した様子のブラン団長の話をまとめると……
トリスタン君の実家は取り潰し。先ほど、フレディ副隊長の指揮で家宅捜索に踏み切ったところ。何人かには逃げられたため、引き続き捜索するそう。ギラギラおばさんの実家もいろいろとしでかしていたらしく、現当主夫妻は処罰対象になった。家自体も爵位が大幅に降格。親族の誰かが家督を継ぐことになるだろうとのこと。これに関しては家を残すことが罰になると判断されたらしい。

ボクちんはそもそも実子ではないと国内外に御触れを出し、処刑や奴隷にはならないものの、管理の厳しい僻地《へきち》に幽閉。一番の元凶であるギラギラおばさんは犯罪奴隷として強制労働と、同じ犯罪奴隷のお世話をすることになったみたい。トリスタン君は境遇を鑑《かんが》みても、国賓の私に隷属の首輪を付けようとした事実は変わらないため、処罰は免《まぬが》れられないらしい。ただ、国王が沙汰を下す謁見の日までは、危険があるかもしれないので、厳重に保護されるそう。

聞けば聞くほどボロボロと情報が出てきて、正直追いつかないとこぼすブラン団長に申し訳なくなる。お仕事増やしてごめんなさい。粗方《あらかた》聞き終わったので、この後は悪徳金貸しの方を聞いていくとまとめられた。

「ありがとう。ごめんね？　私が聞いてもいいんだけど……」

「……いや。あれにセナは近付かせたくない。同じ空気を吸うだけで穢《けが》されそうだ。聞きたいことがあるなら俺が聞く」

一体何があったのか……苦虫を噛み潰したような表情だった。

「今すぐには思い付かないや。あの当主の処遇はどうなるの？」

「……極刑が妥当だろうな」

「ふーん。そうなんだ。利用しないんだね。恨みを買っているから狙われるだろうけど、何かこの先気になることができたとき、聞けばわかることも多いと思うんだよね。百歳越えてるらしいし」

「……なるほど。進言しておこう。あと、陛下がセナに詫びとして希望を聞くらしいから、何かないか考えておいてほしい」

「うーん……あるにはあるんだけど、これは王様と交渉が必要かな」

「……そうか。おそらく陛下に明日呼ばれると思うからそのときに言ってくれ」

午後なのは確実だそうで、ブラン団長も同席してくれることになった。やったね。

第十四話　交渉～アーロンを添えて～

着替えた後、昨日言っていた通りにプルトンが私の髪の毛をいじり始めた。もう髪形を決めていたのか、その手つきには迷いがない。窓で確認したところ、私の頭には二本のツノ状のお団子があった。わかりやすく言えば、バイキ○マ○みたいなツノである。下ろしていることが多いから、フルアップで襟足に髪の毛がないのが新鮮だ。

《うん、今日も可愛い！》

「ありがとう」

いつもと髪形が違うことをもれなく全員が褒めてくれた。一見、褒めてくれなそうなグレンにも〈そういう髪も似合うな〉なんて優しい声色で言われた。このこの～！　照れちまうだろうが。

王様との面談は午後からなので、午前中は今も頑張ってくれている精霊の子達へのお礼と、普段用のパンの量産に精を出した。

ブラン団長のお迎えを待ち、一緒に応接室へ。部屋には国王、王太子、宰相の他にシュグタイルハンの王様もいた。

「セナ殿。大変申し訳ない。完全にこちらの非だ。此度の一件で臣下を調べることにした。それが終わり次第、ドヴァレーに王位を譲ることが決まった」

キアーロ国側の三人も一緒に頭を下げた。

「おそらく大々的な変革となるだろう。役目を終えたら引退し、ドヴァレーを陰ながら支えていこうと思う」

「さいですか。先に言っておきますが戴冠式とか絶対出ないんで」

「………わかった。それで、ブランから聞いていると思うが、セナ殿には詫びと功労者への礼を兼ねて何か報奨を渡したいと思うのだが、希望があれば言ってもらいたい」

引き止めてほしかったのか、反応の薄い私を少し見つめてから、気を取り直したように希望を聞いてきた。

「希望……あるにはある。なんでもいいの？」

「我が国で用意できるものであれば」

「私が欲しいのはモノじゃなくて、トリスタン君が自由に生きられる権利」

「「「！」」」

「ほう……」

全員驚いて目を見開いて固まっている中、シュグタイルハンの王様だけはニヤニヤしている。

「……セナ。セナは狙われたんだぞ？」

ブラン団長が慌てて聞いてきた。

「うん。そうだね。でもトリスタン君は命令されたんだよ。赤の他人と自分の命、どっちかを選ぶなら、大抵の人は自分の命を選ぶでしょ？　だけど結局私に隷属の首輪は着けなかった。着けなければ自分は殺されることがわかっているのに。トリスタン君は被害者だよ」

「……」

ブラン団長は黙ってしまった。

「しかし――」

「――マルトリートメント」

国王が何か言いかけたのを遮る。

「まる、とりーとめんと？」

ポツリとオウム返しをしたのは国王だったけど、他の四人も同じように首を傾げている。

「マルトリートメント。身体的、性的、心理的虐待及びネグレクトのこと。今回は過干渉もあるね。トリスタン君は赤ちゃんのころから身体的、心理的に虐待されていて、言うことを聞かなければいけないと刷り込まれていたんだよ。でき損ないだと言われ続け、反抗すれば肉が裂けるまでムチで叩かれる……そりゃあ、嫌でも言うこと聞くでしょう？　それでも、ちゃんと心があるトリスタン君は優しいよ」

「そんなことが……」

「だからそんな老害からの命令に背いて、私を思ってくれたトリスタン君を解放してあげたい」

「それを聞いたら納得する部分もあるが……しかしそうなると他の貴族への示しがつかん……」

絶句した国王に言うと、国王は頭を抱えた。

「なら殺せばいい」

ずっと黙っていたシュグタイルハンの王様が言い放った。

（あ？　人の話聞いてないの？）

「そんな殺気を飛ばすな。続きを聞け。殺せばいいと言ったのは、殺したことにすればいいということだ。表向きは処刑なりしたことにして、名前を変えれば平民としてなら生きられるだろう。髪の毛を染色すれば〝似ている〟程度で済む。子供ならば成長するしな」

睨んだ私にシュグタイルハンの王様が真意を説明した。

「なるほど。それなら可能ですね。しかし、処刑について極秘にしてしまうと、王家と裏で繋がっていて逃れたと考える貴族が出てきてしまうでしょう」

頷いた王太子が懸念を指摘する。

「それなら、処分を見せる必要があるな」

「はい。重要人物であるトリスタンは特に。しかし、どう見せ付けるのかが問題です。今回当主だけは内密に処分したことにして、他の人物は慣例通りに処罰をしようと思っていたのです」

「そうだな……手っ取り早いのは処刑を見せることだが、実際に処刑をしないとなるとな……精巧な人形か何かを作り、それを目の前で処刑して見せるとかか？」

《((セナ様。セナ様は幻影魔法を使えないのですか？))》

王太子とシュグタイルハンの王様の会話を聞いていたら、ウェヌスから念話が飛んできた。

幻影魔法なんて使ったことがないからわからない。私がそう返すと、クラオルがガイ兄《にぃ》に確認を取ったみたい。結果、私、幻影魔法使えるそうです。全員に幻影魔法を使うのは私の負担が大きいから、映画館のように投影する魔道具を作ることをオススメされたらしい。

『((エイガカンがわからないけど、ガイア様がそう言ってたわ))』

《((なるほど。セナ様は理解しているのですね？　魔道具の核はセナ様に作っていただくことになりますが、どのようなものか説明していただければ、他の部位は精霊の子に頼んですぐに完成させられると思います))》

「((ふむ。映画館ね……))ねぇ、見たものを記録する魔道具って存在するの？」

ガイ兄《にぃ》から聞いた方法が怪しまれずに済むのかを確認しようと、王様達に聞いてみる。

「ん？　記録する魔道具は存在する。ただ、音のみだ。この魔道具はダンジョンで見つかったものだけ。解析をしているが、今のところ世界に二つか三つしか存在していないはずだぞ」

「なるほど。録音だけなのね。録画はできないのか……」

「なんだ？　欲しいのか？　国宝級の代物だぞ？」

「いや、いらない。その処刑を見せるのは私がなんとかできそうなんだけど、どうやったとか詮索されたくないんだよね」

「なるほどな。その方法を教えてくれるなら協力してやろう」

シュグタイルハンの王様はそれはそれは素晴らしいドヤ顔を披露している。

「協力？」

「魔道具を使ったことにしたいんだろ？　魔道具はダンジョンで見つかることが多い。音を記録する魔道具はオレの国のダンジョンでも見つかった。オレの国はダンジョンが多いから、オレが持っている魔道具を使ったということにできる。どうだ？」

「それはありがたいけど、本音は？」

「オレの国はダンジョンで成り立っている。ダンジョン目当てに冒険者が集まり、冒険者と商売をするために人が集まる。今回の件に一枚噛めば、オレの国のダンジョン産だと噂になる。オレの国のダンジョンに人が来ることになるだろう。人が来れば金が回る。金が回れば国民が潤う」

「なるほどね。宣伝か……他意は？」

「セナがどうやるのか知りたいのもあるが、気に入ったからというのがデカいな。セナはこちらから寄らない限り関係を断ちそうだしな」

「うっ……」

『（わかってるわね……）』

言葉を詰まらせた私とは違い、クラオルが感心したみたいに呟いた。

「その様子を見ると図星のようだな。何故、そんなに貴族を嫌う？」

「人を人だと思わないやつが多いから。お金と権力で全てを自分の思い通りにしようとするじゃん。自分じゃ何もできないのに、やってもらうのが当たり前。平民のおかげで貴族が裕福な暮らしができていることを理解していないのに、見栄とプライドの塊《かたまり》で選民意識だけはある。平気で嘘をつき、約束を反故《ほご》にする。それが御貴族様でしょ？」

「まぁ、そういうやつは多いな」

「そういうの嫌い。私は家族と楽しく平和に生きていきたいの。だから関わらないのが一番」

「なるほどな。オレはセナと関わりたいから引き下がるつもりはない。だが、別に利用しようなどと無謀な選択はしない。オレの国に遊びに来てもらい、面白い話など聞けたらいいとは思うがな。それで、教えてくれるのか？」

「ちょっと特殊な幻影の魔道具だよ」

「ん？　それでは幻を見せるだけだろ？」

「特殊なって言ったでしょ？　音を記録できる魔道具があるなら、情景を記録できる魔道具があってもおかしくないでしょ？」

「ほう……なるほど。確かにそんな魔道具が存在していてもおかしくはないな。その魔道具を使ったと説明しつつ幻影を見せるんだな？」

「そうそう。話が早くて助かるよ。魔道具の出処は聞かないでね」

「いいだろう。乗ってやる。その代わり、オレの国に遊びに来い」

「遊びに行くのはいいけど、国賓とか行動を制限するのはやめてね。息苦しいのは嫌」

「オレも堅苦しいのは好きじゃないからな。好きな宿に泊まればいい」

「それならいいよ」

「ならば決まりだな。次の謁見時にセナが魔道具で処刑を見せる。その魔道具はオレの国のダンジョンで見つかった記録の魔道具。存在しないものだから、今回使ったことで壊れたことにでもすればいいか。マルフト陛下にドヴァレーもそれでいいだろう？」

シュグタイルハンの王様は私との確認を終え、国王達に許可を促した。

「えぇ、構いません。コチラとしてはありがたいです。アーロンもありがとうございます」

「そうだな……ドヴァレーには貸しにしておくか。その方が取り締まりにやる気が出るだろ？」

「アーロンは相変わらずですね。わかりました。構いません。しっかりと取り締まりましょう」

王太子とシュグタイルハンの王様は、そんな会話をしてガッチリと握手をした。そういえば、友達だってブラン団長が言ってたっけ。年下であるシュグタイルハンの王様の方がしっかりしているように見えるけど、その瞳は挑戦的だ。シュグタイルハンの王様がちょっかいを出して、王太子があしらう感じだろうか。

「処刑のやり方に何かこだわりは？」

話を進めようと握手をしたままの二人に話しかける。

「通常でしたら、処刑場にて執行人に処刑されます。罪の重さによってはその後、晒し首になることもあります」

「ふーん、なるほど。処刑場だと確認取られたら終わりだからな……内密に処刑したって言うなら、私がひどいと思う方法でもいい？」

「はい。構いません」

「老害とトリスタン君の処刑だってことがわかればいいんだよね？」

「はい」

「わかった。本当にトリスタン君を自由にしてくれるんだよね？」

王太子との会話を終わらせ、ずっと黙っている国王に確認を取る。

「あぁ……セナ殿が望んだからな。王都で生きることは顔見知りの貴族もいるため厳しいだろうが、他の街なら平民として生きられるだろう。ただ問題を起こさぬように監視を付けることになる。……証明するために先に彼を釈放しよう。ブラン、トリスタンをここへ呼んできてくれ」

国王がブラン団長に言うと、ブラン団長は私の頭を撫でてから部屋を出ていった。

「まさか自分を狙った者を助けようとするとはな。金も名誉も望めば何でも手に入れられるのに人助けか？」

ブラン団長が出ていくと、シュグタイルハンの王様がニヤニヤしながら聞いてきた。

「お金はパパ達から渡されてるし、マザーデススパイダーとムレナバイパーサーペントを倒した報酬をもらったから別に困ってない。今回のは完全に私の自己満足。トリスタン君にとっては処刑や奴隷となるよりも嫌かもしれない。でも私はトリスタン君が処刑されるのはやっぱり納得できない」

「助けた後はどうするんだ？」

「トリスタン君の好きにすればいいと思う。普通に生活できるくらいの準備はしてあげるつもりだよ。トリスタン君の意思を否定する気はないから、旅をしてもいいと思うし、今まで我慢していた分、好きな場所で自分の思いのまま生きればいい」

「婚姻したいとかじゃないのか？」

「はぁ？　トリスタン君にも好みくらいあるでしょ。助けたんだから婚姻しろなんて言わないよ」

「なんだ、つまらん」

シュグタイルハンの王様はアテが外れたらしく、途端に興味を失ったような表情を浮かべた。

私が惚れたからだと思ったのか……笑った顔が可愛いとか、紅茶が美味しいとかは思うけど、私の中身は大人なんよ。犯罪臭しかしないわ。

敬語じゃなくても何も言われないので、素で返していく。シュグタイルハンの王様とは話しやすい。そのままポンポンと会話をしていると、王太子に呼ばれた。

「セナ殿。トリスタンを釈放するとして、どう説明しますか？」

「どうとは？」

私が返事をする前に、何故かシュグタイルハンの王様が王太子に聞き返した。

「トリスタンは自分が処罰されることを理解しています。自由だと言ったところで納得するでしょうか？」

「演出が必要ということか。それなら案があるぞ――」

シュグタイルハンの王様が大雑把な説明を始める。それは小説にありそうな話だった。意外にもシュグタイルハンの王様は乙女心をくすぐるのが上手いのかもしれない。ただ、私は読むのは好きだけど演技となったら話は別だ。

「なるほど。あとはトリスタン次第か……その案に乗ってみよう」

「服や名前も必要ですね」

王様は納得したようだし、王太子が顎に手を当てながら考えている。

「名前は自分で考えさせればいいだろ。あとは……どこで暮らさせるかだな」

「自由にとのことですので、ここ王都以外で選ばせるべきでしょう」

私をそっちのけでどんどん話が進んでいる。これは演技をすることが決定らしい。

「ブラン団長が戻ってくるよ」

「では、先ほどの通りに」

気配が近付いてきたことを教えると、三人はシュグタイルハンの王様のアイディアのポジションに着いた。正面に国王。国王の左隣にシュグタイルハンの王様。右隣に王太子。私とグレンは王太子から少し離れて並んだ。

――トントントントン。

――カチャ。

「お連れしました」

「失礼いたします」

ブラン団長に続いて、トリスタン君がキッチリとお辞儀をして入ってきた。トリスタン君はブラン団長の先導で国王の前まで進み、床に片膝を突き頭を下げる。すると国王が重々しく口を開いた。

「何故呼ばれたかわかるか？」

「恐れながら、処罰に関してかと予想しておりました」

取り乱したりせず、落ち着き払った様子でトリスタン君が答える。

「そなたが予想していた通り処遇が決まった。トリスタン・プラティーギア。そなたは我が国の恩人であるセナ殿に隷属の首輪を着けて配下にしようとした。それは許しがたいことである。そしてプラティーギア家の今までの犯罪も明るみに出た。よってそなたは処刑となる。何か言いたいことはあるか？」

「……いえ。ありません」

頭を下げた状態のまま淡々と答えているけど、一瞬私の足元を見た気がした。

「ふむ。ならば、これより執行しよう。セナ殿頼む」

国王が私の名前を呼ぶとトリスタン君がピクリと反応した。短剣を持ち、トリスタン君に近付いて、トリスタン君の結んである髪の毛を持ち上げる。

「(セナ様……お手を汚させてしまい申し訳ありません。しかし、僕は最後までセナ様に救っていただけることを嬉しく思います)」

微動だにせず、私にだけ聞こえる小声でトリスタン君が言う。私はトリスタン君に答えないまま、まとめている紐のところをスパンッと切った。私の手の中にはトリスタン君の髪の毛の束。

「これにて、トリスタン・プラティーギアは処刑された。以前までの名を使うことはできぬ。そなたは今〝名無し〟である」

「え……」

理解できなかったようで、顔を上げてからハッとしてまた頭を下げた。

「よい。面《おもて》を上げよ」

トリスタン君は国王に言われておずおずと顔を上げた。

「セナ殿がそなたが自由に生きる権利を報酬としてほしいと希望したのでこうなった。これは決定事項だ。異論は認めない。平民となり、別の名前で生きていけ」

「そんな……」

「執務室で処刑などありえんだろう。セナの優しさに感謝するんだな。金も名誉も選ばず、お前の自由を選んだ。セナの優しさを胸に刻み、真っ当に生きろ」

シュグタイルハンの王様がなぜか得意げにトリスタン君に言い放った。なんでドヤ顔？　そういえばいつの間にか私のこと呼び捨てになってるわ。まぁ、私もタメ口だもんな。

「そんな……セナ様……僕なんかのために……」

「ごめんね。嫌かもしれないけど、私はやっぱり処刑なんて納得できなかったんだ。私はあなたに生きていてほしいの。平民になっちゃうけど、これからはしがらみもなく自由だよ。前に最後までは聞けなかったけど、やりたいことがあるんでしょう？」

私が話している途中で、泣き出してしまったので頭を撫でてあげる。

「これから生まれ変わった気持ちで精進しろ。必要な名前は自分で考えろ」

「な、まえ……は……」

「なんだ？」

泣いているのにさっさと言えと圧をかけるシュグタイルハンの王様。落ち着くまでちょっと待ってあげようよ。

「……生きることが、許されるのでしたら……名前は……セナ様に付けていただきたいです」

深呼吸をした後、ゆっくりと言葉を紡いだ。

「私？」

「はい。生まれ変わるのでしたら、セナ様に付けていただいた名前がいいのです」

「え、えっと……ジル……ジルベルトとか？」

「ジルベルト……素敵な名前をありがとうございます」

噛み締めるように呟いた彼は……土下座をした。

（ヤバい。たしかジルって報復って意味が込められてた気がする。咄嗟に思い付いたのがそれだった……すごい喜んでるから、違う名前をって言いづらいじゃん……）

「そ、そんな簡単にいいの？」

「はい。セナ様に付けていただけた名前ですので」

「いいならいいんだけど……」

老害が虐《しいた》げてきた子が幸せに生きるって意味で、老害に対しての報復ってことにすればいいかな？　と、一人で言い訳する。幸せかどうかは本人にしかわからないけど、幸せでいてほしい。

「では、今この瞬間よりそなたの名はジルベルトとなった。準備が全て整ってからとなるが、平民として暮らす街の望みは後ほど聞こう」

「ありがとうございます」

「この件は全員他言無用だ。アーロン殿には証人となっていただく」

再び土下座をしたトリスタン君に、国王は苦笑い。国王の言葉に私達は全員頷いた。

「では、下がってよい。準備ができたら追って連絡する」

ブラン団長がトリスタン君を連れて出ていくと、王太子がソファに促した。

「セナ殿。これでよいか？」

「うん。ありがとう」

「先に報酬の話をしてしまったが、進捗状況を説明しよう。セナ殿のおかげで、暴れることもなく、淡々と質問に答えている。当初は処刑の予定だったが、これからも情報を引き出すために隔離して生かすことにした。ただ生きているとなると、命を狙われる危険があるため、極秘だ。表向きは処刑したとする。これはセナ殿が魔道具を使って処刑の光景を見せてくれるとのことなので、問題はないとしておく。他の者は慣例通りの処刑と犯罪奴隷となる。魔法省のトップが捕まったため、魔法省内も調べているところだ。おそらく、これは時間がかかる。元妃とその他についてはブランから聞いたと思う。以上となるが、何かあるだろうか？」

「んー。私は別に国のやり方に口を出す気はないんだよ。ただちゃんと手綱を取らないと国家転覆するよってだけ。しっかり調べているならいいんじゃない？　影として働いていた人をスカウトするって手もあるけど、人柄とかわからないから微妙かもね」

いくら怒っていたからって私、平民よ。まぁ、私達に害が出るならそれ相応の手段も取るけど。

「そうか……その手もあるのか……」

「そういうのは私じゃなくて、王太子さんとシュグタイルハンの王様に聞けばいいんじゃない？　私は政《まつりごと》はわからないよ」

「アーロンだ。アーロン・シュタイン。敬語は必要ないが、名前くらいは覚えろ」

「あー、はい。アーロンさん」

シュグタイルハンの王様が食い気味に発言。私が名前を呼ぶと満足そうに頷いた。

「では、我々は引き続き調べます。早くやらないと貴族にあらぬ噂を流されますので、明後日には謁見として発表したいと思います。メダルの件や魔道具の件がありますので、セナ殿にも参加していただきます。貴族への説明は全てこちらがします。メダル譲渡の際に、名前をお呼びいたしますので、前に出ていただき、メダルに魔力を流していただければ、登録が完了となります。日数が短いですが、魔道具の準備は大丈夫でしょうか？」

王太子が一気に説明をし終えた。よく噛まないね。

「わかった。魔道具は大丈夫だと思う」

「ありがとうございます。以上となります。ご足労をおかけしました」

王太子が締めると国王と宰相も一緒に頭を下げた。

「はーい。じゃあ私は部屋に戻るね」

ソファから立ち上がり、ドアに向かう。そうそう、これ言っておかないとだよね。

「あ！　先に言っておくね。謁見終わったらもう一人主要な貴族捕まえるから、その後の取り調べとかよろしく」

ドアから出る瞬間に振り向いて告げ、言い終わった瞬間にドアが閉まった。

「「え⁉」」

「ハーハッハッハ！」

部屋の中から国王と王太子の驚いた声と、アーロンさんの笑い声が聞こえた。


希望が通ったことが素直に嬉しい。トリスタン君……じゃなくて、今はもうジルベルト君か。彼はどこの街を選ぶんだろう？　今まで関わっていた貴族がいない街……というのなら、カリダの街の可能性もある。ブラン団長は全て知っているワケだし。フレディ副隊長とパブロさんも彼の境遇を知っているから、カリダの街が選ばれたとしてもそこまで反対はしないんじゃないかな？　……多分、おそらく、メイビー。彼自身はいい子だし。読み書き計算もできるだろうから、どこかのお店やギルドで働くことも可能だ。冒険者としてもやっていけるに違いない。必要最低限のことは用意してくれるとは思うけど、定かじゃないから私が準備する気でいた方がいいでしょう。

「ちょっと疲れたねぇ。部屋に戻ったら、シャーベット食べようか？」

〈新しい料理か？〉

「冷たくておいしいおやつだよ」

〈早く帰るぞ！〉

目を輝かせたグレンは私を抱え上げ、大股で早歩きになった。その様子にクラオルとクスクスと笑い合う。

今回のことは私のエゴだ。生まれてよかったと、生きていてよかったと思えるような人生が送れたらいい。そのための投資は惜しまないつもりだ。ここから遠い街だったら、ガルドさん達からさらに離れちゃう可能性もあるけど……ガイ兄《にい》が前に元気に依頼受けてるって言ってたし、私に世界を楽しめって言ってたし、クラオル達も人里に慣れさせた方がいいって言ってたし。人生、適度な寄り道も大事よね。うん。ネライおばあちゃんのこともまだ解決していない。やらなきゃいけないことも多い。それはまた後で考えよう。

この作品に対する皆様のご意見・ご感想をお待ちしております。

おハガキ・お手紙は以下の宛先にお送りください。

【宛先】

〒150-6019 東京都渋谷区恵比寿 4-20-3 恵比寿ｶﾞｰﾃﾞﾝﾌﾟﾚｲｽﾀﾜｰ 19F
（株）アルファポリス　書籍感想係

メールフォームでのご意見・ご感想は右のＱＲコードから、
あるいは以下のワードで検索をかけてください。

アルファポリス　書籍の感想　検索

ご感想はこちらから

本書は、「アルファポリス」（https://www.alphapolis.co.jp/）に掲載されていたものを、
改題、改稿、加筆のうえ、書籍化したものです。

転生幼女《てんせいようじょ》はお詫《わ》びチートで異世界《いせかい》ごーいんぐまいうぇい４

高木コン（たかぎ こん）

2024年 6月 30日初版発行

編集－反田理美・森 順子
編集長－倉持真理
発行者－梶本雄介
発行所－株式会社アルファポリス
〒150-6019 東京都渋谷区恵比寿4-20-3 恵比寿ｶﾞｰﾃﾞﾝﾌﾟﾚｲｽﾀﾜｰ19F
TEL 03-6277-1601（営業） 03-6277-1602（編集）
URL https://www.alphapolis.co.jp/
発売元－株式会社星雲社（共同出版社・流通責任出版社）
〒112-0005 東京都文京区水道1-3-30
TEL 03-3868-3275
装丁・本文イラスト－キャナリーヌ
装丁デザイン－AFTERGLOW
印刷－中央精版印刷株式会社

価格はカバーに表示されてあります。

落丁乱丁の場合はアルファポリスまでご連絡ください。

送料は小社負担でお取り替えします。


ISBN978-4-434-34069-7 C0093